글로리데이

스무살,
세상과 마주하다.

글로리데이

최정열 원작 | 원보람 소설

차례

Part 2 실수는 누구에게나 똑같은 대가를 원하지 않는다

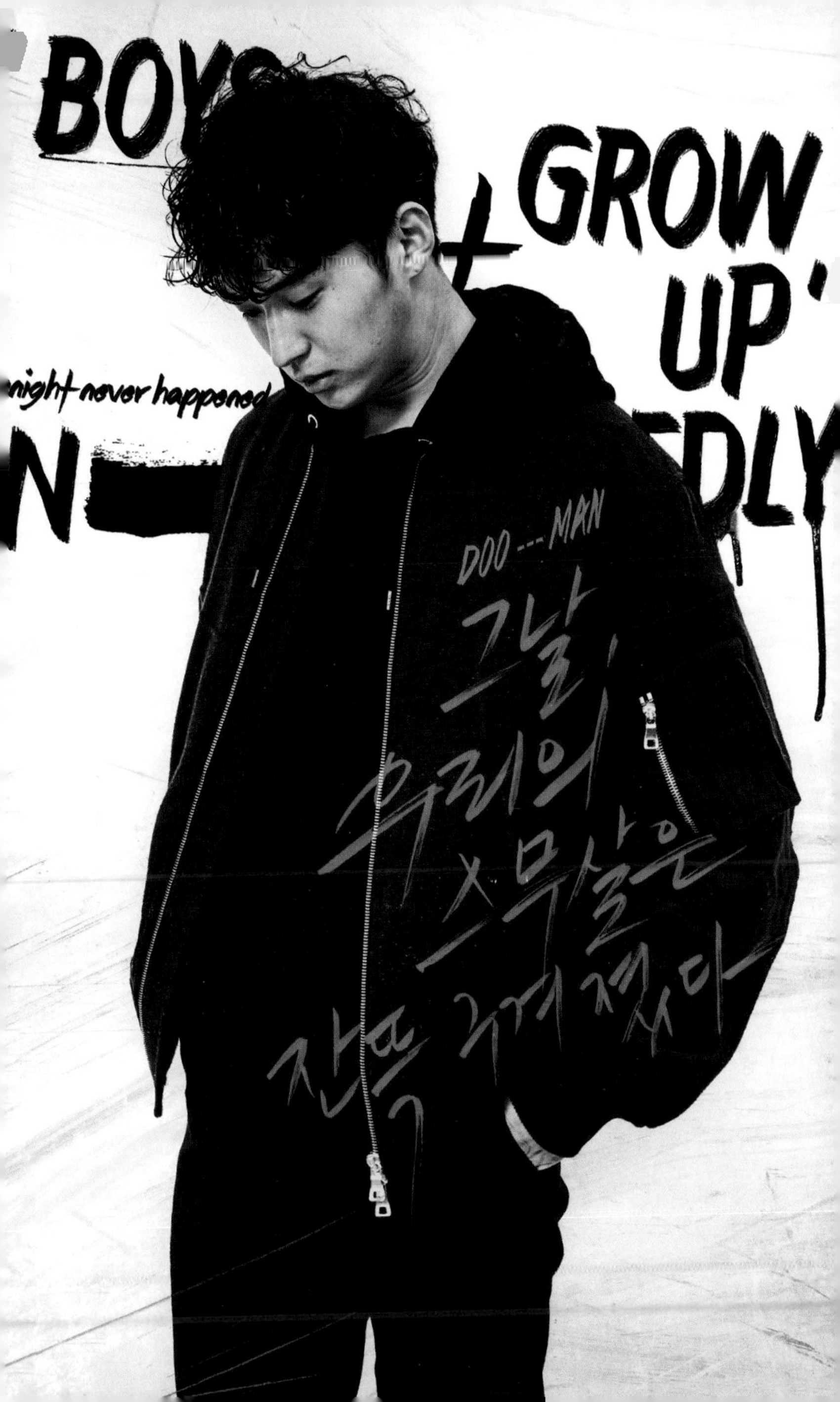
GROW UP'
night never happened
DOO---MAN
그날, 우리의 스무살은

프롤로그

부드럽고 따뜻한 물속으로 몸이 잠기는 기분이다. 아래로, 더 아래로. 끝없이 가라앉고 있다. 얼굴 위로 쏟아지는 밝은 빛이 느껴진다. 나는 어디를 향해 가는 걸까. 분명 조금 전까지 살을 에는 추위와 온몸이 찢겨나가는 고통에 숨조차 쉴 수 없었는데.

내 몸을 감싸는 따뜻한 기운이 몸속까지 스며들어오는 것 같다. 바다에 빠뜨린 손수건처럼 자연스럽게 물이 번져오듯이……. 생각이 점점 느슨해지면서 의식이 아득해진다. 졸음이 쏟아진다. 어린 시절, 그러니까 어머니와 함께 살던 그때처럼 마른 햇볕 냄새가 나는 이불을 머리끝까지 덮고 누워 있는 듯하다.

"빨리요, 빨리!"

다급한 목소리가 귓가에 날아든다. 갑자기 시끄러운 소음들이 몰려온다. 나는 덜컹거리는 침대 위에 실려 어디론가 이동 중이다. 나를 흔드는 손길과 차가운 공기, 그리고 빠르게 굴러가는 바퀴 소리가 들려온다. 이어서 불에 덴 것 같은 고통이 밀려든다.

조금 전 나에게 벌어진 일들이 섬광처럼 번뜩인다. 내 몸이 허공으로 붕 떠올랐고, 용비의 얼굴을 보면서 울컥 피를 토해 냈었는데 그러다 온몸이 부서지는 고통에 정신이 까마득해졌는데……

나는 수면 위로 떠올라 숨 가쁘게 허우적거리는 기분이다. 어떤 경계를 오가며 괴로움에 몸부림치고 있다. 간신히 눈에 힘을 주고 실눈을 뜨자 피로 뒤덮인 붉은 시야 사이로 반듯한 천장과 눈부신 전등이 지나간다. 그리고 하얀 가운을 입은 의사가 얼굴에 땀을 뻘뻘 흘리며 달리고 있다.

"상태는요?"

내 머리 쪽에서 들리는 목소리다. 그러나 나는 고개를 돌리기는커녕 다시 눈을 질끈 감는다. 신음조차 낼 수 없는 아픔이다. 팔다리가 균열을 일으키는 것처럼 갈라지고 있다.

"교통사곤데 출혈이 심합니다."

나는 다시 눈을 뜰 수가 없다. 온몸이 납덩이처럼 무겁게 잠겨들고 있다. 하나둘 문이 닫히는 것처럼 몸에 연결된 감각들이 끊어지는 기분이다. 순간 거칠게 내 옷을 찢는 손길과 차가운 기계가 살에 와 닿는다. 오스스 소음이 놀지만 몸은 이미 내 의지대로 움직이지 않는다. 나는 손발을 움직일 수도 없고 소리도 낼 수 없다. 점점 멀어지는 소리들을 붙잡기 위해 최대한 신경을 집중하는 것밖에 할 수가 없다.

"하나! 둘!"

누군가의 신호로 심장에 충격이 가해진다. 세상을 뒤흔드는 것처럼 느껴지는 찌릿한 감각이 온몸을 훑으며 지나간다. 그리고 억지로 끌려오는 것처럼 소리들이 점점 선명해진다. 소음과 함께 다시 살아나는 것은 살이 찢기고 뼈가 부러진 고통이다.

기계의 신호가 규칙적인 음을 내기 시작한다. 내가 어떤 경계에서 몸부림치고 있는 동안 여러 개의 손길이 달려든다.

"당장 수술 준비하고! 보호자한테도 연락해! 빨리!"

"네!"

내가 보고 있는 세상은 점차 일그러지며 기괴한 형태로 변하기 시작한다. 숨을 들이마실 때마다 뾰족한 칼날이 목을 훑고 지나가는 것 같다. 누군가 이 고통을 끝내주기를. 나는 허우적거리다 끝내 지쳐버린 사람처럼 팔과 다리에 힘을 풀고 어둠 속으로 잠겨 들어간다. 내 팔에 날카로운 바늘이 꽂히는 순간 나는 잠시 경계를 유영하는 신세가 된다.

친구들과 함께 웃고 떠들던 바닷가, 차창 밖으로 본 노을이, 그리고 청소를 마치고 나오면서 돌아본 집의 익숙한 풍경과 내 손에 용돈을 쥐어주던 할머니의 미소가 눈앞에 아른거린다. 기억 속에 남아 있는 모든 일이 영화 필름처럼 장면 장면마다 생생한 구역으로 나뉘어 재생된다. 이 필름이 끝나면 나는 수면 아래로 영원히 잠겨들게 될까. 아니면 수면 밖으로 걸어나가게 될까. 내 시간들은 거친 파도 속을 항해하는 작은 배처럼 흘러가기 시작한다.

"상우야, 내 새끼 상우야!"

울음 섞인 목소리가 들린다. 누군가 나를 부르는 소리. 내 유일한 가족의 목소리. 가늘게 떨리는 목소리의 주인은 바로 할머니다. 나는 눈을 뜨지 않아도 알 수 있다.

'할머니, 왜 울고 있어요. 무슨 일 있어요?'

나는 할머니의 손을 잡고 물어보고 싶지만 목소리가 나오지 않는다. 입안에서만 맴도는 말들. 그것은 밖으로 나가지 못한 채 내 안에서 고요히 소용돌이를 일으키고 있다. 소용돌이는 슬픈 감정을 만들고, 그것은 파문을 일으키며 더 큰 슬픔을 만든다.

"아이고, 내 새끼. 불쌍한 내 새끼."

목소리가 가까워질수록 추위가 몰려든다. 거칠고 사나운 바람이 불어온다. 이가 딱딱 부딪치며 오들오들 몸이 떨린다. 벽에 깔린 것처럼 숨이 막히고 가슴이 답답하다. 울컥 속에서 덩어리를 토해내지만 아픔이 조금도 가시지 않는다. 나는 아이처럼 울음이 터진다. 너무 아파서. 소리도 나지 않는 울음을 운다.

'할머니, 너무 아파요. 저 좀 살려주세요.'

누군가 내 가슴을 향해 망치를 내리치는 것 같다. 심장에 묵직한 고통이 일면서 온몸에 전기가 통한 것처럼 뜨겁게 끓어오른다. 고장 난 리어카처럼 몸이 제멋대로 덜컹거린다.

'그만하세요, 그만.'

나는 마치 단단한 유리관 안에서 소리를 지르는 사람 같다. 아무도 내 말을 듣지 못한다. 나는 고통에서 벗어나기 위해 이리저리 몸부림친다. 그러나 내 몸짓은 내 몸 안에서만 찰랑거리며 어둡고 좁은 틈으로 흘러간다. 거센 폭풍 같은 아픔이 스쳐 지나갈 때까지 움직이지 않으려고 숨어든다.

"상우 이놈아. 여기에는 뭐한다고 와서……."

할머니의 목소리에서 가득 들어찬 슬픔이 느껴진다. 할머니는 주름진 손으로 나를 붙들고 원망하기도 하고 애원하기도 한다. 나는 할머니의 손을 맞잡고 따뜻하게 위로해주고 싶은데 이상하게 몸에 조금도 힘이 들어가지 않는다. 나는 솜으로 가득 찬 인형 같다.

"선생님! 어떻게 됐습니까? 우리 상우는요?"

물결처럼 요동치며 소리들이 흘러온다.

"일단 수술은 잘 됐는데. 나아지는 건 봐야 할 것 같습니다."

중저음의 남자 목소리가 이어진다.

"괜찮은 거죠? 다 나을 수 있는 거죠?"

"그럴 수도 있는데 가능성은 희박합니다. 상황이 많이 안 좋아요."

"선생님, 우리 상우 살려주십시오. 제발 좀 살려주십시오."

할머니가 애원하며 운다. 나를 살려달라고 운다. 금방이라도 일어날 수 있을 것 같은데, 이렇게 할머니 옆에서 할머니 목소리를 듣고 있는데. 사방은 높은 담장처럼, 거대한 문처럼 단단하게 잠겨 있다. 내가 아무리 할머니를 향해 몸을 일으키고 큰소리로 외쳐봐도 오직 내 의식 안에서만 울려 퍼진다. 사방이 온통 바다로 둘러싸인 섬에 홀로 갇힌 것처럼 외롭다.

"일단 집중 치료실로 옮기고 좀 보겠습니다."

"저놈이 다음 달에 졸업합니다. 좋은 대학도 들어갔는데……, 앞길이 창창한데……, 이제 시작인 놈인데……. 살려주십시오. 제가 뭐든지 하겠습니다. 선생님, 살려주십시오."

할머니 목소리를 듣다가 울컥 울음이 터진다.

'할머니 미안해. 일어나 안아주지 못해서, 마음 아프게 해서 정말 미안해.'

나는 온몸을 들썩이며 흐느끼지만 그것은 내 안의 어둡고 좁은 틈 사이에 고인 물을 요동치게 할 뿐이다. 내 몸은 어떤 경계에서 방향을 잡지 못하고 멈춰 선 깃은 배 같다.

손에 강한 힘이 느껴진다. 오랫동안 내 옆을 지켜주던 사람의 강하고 부드러운 손길. 애타게 나를 부르고 쓰다듬는 손길.

"상우야, 이 새끼야, 일어나, 어? 일어나봐. 할미 왔어. 응? 집에 간다는 놈이 왜 여기 누워 있어. 네가 왜, 왜 여기 이러고 있냐고…… 상우야, 할미 왔어."

할머니의 목소리는 바람에 날려가는 것처럼 점점 멀어진다. 허공을 가득 메우는 것은 단조로운 기계음뿐이다. 내 의식은 커다란 물줄기에 휩쓸려 어디론가 떠내려간다. 지나치는 모든 곳에 기억이 있다. 차갑고 딱딱한 바닥 위에 흐르던 피, 친구들과 웃고 떠들던 가게, 목청 높여 노래를 부르던 고물차 안, 언덕에서 구르던 리어카, 불을 끄고 나오던 초라한 집. 빠른 속도로 지나가는 기억들은 창가에 스치는 풍경처럼 가깝고도 멀게 느껴진다. 나는 따뜻하고 부드러운 흐름을 따라 흐르기 시작한다. 어디선가 흘러드는 마른 햇볕의 기운이 향기롭다.

"상우야, 상우야!"

이번에는 친구들의 얼굴이 지나간다. 할머니는 걱정 말라고 하던 용비의 얼굴 그리고 늘 웃음이 가득한 지공의 환한 얼굴.

땀투성이가 되어도 달리는 것을 멈추지 않던 두만의 얼굴. 등을 두드리고 어깨에 손을 올리며 나를 향하던 목소리들. 내 이름을 불러주던 친구들. 그들의 얼굴이 스치자 무겁던 마음이 조금은 가벼워진다. 잠이 쏟아진다. 그 옛날 새소리가 들려오던 작은 집으로 돌아가는 것만 같아 설렌다. 나는 흐름에 몸을 맡기고 눈을 감는다. 쏟아지는 빛을 향해 나아가기 시작한다.

Part 1

사람은 누구나
실수를 한다

탈출과 향수 그리고 지공

벌써 아침이었다. 눈을 뜨자마자 침대 밑으로 내려가 구석에 숨겨둔 가방을 확인했다. 가방 안에는 어젯밤 가족들이 모두 잠든 후 여행을 떠나기 위해 준비해둔 물건들이 가득했다. 마지막으로 빠트린 물건이 없는지 확인하고 있을 때 거실에서 나를 부르는 엄마의 목소리가 들렸다.

"지공아, 나와서 밥 먹어라."

"네, 나가요."

나는 힘껏 대답을 하고 재빨리 머리를 굴렸다. 우선 평소처럼 아무렇지 않은 얼굴로 아침을 먹어야 했다. 그리고 용비가 오기로 약속한 시간까지 기다리면서 공부하는 척해야 어머니에게 괜한 의심을 사지 않을 터였다.

문제는 그다음부터였다. 어머니는 다른 친구들과 어울려 노는 것을 좋아하지 않았고, 특히 용비는 더욱 싫어했다. 그래서 밖으로 나가려면 어머니의 눈을 피해 몰래 집을 빠져나가는 수밖에 없었다.

"지공아, 안 나오고 뭐하니!"

방에서 꾸물거리는 나를 재촉하는 소리가 날아들었다.

나는 부엌으로 나가 식탁 앞에 앉았다. 겉으로는 잘 차려진 음식들을 입안에 떠 넣고 있었지만, 속으로는 어떻게 하면 집에서 도망 나간 사실이 최대한 늦게 어머니에게 발각될 수 있을지 고민했다. 사이보그 영화에 나온 것처럼 나를 대신해 공부하고 있을 기계라도 있으면 좋으련만.

밥그릇을 거의 다 비우자 어머니가 후식으로 과일을 가져다주었다. 지금 과일이나 먹고 있을 때가 아닌데. 분명 용비는 나에게 계속 연락하고 있을 것이다. 그러나 나는 휴대폰을 무음으로 해두고 가방 속에 넣어두었다. 어머니는 눈치가 보통이 아니었다. 특히 내가 공부를 안 하고 빠져나갈 궁리를 할 때면 귀신같이 눈치채고 내 뒷덜미를 붙들었다. 만약 용비와 연락하다 어머니가 수상한 낌새도 알아차린다면 출발도 하기 전에 모든 것이 끝이었다. 탈출에 성공하려면 평소처럼 아침을 먹고 아무렇지 않은 얼굴로 방에 들어가 공부를 하고 있어야 한다.

그리고 쥐도 새도 모르게 이 집을 빠져나가야 한다.

"잘 먹었습니다."

과일까지 모두 먹어치우고 나는 부른 배를 두드리며 일어났다. 그리고 방으로 들어가 미리 준비해둔 영어 파일을 실행했다. 다른 파일보다 억양이 강하고 대화가 길게 이어지는 것이었다. 컴퓨터 스피커로 유창한 영어 발음이 흘러나왔다.

아, 정말 무슨 말인지 하나도 모르겠군. 나는 볼륨을 높여 일부러 방 밖으로 소리가 새어나가도록 했다. 혀에 버터를 바른 것 같은 외국인 발음과 유창한 영어 대화는 우리 어머니가 제일 좋아하는 소리니까. 이 소리가 들릴 때는 감시자처럼 방에 불쑥 들이닥치지도 않았고 잔소리도 늘어놓지 않았다.

"지공아~!"

내가 의자에 베개를 세우고 이불을 감싸서 사람처럼 만들고 있을 때였다. 거실에서 내 이름을 부르는 목소리가 들렸다. 용비가 집 앞에 도착한 모양이었다.

나는 볼륨을 살짝 줄이고 귀를 문에 바짝 갖다 댔다. 몇 번이나 부르는데도 모르는 척하던 어머니가 마지못해 현관문을 여는 소리가 들렸다.

"안녕하세요."

상황을 모르는 용비가 밝게 인사를 했다.

"무슨 일이니?"

나는 대화 소리가 희미하게 들려 다시 볼륨을 조금 낮추었다.

"지공이가 전화를 안 받아서요. 집에 있어요?"

"아침에 너 만난다고 나갔는데 못 만났니?"

"언제요?"

"글쎄. 한두 시간쯤 됐나?"

우아, 무슨 아줌마가 저렇게 거짓말을 술술 잘하냐. 나는 용비와 어머니의 대화를 엿들으면서 혀를 찼다. 어머니는 조금 전에 나에게 아침까지 차려주고선 내가 집에 없다고 말하고 있었다. 용비와 밖에 나가서 노는 게 어지간히 싫은 모양이었다. 그런데 어쩌나. 이제 나가면 외박까지 하고 들어올 건데.

"그럴 리가 없는데요. 제가 여기 계속 있었거든요."

역시나 용비가 집 앞에 도착해 연락을 하고 있었던 것 같았다. 그리고 계속 전화가 연결되지 않자 직접 문을 두드린 듯했다. 집 앞에 계속 있었다는 용비의 말에 어머니는 당황한 듯 급히 말을 돌렸다.

"근데 너는 이번에 대학 들어갔니?"

"아니요."

"그럼 재수해?"

"아직 잘 모르겠어요."

또 시작이었다. 어머니는 내 친구들만 보면 붙잡고 질문을 쏟아냈다. 죄를 추궁하는 형사처럼 호구조사부터 시작해 최근의 근황까지 모두 알아내야 직성이 풀렸다. 그리고 친구들이 돌아가면 혼자 평가를 내린 다음, 누구랑은 어울리고 누구랑은 어울리지 말라고 당부했다. 평가는 성적이나 집안 같은 진부하고도 지루한 기준에 의한 것이었다.

이번에는 용비를 대상으로 질문들이 쏟아지고 있었다. 한번 시작된 취조는 그칠 기미가 보이지 않았다.

"1월도 다 갔는데 아직까지 모르면 어떻게 하니? 다른 애들은 벌써부터 학원이다 과외다 난린데. 지공인 재수 시작한 거 알고 있지?"

"네."

"그래서 말인데 앞으로 지공이가 공부에 전념하게 좀 도와줄래?"

"제가요?"

"응. 그러면 참 좋을 것 같은데. 기도도 해주고."

"저는 교회 안 다니는데……."

내가 공부에 전념하게 도와달라고? 그건 용비한테 이만 가달라는 말이나 다름없었다. 더 이상 어머니와 용비가 대화를 해봤자 좋을 게 없을 거라는 생각이 들었다.

재빨리 침대 밑으로 손을 뻗어 가방을 꺼냈다. 나는 가방을 품에 안고 조심스럽게 방문을 열었다. 작은 틈 사이로 바깥 상황을 살피자 현관에 용비를 세워두고 잔소리를 늘어놓는 어머니의 뒷모습이 보였다. 현관으로 나가면 문이 열리는 소리가 나니까 밖으로 나가려면 어머니가 용비랑 대화하는 지금 이때 베란다를 통해야 했다.

최대한 숨을 죽이고 소리가 나지 않도록 까치발을 들고 걸었다. 용비가 나를 발견하고 시선을 흘끔거렸다. 나는 팔을 휘휘 내저으며 다시 엄마를 보라는 신호를 보냈다. 그리고 손으로 아래를 가리켰다. 밑에서 보자는 사인인데 용비가 제대로 알아들었을까.

내가 베란다 문을 슬며시 밀고 나가는 순간, 어머니가 용비를 다그치는 소리가 들렸다.

"해줄 수 있지?"

"아! 네."

"그래. 너도 부지런히 공부하고. 조심히 가라."

용비가 대답을 하자 어머니는 어린아이를 타이르듯 말했다. 내 공부를 방해하지 않도록 얼른 용비를 돌려보낼 요령이었다.

어머니가 현관문을 닫고 돌아서기 전에 재빨리 베란다로 몸을 숨겼다. 그리고 창문을 열어 아래를 내려다보았다. 이층인데 왜 이리 높아? 막상 뛰려고 보니 예상보다 바닥이 멀어 보여서 잔뜩 겁이 났다.

내가 높이를 가늠하며 심호흡을 하고 있을 때 입구에서 나오는 용비의 둥근 머리가 보였다. 나는 용비 옆으로 가방을 먼저 던졌다. 용비가 화들짝 놀라며 뒤를 돌아보았다.

"불났냐? 뭐하냐."

베란다 밖으로 매달려 있는 나를 발견한 용비가 황당한 얼굴로 말했다.

후, 나는 숨을 크게 뱉고 뛰어내릴 마음의 준비를 했다. 머릿속에서는 분명 가뿐하게 날아올라 바닥에 멋지게 착지하는 모습을 그리고 있었는데, 차마 발이 떨어지지 않아 나는 급한 대로 난간을 붙잡고 몸을 쭉 늘어뜨렸다. 그러나 대롱대롱 매달린 채 최대한 몸을 늘어뜨려도 발은 바닥에 닿지 않았다.

에잇, 내 다리는 왜 이렇게 짧은 거야. 앞에서 나를 보며 비웃고 있는 용비가 보였다. 도와줄 생각은 안 하고 새끼가 팔짱이나 끼고 관찰을 하고 있냐. 팔이 저려오기 시작하면서 늘어진 몸의 무게를 감당하기가 점점 힘들어졌다. 나는 눈을 질끈 감고 손을 놓았다. 쿵, 바닥에 떨어지자 다리에 묵직한 통증이 느껴졌다. 평소에 운동이라도 좀 해 둘걸. 생각대로 되는 게 하나도 없네. 발끝부터 허벅지까지 경련이 이는 느낌에 신음 소리가 절로 났다.

"아이고, 내 다리. 용비야, 내 다리!"

내가 엄살을 피우며 소리쳤다.

용비는 나를 한심하다는 듯이 쳐다보다가 문득 위를 올려다보았다. 화들짝 놀라는 얼굴이었다. 그새 어머니가 눈치채고 나왔나? 내가 뜨끔한 얼굴로 얼어붙은 사이 용비가 고개를 숙이며 인사까지 했다. 뒤통수가 섬뜩했다. 어머니가 베란다에서 내려다보고 있는지 확인하기 위해 천천히 고개를 돌렸다. 그러자 아무도 없는 창문이 눈에 들어왔다.

저 자식이 아프다는 사람을 놀리네. 한 소리 하려는 찰나 용비가 씩 웃더니 몸을 돌려 길가로 걸어 나갔다. 나는 일어나 엉덩이를 털고 가방을 주워 들었다. 용비를 뒤따라 쫓아가며 목에 힘을 주고 말했다.

"진짜 아픈데 상우 군대 간다니까 가는 거다. 이번 아니면 언제 또 우리끼리 여행 가겠냐? 앞으로는 여자랑 갈 건데."

"여자도 없는 놈이 큰소리치기는. 빨리 와, 새끼야. 늦었어."

용비가 앞으로 손을 흔들었다.

"없는 게 아니라 안 만드는 거야. 만들려면 지금 당장이라도 만들지. 세상의 반이 여잔데. 그나저나 차는 가져왔어?"

내 말에 용비는 자랑스러운 얼굴로 주머니에서 키를 꺼내 흔들었다. 눈앞에 왔다 갔다 하는 것은 분명 차 키였다. 이제 제법 어른들의 여행답군. 나는 입꼬리를 올려 씩 웃으며 손을 들어 하이파이브를 했다. 용비도 덩달아 기분이 좋아졌는지 얼굴이 환해졌다.

우리는 지하주차장으로 향했다. 세워둔 차가 어디에 있는지 두리번거리는 동안 용비가 성큼성큼 걸어갔다. 걸음을 멈춘 곳은 오래되어 보이는 다마스 앞이었다.

나는 차가 눈에 들어오자마자 놀란 목소리로 소리쳤다.

"우아, 박물관에서 꺼내왔어?"

곳곳에 녹이 슬어 있고 번호판 부근은 포일처럼 찌그러진 차였다. 문에는 '수리수리 카 수리'라고 인쇄된 글씨가 붙어 있었다. 내가 보기에는 다른 차를 수리하기 전에 이 차부터 수리해야 할 것 같았다. 고속도로에서 조금이라도 세게 질주했다가는 바퀴가 갑자기 펑 터져버릴 것처럼 보였다.

"와, 이정도면 시골에서도 잘 볼 수 없는 유물급 똥차 아니냐."

나는 감탄사를 연발하며 말했다.

모르긴 몰라도 요즘에는 저런 차를 사려고 해도 구할 수가 없을 것이다. 용비는 내 말에 아랑곳하지 않고 차 문을 열었다. 나는 차 안에 올라타며 약을 올리듯 말을 보탰다.

"탱크네, 탱크. 이거 굴러가기는 하는 거야?"

"안전벨트나 매. 에어백도 없으니까."

용비가 벨트를 잠그면서 시큰둥하게 대답했다.

뒷좌석에 자리를 잡고 앉자 코를 찌르는 냄새가 났다. 어디 구석에서 음식이라도 썩고 있는 듯했다. 냄새의 근원을 찾아 고개를 숙이고 바닥을 훑어보았다. 그러나 오랫동안 청소를 하지 않아 구석구석 찌든 먼지만 눈에 들어왔다. 다시 상체를 들

어 두 손가락으로 코를 집고 용비를 향해 말했다.

"으아, 냄새. 대체 이게 무슨 냄새냐?"

"조금 있으면 다 적응된다."

용비는 아무렇지 않다는 표정이었다. 평소에도 차에서 이런 냄새가 난 모양이었다. 나는 쓰디쓴 약을 마신 것처럼 표정을 잔뜩 찌푸리고 냄새가 나아질 때까지 코를 부여잡았다.

용비가 시동을 걸기 위해 키를 돌렸다. 요란한 소리를 내며 시동이 걸릴 듯하던 차는 용비가 손을 놓는 동시에 덜컹거리며 다시 꺼져버렸다. 두 번째 시도에서는 방지턱에 걸린 것처럼 앞으로 쏟아지며 움직이다가 다시 멈췄다. 나는 불안한 출발을 지켜보며 어느새 이마에서 땀을 흘리고 있었다.

"아, 완전 불안해. 나 내릴까? 사고 나는 거 아니지?"

용비가 앉아 있는 앞좌석으로 몸을 붙이며 말했다. 제대로 하고 있는 건지 눈으로 봐야 그나마 마음이 놓일 것 같았다.

"새끼, 완전 쫄았네."

백미러로 입꼬리를 한쪽으로 올리며 대답하는 용비의 얼굴이 보였다.

용비가 두세 번 더 차 키를 돌린 끝에 시동이 걸렸다. 귀를 울리는 시끄러운 굉음과 함께 내가 앉아 있는 의자까지 흔들거리며 거친 진동이 전해졌다. 다음으로 용비가 액셀을 밟자 차가 튕겨 나가듯 앞으로 움직였다.

지하 주차장 밖으로 향하는 경사를 올라가며 차는 끓어 넘치는 주전자처럼 덜덜거렸다. 힘을 조금만 빼면 스르륵 뒤로 밀려날 것 같아 손에 저절로 힘이 들어갔다. 용비는 미간을 찡그린 채 핸들을 쥐고 씨름 중이었다. 바닥에 그려진 선을 따라 핸들을 돌리자 차가 중앙선을 밟으며 비틀거렸다.

용비 이 자식, 설마 처음 운전하는 건 아니겠지? 왜 이렇게 어설픈 거야? 나는 용비에게 이것저것 묻고 싶었지만 지켜보는 것만으로도 긴장돼 선뜻 입이 열리지 않았다. 차는 아슬아슬하게 움직이며 마침 위에서 내려오는 자동차와 종이 한 장 차이로 스쳐 지나갔다. 가까스로 주차장을 빠져나오자 차의 흔들림이 잦아들었다.

에라, 모르겠다. 포항까지 굴러갈 수는 있겠지. 나는 불안한 생각을 머릿속에서 지워버렸다. 그러자 금세 기분이 들뜨기 시작했다. 수리수리 카 수리는 아파트를 빠져나와 본격적으로 속도를 내기 시작했다.

"아, 이 새끼도 전화를 안 받네."

용비가 한 손으로 운전대를 잡고 다른 한 손으로 전화를 하며 투덜거렸다. 지금 데리러 가는 두만과 통화가 되지 않는 듯했다. 내가 그랬듯이 두만이도 사정이 있겠지. 두만이네 아버지도 우리 어머니 못지않으니 말이다.

나는 용비 말을 한 귀로 흘리며 가방을 열고 옷을 고르기 시작했다. 너무 심혈을 기울인 나머지 옷을 한 보따리 챙겨온 것 같다. 뭘 입어야 잘생긴 놈이 포항에 왔다고 소문이 날까. 나는 콧노래를 흥얼거리며 옷으로 가득 찬 가방을 뒤적거렸다.

용비는 전화를 끊고 뒤에 앉은 나를 돌아보며 물었다.

"그건 다 뭐냐?"

"보면 모르냐? 옷이지."

용비에게 가장 아끼는 옷을 자랑스럽게 꺼내 보였다. 그러자 용비가 황당한 얼굴로 다시 앞을 돌아보았다.

"누가 보면 이사 가는 줄 알겠다."

"1박 2일이면 이 정도는 준비해야지. 갈 때 입을 옷, 올 때 입을 옷, 잘 때 입을 옷, 혹시 입을 옷. 그리고 이건, 예술이지?"

내가 손에 들고 흔든 것은 심혈을 쏟아 고른 속옷이었다. 용비가 한심하다는 얼굴로 고개를 절레절레 흔들었다. 나는 남은 옷들까지 모두 꺼내며 투덜거렸다.

"아 씨. 이거 잠깐 넣어뒀다고 주름이 졌네. 라인이 생명인데."

그러자 용비가 혀를 차며 말했다.

"훈련소에 패션쇼 하러 가냐?"

"거기 마중 온 여자들 내일부터 백 프로 솔로잖아. 무슨 말인지 알지?"

나는 용비를 향해 눈을 찡긋거렸다.

"오, 새끼. 발상이 신선한데?"

"페로몬 향수 뿌리면 뿅 가."

"야, 향수는 뿌리는 게 아니고 입는 거야. 날 듯 말 듯 은은하게."

용비가 부드럽고 가늘게 목소리를 빼며 광고라도 찍는 것처럼 말했다.

나는 야심 차게 준비해온 향수를 꺼내 옷에 뿌렸다. 용비는 여자 이야기에 신이 났는지 실실 웃음을 흘렸다. 그 순간 용비의 휴대폰이 울렸다. 스님이 반야심경을 읊는 소리가 차 안에 가득 울려 퍼졌다. 이 자식은 아직도 이 요상한 벨소리를 쓰고 있었다.

용비는 다짜고짜 통화 버튼을 누르고 소리쳤다.

"너는 왜 전화를 안 받고 지랄이야? 끝났어?"

드디어 두만이 연락한 모양이었다. 그러나 이상하게도 용비는 화를 내다 말고 표정이 급격히 어두워졌다. 목소리를 한껏 낮추고 인사까지 했다.

"아, 안녕하세요. 네네. 잠깐만요."

용비가 나를 향해 휴대폰을 건네며 받으라고 손짓했다. 나는 백미러를 보며 세심한 손길로 머리를 매만지던 중이었다.

"왜? 누군데?"

휴대폰을 바라보며 물었다.

"너희 엄마."

이 자식이 이 몸을 또 속이시려고? 나는 일부러 큰소리를 내며 놀라는 척했다.

"진짜? 아 씨 돌겠네. 받아서 뭐라 그러지?"

안절부절못하는 표정으로 한껏 호들갑을 떨었다. 그리고 재빨리 용비의 손에서 휴대폰을 낚아채어 귀에 댔다.

"아이고, 두만아. 우리 엄마 두만아. 내가 또 속을 줄 알았지? 아임 유어 마더다."

나는 간드러지는 목소리로 말하고 다른 손으로 향수를 들었다. 거만한 표정으로 셔츠 구석구석에 향수를 뿌리면서 두만의 반응을 기다렸다. 그러나 귀에 날아드는 것은 바로 화가 잔뜩 난 어머니의 목소리였다.

"세상에, 너 지금 제 정신이니? 이게 도대체 얼마나 무식한 짓이니? 어디야? 너! 여보세요? 여보세요?"

화들짝 놀란 나는 그만 향수를 떨어뜨렸다. 그리고 허겁지겁 휴대폰 화면에서 종료 버튼을 찾아 더듬거렸다. 심장이 밖으로 튀어나올 것처럼 벌렁거렸다. 드디어 어머니가 내 방에서 영어 강의를 듣고 있는 베개와 이불을 발견한 모양이었다. 집으로 돌아가면 나는 이제 꼼짝없이 죽은 목숨이다.

내가 전화를 끊자마자 다시 엄마에게서 전화가 걸려왔다. 벨소리는 지칠 줄 모르고 줄기차게 울렸다. 휴대폰 스피커를 손으로 막으면서 용비에게 짜증을 냈다.

"엄마면 엄마라고 말을 해야지. 바꿔주면 어떡해?"

"엄마라고 했잖아."

용비가 어깨를 으쓱하며 대답했다. 나는 짜증스러운 손짓으로 머리를 마구 털었다.

"미치겠네. 너 전화번호는 어떻게 알았지? 내 폰 뒤졌나?"

"그냥 받아서 솔직하게 말해. 하루만 놀다 온다고."

"절대 허락 안 해. 아까 너한테도 거짓말하는 거 봐!"

내가 발끈해서 몸을 들썩이며 소리쳤다. 그러자 용비가 남의 집 불구경하듯이 대꾸했다.

"쫄리면 다시 들어가든가. 차 돌릴까?"

"하, 진짜 하루만이라도 자유롭게 살고 싶다. 좀 사람답게!"

귓가에 생생한 어머니의 목소리를 지우기 위해 라디오를 켰다. 아무 주파수나 맞췄는데 하필 나오는 것이 찬송가였다. 경건하면서도 힘찬 목소리가 스피커를 통해 퍼져 나왔다. 전화는 끊어지고 울리기를 반복했다. 어머니 성질이라면 기어코 받을 때까지 전화를 수십 통은 할 게 분명했다.

당장은 아무것도 생각하기 싫다. 내일 상우가 무사히 입대하는 순간까지 친구들과 신나게 놀아야지. 라디오에서 나오는 찬송가와 휴대폰에서 울리는 반야심경 소리가 섞이면서 오묘한 화음을 이루었다. 내가 휴대폰과 용비를 번갈아보다가 웃음을 터뜨리자 용비도 웃음이 터졌다. 우리는 서로 눈을 마주치고 바보처럼 깔깔대기 시작했다.

빵빵! 용비가 도로에서 잠시 눈을 뗀 사이 반대편에서 다가오던 대형 트럭이 날카로운 경적을 울렸다. 용비가 바짝 긴장한 얼굴로 핸들을 돌리자 아슬아슬하게 트럭이 스쳐 지나갔다. 갑자기 방향을 틀면서 차가 요동쳤고 그 바람에 나는 라디오 볼륨을 건드리고 말았다. 그러자 차 안에는 찬송가 더 큰 소리로 울려 퍼졌다.

"영광 영광 할렐루야. 곧 승리하리라."

용비는 뭐가 그렇게도 재밌는지 굵직한 목소리로 찬송가를 따라 불렀다.

앞으로 내달리며 차가 다시 속도를 높였다. 어떻게든 되겠지. 나는 다시 가방으로 시선을 돌렸다. 가장 아끼는 옷을 꺼내어 갈아입고 손으로 옷깃을 세우며 각을 잡았다. 거울을 보며 머리도 다시 손질하고 신발 상태까지 확인했다.

이제 친구들을 태우고 바다로 떠날 일만 남았다. 앞으로 우리는 어떤 시간을 보내게 될까. 친구들과 함께하는 첫 여행이 시작되었다는 생각이 들자 하늘에 떠 있는 구름처럼 가슴이 한껏 부풀어 올랐다.

S#15	다마스 안, 아침
	외출복으로 옷을 갈아입는 지공. 두만에게 전화하는 용비.. 지공 엄마에게서 전화가 온다.

ㄴ

C#1   달리는 다마스 뒷모습 F.S

C#2   옷 입고 있는 지공,용비 측면.
       투샷 (지공 방향)

용비   (전화를 끊고) 이 새끼도 전화를 안
       받네. (지공의 가방에서 나오는 많은
       옷들을 보며) 그거 다 뭐냐?
지공   1박 2일이면 이 정도는 준비해야지.
       갈 때 입을 옷, 올 때 입을 옷, 잘 때
       입을 옷, 혹시 입을 옷. (셔츠를 펼치
       며) 아씨..이거 잠깐 넣어   됐다고
       주름졌네. 라인이 생명인데.

C#3   뒤집어서 지공,용비 측면 투샷
       (용비 방향)

용비   패션쇼 하러 가냐?
지공   훈련소 마중 온 여자들. 내일부터
       100프로 솔로다. 뭔 말인지 알지?
용비   오~ 새끼 발상이 참신한데? 머리
       좋아~
지공   (향수를 뿌리며) 페로몬 향수. 뿌리
       면 뿅가~
용비   아! 향수는 뿌리는 게 아니고 입는
       거야~ 날 듯 말 듯 은근하게~

C#4   전화기 insert

반야심경 벨소리

S#15	다마스 안, 아침	
	외출복으로 옷을 갈아입는 지공. 두안에게 전화하는 용비.. 지공 엄마에게서 전화가 온다.	

C#5　지공방향에서 용비 얼굴 단독

용비　넌 왜 전화를 안 받아? 끝났어? (갑자기 표정이 굳어지고) 아. 안녕하세요. 네. 네. 잠깐만요. (지공에게 전화를 건넨다)

C#6　용비 방향에서 지공 얼굴 단독

지공　(거울을 보며 머리를 손질하다가) 왜? 누군데? 용비 (속삭이듯) 너희 엄마.

C#7　창 밖으로 고개 내밀고 사이드 미러로 거울 보는 지공
　　　(여건이 가능할 경우 촬영)

C#8　용비, 지공 정면 투샷

지공　(진심 놀라는 척) 진짜? 아씨. 돌겠네. 뭐라 그러지? 하.　(전화를 받자마자 바뀌는 표정) 아이고, 두안아~ 우리 엄마 두안아~~ 내가 또 속을 줄 알았지? 아임 유어 마더다. (칙칙 향수를 뿌리는데)

S#16	지공의 방, 아침	
	지공과 통화 중인 지공모, 지공에게 당장 들어오라고 소리친다. 통화가 뚝 끊긴다..	

#15

C#1   카메라 붐업하면, 개를 안고 있
       는 지공모 얼굴
       (왜곡감이 드는 와이드 앵글)

지공모   세상에. 너 지금 제 정신이니? 이 얼
       마나 무식한 일이니? 당장 안 들어
       와! 여보세요? 여보세요? (전화가 끊
       겼다) 오 마이 갓

C#2   인터넷 강의가 틀어져 있는 컴퓨
       터 책상 달리인

S#17	다마스 안, 아침	
	지공모의 전화를 받지 않는 지공. 하루만이라도 자유롭고 싶다~!	

C#1 차 뒷좌석에서 지공 얼굴. 앙각

지공 엄마면 엄마라고 해야지

C#2 차 뒷좌석 위치에서 용비 얼굴

용비 엄마라고 했잖아.

C#3 차 뒷좌석에서 지공 얼굴. 앙각

지공 (듣고 보니 그렇다) 아씨. 또 내 폰
뒤졌나보네.
용비 그냥 받아서 솔직히 말해. 하루만 놀
다 온다고.
지공 허락을 안 해주니까 그렇지. 아까 너
한테도 거짓말 하는 거 봐.

C#4 차 뒷좌석 위치에서 용비 얼굴

용비 풀리면 다시 들어가든가.
지공 하..(결심) 아, 몰라. 하루만이라도
자유롭게 살고싶다! 사람답게!

C#5 지공 손의 휴대폰 insert

반아심경 벨소리

S#17	다마스 안, 아침 ..
	지공모의 전화를 받지 않는 지공. 하루만이라도 자유롭고 싶다~!

C#6   오디오를 켜는 손 insert

찬송가 PLAY

C#7   마주보고 웃는 용비, 지공
        뒷모습 투샷

C#8   그 때 위협적으로 빵빵대는
        대형트럭

대형트럭 사운드 빵!빵!

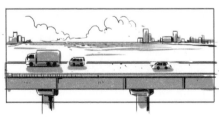

C#9   트럭 빠지면 다마스가 달리고
        있는 한강 대교의 모습

야구와 치킨 그리고 두만

깡! 감독이 배트를 세차게 휘두르며 내야 노크를 쳤다. 야구 공이 순식간에 내 눈앞까지 날아들었다. 분명 위치를 보고 움직였는데 다리에 힘이 빠지면서 맥없이 공을 놓쳐버렸다. 그러자 감독의 날카로운 목소리가 귓가에 날아들었다.

"집중 안 할래? 엉덩이를 더 깔고 리듬을 타란 말이야!"

오늘도 평소와 다름없이 감독은 나의 작은 실수 하나도 놓치지 않고 물어뜯었다. 헉헉. 숨이 턱까지 차오르면서 가슴이 터질 것 같다. 나야말로 제대로 집중해서 잘 해내고 싶은 마음이 간절한데. 입술을 질끈 깨물며 감독이 시킨 대로 엉덩이를 더 낮추고 자세를 잡았다.

이번에는 강하고 멀리 뻗는 타구가 날아들었다. 나는 공이 가까워지자 나도 모르게 몸을 움찔거렸다.

"두만이, 디시!"

감독이 나를 향해 손가락질하며 소리쳤다.

다리에 힘을 줄 때마다 근육에 경련이 오는 게 느껴졌다. 머릿속에 떠올리고 있는 완전한 자세를 잡기는커녕 제대로 서 있기도 힘들었다. 나는 마음과 달리 몸이 제대로 따라주지 않는 게 분해서 감독을 향해 울분을 토하듯 대답했다.

"네!"

"다시 해, 다시!"

다시. 처음부터 다시. 감독은 마음에 드는 자세가 나올 때까지 반복해서 소리쳤다. 가까스로 호흡을 정리하고 이를 악물었다. 그리고 다리에 힘을 주고 허리를 낮추며 간신히 자세를 잡았다.

내 모습을 확인한 감독이 힘껏 배트를 휘둘렀다. 멀리서 타구가 날아왔다. 아까보다도 더 빠른 속도였다. 나는 허겁지겁 동선을 쫓다가 그만 시야에서 공을 놓쳐버리고 말았다. 뒤늦게 공을 따라가 보았지만 이미 한계에 이른 다리까지 힘이 풀린 후였다.

공이 바닥에 떨어지는 순간, 동시에 내 몸도 바닥으로 고꾸라져 나뒹굴었다. 거친 흙바닥에 얼굴을 처박자 아찔한 통증이 밀려들었다. 젠장, 되는 일이 하나도 없네. 흙먼지가 일면서 숨이 턱 막혔다. 나는 바닥에 누운 채 격렬하게 기침을 토해냈다. 멀리서 한심스러워 하는 감독의 목소리가 날아들었다.

"뭐야 저거? 왜 저래?"

혀를 차거나 키득거리는 선배들의 소리가 들렸다. 나는 얼굴이 화끈 달아올라 몸을 벌떡 일으켰다. 감독이 날카로운 시선으로 나를 노려보았다. 눈을 마주치고 있으려니 온몸에 날이 선 긴장감이 돌았다.

훈련 분위기가 급격하게 얼어붙자 선배들의 얼굴에도 서늘한 기운이 서렸다. 불편한 침묵 가운데 서 있으려니 뾰족한 가시들이 날아와 박히는 것 같은 착각이 일었다. 다들 입 밖으로 말은 안 해도 속으로 내 욕을 하고 있을 게 분명했다. 저 새끼 때문에 오늘도 분위기 글렀네. 어째 하는 것마다 저러냐.

매일 아침 눈을 뜰 때마다 야구를 그만두고 싶다는 생각이 들었다. 그러나 이상하게도 감독 앞에만 서면 입이 얼어붙어서 아무 말도 할 수 없었다. 죽어라 버텨도 나아지는 게 없었고 점점 자신감도 사라졌다. 훈련을 할 때면 나에게 소질이란 손톱의 때만큼도 없다는 생각이 머릿속에 가득했다. 언제까지 이렇게 버텨야 하는 걸까. 언제까지 이런 지옥 같은 상황을 반복해야 하는 걸까.

가까이 선 선배 하나가 나를 향해 목소리를 높였다.

"야, 신입! 선배들 하루 종일 훈련시킬래? 어? 입학 전이라고 빠져가지고 새끼가. 정신 챙겨라. 뒈지기 전에."

단어 하나하나에 짜증이 서려 있었다. 나는 고개를 숙이고 목소리를 낮추며 대답했다.

"죄송합니다."

감독이 내 이름을 부르며 훈련을 지시했다.

"박두만! 다시 위치로!"

다시 위치로. 나는 기계적으로 몸을 움직여 조금 전에 서 있던 곳으로 달려갔다. 얼굴에 흙먼지가 잔뜩 앉았는지 시야가 뿌옇게 보였다. 나는 팔을 들어 눈가를 문지르며 먼지를 털어냈다.

그때였다. 어디선가 휴대폰 벨소리가 들리기 시작했다. 조용하던 훈련장에 쩌렁쩌렁 울리는 소리는 냉기가 흐르는 분위기와 전혀 어울리지 않는 신나는 댄스 가요였다. 전화가 끊기지 않고 계속 이어지자 다들 하던 동작을 멈추고 고개를 두리번거렸다. 누가 범인인지 찾으려는 얼굴이었다.

감독은 종이를 구기듯 미간을 일그러뜨리고 불같이 화를 냈다.

"뭐야? 훈련 중에 누가 전화를 켜놨어? 누구야?"

야구부원들은 전부 고개를 돌리며 서로를 쳐다볼 뿐 나서는 사람이 없었다. 다들 자신은 아니라는 표정이었다. 당연히 그렇겠지. 벨소리의 주인은 나였다. 젠장.

용비의 얼굴이 번뜩 떠올랐다. 바다에 가기로 한 날이 오늘이었나. 상우가 군대 간다고 한 날이 언제였더라. 아무튼 약속한 날 차를 끌고 나를 데리러 오겠다고 한 기억이 났다.

벨소리는 길게 이어지다가 끊어졌다. 그러나 조용해진 것도 잠시, 다시 전화가 걸려왔다. 감독의 얼굴은 점점 붉어졌다. 점점 화가 치밀어 오르는 모양이었다. 그 모습을 힐끔거리며 지켜보고 있으려니 식은땀이 절로 났다. 휴대전화 주인이 나라는 것을 알면 야구는커녕 오늘 생을 마감할지도 모른다. 하필 이런 때에.

쿵쾅쿵쾅. 심장이 하도 뛰어서 심장박동 소리가 밖으로 들릴 것만 같았다. 이마에서 흐른 땀이 목덜미를 타고 떨어져 내렸다. 아, 제발 누가 이 상황에서 나 좀 꺼내줬으면.

전화가 세 번째로 울리기 시작했다. 감독의 얼굴은 완전히 굳어졌고 선배들은 서서히 시선을 멈췄다. 그리고 모두 노골적으로 나를 쳐다보기 시작했다. 어느 정도 범인이 파악된 모양이었다.

감독이 상황을 가늠하더니 나에게 걸어왔다. 마치 저승사자가 나를 데리러 오는 것처럼 보였다.

"또 너냐?"

나는 아무 말도 못하고 고개를 푹 숙였다.

언제까지 여기서 버틸 수 있을까. 이놈의 흙만 밟고 서면 마음대로 되는 일이 없다. 감독은 나의 침묵을 그렇다는 대답으로 알아들었는지 신배들을 향해 발했다.

"너희들은 저쪽에서 개별 훈련하고, 두만이 너는 지금부터 오리걸음 시작해!"

감독의 말에 선배들은 하나둘 흩어지면서 나를 비웃었다. 감독의 시선을 피해 검지를 흔들며 나를 향해 안 될 거라는 신호를 보내는 사람도 있었다. 나는 괜히 주눅이 들어 고개를 숙였다. 그러자 감독이 다가와 내 뒤통수를 때리며 소리를 질렀다.

"빨리 시작해!"

"하아."

땅이 꺼져라 한숨을 쉬고 터벅터벅 걸음을 옮겼다. 무릎을 굽히고 앉아 오리걸음을 걷기 시작했다. 다리 근육이 덜덜 떨렸다. 성큼성큼 운동장을 돌고 여기서 빨리 벗어나고 싶은데 한 걸음도 나아가기 어려웠다. 시작한 지 얼마 지나지 않아 얼굴에는 땀이 비 오듯 쏟아졌다. 손을 들어 땀을 닦아내는 순간 나는 중심을 잃고 휘청거렸다. 그리고 몸을 움직여 자세를 잡으려고 버둥거리다가 바닥으로 맥없이 넘어졌다. 나는 얼른 손으로 바닥을 짚으며 다시 자세를 잡았다. 살짝 고개를 들어 감독의 눈치를 살피자 매섭게 쏘아보는 감독의 얼굴이 보였다. 오리걸음도 제대로 못하는 놈은 동정조차 받을 자격이 없다.

그의 눈빛이 그렇게 말하고 있었다.

감독이 험악한 표정을 지으며 말했다.

"선배들이랑 적응하라고 동계훈련도 미리 하게 해주는데 개판을 쳐? 훈련 중에 전화는 왜 켜놔, 새끼야! 일어나! 새 사람이 되자 복창 실시!"

바닥에 쓸린 무릎을 손바닥으로 만지며 다시 몸을 일으켜 세웠다. 속에서 열이 나면서 눈시울이 뜨거워졌다. 누가 그걸 원했나. 누가 동계훈련 미리 하고 싶다고 했냐고. 그러나 오리걸음을 걸으며 질질 짜는 바보짓까지는 하고 싶지 않았다. 나는 애써 울음을 삼키며 목청이 찢어져라 외쳤다.

"새 사람이 되자! 새 사람이 되자!"

"목소리 봐라! 더 크게!"

"새 사람이 되자!"

감독이 내 옆에 따라붙으며 다그쳤다. 나에게 훈련장은 지옥이나 마찬가지였다. 저승사자가 한시도 한눈팔지 않고 나만 쫓아다니니까 말이다.

안간힘을 쓰며 앞으로 나아가고 있는데 멀리 그물망 밖에 있는 두 사람이 눈에 들어왔다. 처음에는 얼굴이 잘 보이지 않아 아무 생각이 없었는데 왠지 낯익은 기분이 들었다. 번뜩 머릿속에 친구들의 얼굴이 스쳤다. 반가운 마음과 당황스러운 기분이 뒤섞이면서 모호한 표정을 지었다.

내가 잠시 딴생각을 하는 것을 눈치챈 감독이 날카롭게 다그쳤다.

"뜩바로 한 해?"

나는 얼른 바닥으로 시선을 꽂으며 생각했다. 난 글렀으니 너희나 가라. 이 저승사자는 오리걸음이 끝나고 집에 돌아갈 때까지 내 옆에서 떨어지지 않을 게 분명하니까. 그러나 혼자 속으로 말한들 그물망 밖까지 들릴 리 없었다. 친구들은 멀리서 나를 바라보고 선 채 움직이지 않았다. 나는 계속 오리걸음을 걸으며 감독의 눈치를 보았다. 숨이 차오르고 시야가 어지러웠다. 끝날 때까지 버텨야 한다. 나는 입술을 꽉 깨물고 걸음을 옮겼다.

헉헉. 이제 겨우 세 바퀴째다. 속이 울렁거리면서 온몸의 근육이 아우성을 쳤다. 언제까지 해야 하는 걸까. 감독은 아직도 뭔가 못마땅한 얼굴이었다. 아무래도 한 시간은 더 돌아야 끝날 것 같은 눈치였다.

순간 장내에 위잉 하는 사이렌 소리가 울려 퍼졌다. 나는 동작을 멈추고 소리가 나는 쪽을 향해 쳐다보았다. 스피커에서 방송되는 소리였다. 감독도 갑작스럽게 소리가 들리자 걸음을 멈추고 귀를 기울였다. 방송 시작을 알리는 음이 울리고 나자 이어서 신음 소리가 흘러나왔다. 신음 소리? 내가 제대로 듣고 있는 게 맞는 건가? 너무 힘들어서 헛소리가 들리는 건 아니겠지? 나는 내 귀를 의심하며 신경을 곤두세웠다.

"아, 그만……. 오빠 거긴 안 돼, 하지 마. 하아, 야매떼, 아, 아파, 야매떼……."

얼굴이 뜨겁게 달아올랐다. 이 목소리는 지공이었다. 그물망 밖에서 지켜보다가 포기하고 돌아간 줄 알았는데 다른 방법을 선택한 모양이었다. 우측 펜스 아래에서 스트레칭을 하고 있던 선배들도 동작을 멈추고 두리번거리기 시작했다. 다행히 감독은 아직 내 친구라는 사실을 모르는 눈치였다.

"뭐야 이거? 어떤 새끼야?"

감독은 거칠게 침을 뱉으며 스피커를 쏘아보았다.

나는 감독이 시선을 돌린 사이 바닥에 철퍼덕 주저앉았다. 허벅지가 저려오는 게 금방이라도 쥐가 날 것 같았다. 방송은 누가 말릴 새도 없이 계속되었다. 아니, 오히려 지공이 수위를 높이며 몰입하기 시작했다. 처음에는 여자 신음 소리가 흘러나왔는데 이번에는 중저음의 남자 목소리가 들렸다.

"오빠 믿지? 5초만 넣을게. 딱 5초만. 하……. 새 사람이 되자, 우리……. 하아 너무 좋아. 사랑해."

"야이! 미친 새끼야! 방송 안 꺼?"

아까 내가 목이 터져라 외치던 말을 들은 모양이었다. 새 사람이 되자. 그 말이 흘러나오는 순간 감독은 스위치를 누른 것처럼 폭발했다. 사람도 아닌 스피커를 향해 삿대질하며 금방이

라도 잡아먹을 듯이 성화였다. 제발 지공이가 감독에게 붙잡히지 않기를. 나는 가슴이 까맣게 타들어 가는 기분이었다. 만약 감독에게 걸렸다가는 우리 셋 모두 오리걸음을 하며 밤새도록 운동장을 돌아야 할지도 모른다.

훈련장이 순식간에 어수선해졌다. 감독이 방송실을 향해 욕지거리를 하는 사이 나는 수상한 시선을 느꼈다. 재빨리 주변을 훑으며 사방을 돌아보자 더그아웃 뒤에 숨어 있는 용비가 보였다. 용비는 어느새 야구 헬멧까지 찾아 쓰고 있었다. 용비는 나와 시선이 마주치자 씩 웃으며 나를 향해 손을 들어 올렸다. 따봉이라니. 엄지를 세우고 재밌어 죽겠다는 얼굴로 웃고 있었다. 혹시라도 감독이 용비를 발견할까 봐 나는 식은땀을 흘리며 감독의 눈치를 살폈다.

"거긴 안 돼. 허헉. 흑. 이따이, 이따이······. 야매떼! 오빠 아아, 좋아. 좋아. 새 사람으로 만들어줘. 기모찌, 스고이 아니, 아이시떼루우!"

방송은 가관이었다. 신음 소리가 점점 커지면서 호흡도 거칠어졌다. 지공은 어디서 뭘 본 건지 일본어를 남발하며 역할에 몰입 중이었다. 감독은 도저히 듣기가 거북했는지 방송실을 향해 뛰어가기 시작했다.

감독이 건물 안으로 들어가자 용비가 더그아웃에서 나와 나에게 다가왔다. 잠깐 사이에 포수 마스크까지 써서 얼굴이 잘 보이지 않았다. 나는 괜히 이 두 놈 때문에 감독에게 끝장이 날 것만 같아 덜컥 겁이 났다.

"어이, 오지 마. 저리 가."

손을 휘휘 저으며 용비를 향해 다급하게 외쳤다.

"뭐해? 새끼야. 시간 없어."

용비가 내 팔을 잡아끌며 말했다.

내 머릿속에는 화가 잔뜩 난 감독의 얼굴이 아른거렸다. 이대로 사라졌다가는 뼈도 못 추릴 것 같았다.

"조금만 기다려. 다 끝났어."

"포항 가자고 펌프질 한 놈이 뭐하는 거야? 빨리 나와. 상우 기다려."

"아 지금은 난리 난단 말이야."

"난리는 이미 났어. 저 꼴을 보고도 가만히 있겠냐? 뛰어!"

용비는 말이 끝나기 무섭게 운동장을 내달리기 시작했다.

"미친놈들. 진짜 돌겠네."

나는 이러지도 저러지도 못한 채 머리를 감싸 쥐었다. 만약 방송실에서 지공이 잡히면 모두 끝장이었다. 나는 용비를 따라 냅다 뛰기 시작했다. 그러나 얼마 못 가 힘이 풀린 다리가 꼬이면서 넘어졌고 의도치 않게 용비를 덮쳤다. 오늘로 벌써 세 번째 바닥에 나뒹구는 셈이었다. 윽, 신음 소리가 절로 났다.

어느새 지공이 이상한 방송을 끝냈는지 아무 소리도 들리지 않았다. 그것은 이제 곧 감독이 다시 돌아올 것이라는 뜻이기도 했다. 나는 아픔도 잊고 벌떡 일어나 줄행랑쳤다.

"아, 가방! 내 가방!"

나는 번뜩 가방이 떠올라 소리쳤다. 그러자 앞서 가던 용비가 소리쳤다.

"내가 가져갈게. 너는 그냥 뛰어! 빨리! 걸리면 끝장이다!"

용비가 말하는 동시에 몸을 틀어 더그아웃으로 돌아갔다. 나는 용비 말대로 그냥 앞을 향해 뛰었다. 걱정이 가득했지만 동시에 묘한 쾌감을 느꼈다. 여기서 탈출하는 건가!

신음 소리가 사라진 스피커에서는 애국가가 울려 퍼졌다. 야구장에 힘찬 목소리가 가득 들어찼다. 동해물과 백두산이 마르고 닳도록 하느님이 보우하사 우리나라 만세. 웅장한 음악에 맞춰 나는 뛰고 또 뛰었다.

"야, 두만아!"

뒤꿈치에 힘을 주며 내리막길을 내려가는데 뒤에서 지공의 목소리가 들렸다. 감독에게 잡히지 않고 용케 방송실을 탈출한 모양이었다. 그때였다. 건물에서 나온 감독이 선배들을 향해 외치는 소리가 들렸다.

"뭐해? 저놈들 잡아!"

그 소리를 듣는 순간 등골이 서늘했다. 달리기를 멈추지 않은 채 뒤를 돌아보니 선배들이 우리를 향해 쫓아오고 있었다.

나는 다시 앞을 바라보며 지공에게 빨리 오라는 손짓을 했다. 바로 옆까지 따라붙은 지공이가 차가 있는 방향을 가리켰다. 지공이 이끄는 길로 달려가자 눈앞에는 도로에서 한 번도 보지 못한 차 한 대가 나타났다. 공짜로 준다고 해도 안 가질 법한 고물차였다. 내가 뜨악한 표정으로 지공을 쳐다보자 지공이 어깨를 으쓱해 보였다.

차 키는 용비가 가지고 있었다. 우리가 차 주변을 서성이며 뒤를 돌아보자 머리를 흩날리며 달려오는 용비가 보였다. 그리고 그 뒤까지 바짝 붙은 사람은 바로 감독이었다. 자칫하다가는 여기까지 와서 잡힐지도 몰랐다. 우리는 누가 먼저랄 것도 없이 오두방정을 떨며 용비에게 손짓을 했다.

"빨리 튀어와!"

용비는 차 근처에 오기도 전에 주머니에서 차 키부터 꺼내 던졌다. 나는 훈련하던 때와는 달리 날쌘 몸집으로 점프해 차 키를 손에 받았다. 그리고 문을 열고 올라타자 용비가 몸을 날려 운전석에 앉았다.

"야 이게 뭐냐?"

내가 어이없는 표정으로 묻자 용비는 웃음을 흘리며 대답했다.

"뭐긴 뭐야? 박두만의 구세주지."

용비는 빠른 손놀림으로 시동을 걸었다. 바로 근처까지 달려

온 감독이 우리를 향해 인상을 구기며 소리쳤다.

"너 이 새끼! 잡히면 죽는다!"

나는 나도 모르게 움찔하며 몸을 숙였다. 어차피 다 알고 있겠지만 최대한 얼굴을 보이고 싶지 않았다. 여기저기 쑤셔대는 몸을 구겨 넣으며 용비를 재촉했다. 시동을 걸고 있는데도 산뜻한 출발이 안 되는 모양이었다.

"미치겠네. 빨리 좀 가!"

나는 발밑을 향해 고개를 처박은 채 다급한 목소리로 말했다.

"아, 이 똥차. 그러니까 우리 엄마 차 몰래 빼자니까."

지공이 투덜거리며 내 말을 거들었다.

고개를 들고 백미러를 살펴보니 감독이 손만 뻗으면 닿을 거리까지 온 듯했다. 나는 간담이 서늘해져 숨소리도 새어나오지 않았다. 그때 용비가 신경질을 내며 운전대를 내리치자 시동이 걸렸다. 요란한 소리를 내며 차가 앞으로 달려나가기 시작한 것은 감독과 간발의 차를 두고서였다.

좌석 뒤에 매달려 고개를 빼꼼 내밀고 뒤를 살폈다. 코앞에서 우리를 놓친 감독이 망연자실한 얼굴로 쳐다보고 있었다. 그 뒤로 흙먼지를 일으키며 멈춰 서는 선배들이 보였다. 그들의 모습이 손바닥만큼 작아지고 나서야 나는 참고 있던 숨을 토해냈다. 드디어 탈출이었다. 긴장이 풀리자 온몸의 힘이 빠져나가는 기분이었다. 나는 쓰러지듯 의자에 몸을 기대었다.

움직이기 시작한 차는 앞으로 빠르게 내달렸다. 차창 밖으로 대학 건물과 풍경이 빠르게 스쳐 지나갔다. 그리고 정문을 빠 거 기 ㅣ 오지 ㅁ 긁은 글씨가 섞인 플래카드가 나무에 매달려 바람에 흔들리고 있었다.

'후배 위하는 선배가 최고죠.'

'정부는 반값 등록금 공약 이행하라!'

'당신의 청춘을 응원합니다!'

글귀가 지나갈 때마다 여러 가지 생각들이 머릿속에 스쳤다. 차갑게 대하던 선배들의 얼굴, 못마땅한 기색을 숨기지 않던 행동, 노골적으로 나를 비난하는 표정. 이 모든 일이 이제 겨우 시작이라는 생각.

"아, 나는 이제 죽었다."

몸도 피곤한데 이런저런 생각으로 머릿속이 복잡해지자 한숨이 절로 나왔다.

"괜찮아, 인마. 갔다 와서 싹싹 빌고 두 배로 열심히 하면 되지!"

용비가 남의 속도 모르고 태연하게 말했다. 그러자 지공이 이상한 냄새가 나는 향수를 옷에 뿌려대면서 끼어들었다.

"그래, 냄새 나니까 일단 옷부터 갈아입어."

"학교에서 알면 큰일 날 수도 있어. 무슨 짓을 한 거야?"

"안 나, 안 나! 절대 안 난다고. 이 소심한 새끼야."

지공이 목소리를 높이며 나를 타박했다. 그러자 운전대를 잡고 있던 용비가 백미러로 나를 쳐다보며 장난기 가득한 얼굴로 말했다.

"일본 싫어하는 사람은 많지만 일본 AV를 싫어하는 사람은 없다."

이 자식들은 이 상황이 그저 재밌는 것 같았다. 더 이상 말해 봤자 내 입만 아프겠지. 나는 체념한 얼굴로 시선을 돌렸다.

정신을 차리고 보니 차에서 이상한 냄새가 났다. 게다가 내 몸에서는 더운 열기와 함께 땀 냄새가 풀풀 풍겼다. 다리에 묻은 흙을 털자 먼지가 뿌옇게 일어났다.

"아 털지 말고 그냥 갈아입으라고!"

지공이 먼지로부터 몸을 피하며 신경질을 냈다. 나는 일부러 지공이 가까이서 옷을 털며 가방을 찾았다. 용비가 들고 달려 온 가방은 조수석에 던져져 있었다. 그런데 가방을 집어 드는 순간 짜증이 확 일었다. 용비가 가지고 온 것은 내 가방이 아니었다.

"뭐야? 내 가방이 아니잖아."

"뭐가 아니야? 너 폰 거기 있잖아."

"아까 폰 뺏겼단 말이야."

나는 울상이 된 얼굴로 대답했다.

용비는 더그아웃에서 감독의 가방을 내 가방으로 착각한 모

양이었다. 지네가 울려댄 벨소리 때문에 휴대폰을 뺏긴 줄도
모르고 말이다. 그러면 나는 이 꼴로 내내 바다를 돌아다녀야
한단 말인가. 어째 되는 일이 하나도 없다는 생각에 기분이 급
격히 우울해졌다.

잔뜩 인상을 쓰고 가방을 쳐다보았다. 지공이 장난스러운 얼
굴로 감독의 가방을 열어 옷을 꺼냈다. 한눈에 봐도 아저씨들
이 입는 옷들이었다. 멋이라고는 요만큼도 생각하지 않고 고른
양복바지와 오로지 실용성 하나로만 골랐을 티셔츠. 촌스러울
뿐만 아니라 하도 오래 입어서 목이 늘어나고 엉덩이 부분은
색이 희미해져 있었다.

"오, 느낌 있는데! 진작 이런 옷 좀 입지 그랬냐?"

지공이 내 눈앞에 옷가지를 흔들며 약을 올렸다.

"아 씨, 쪽팔리게 이런 걸 어떻게 입어? 용비야, 차 좀 돌려
봐."

"지금 돌려도 괜찮겠어? 하루만 지공이 옷 빌려 입어. 여분
많아."

"안 돼! 얼마짜리 옷들인데 이 돼지한테 입혀? 절대 안 돼!"

지공이 몸부림치며 강력하게 의사를 표시했다. 그러자 용비
가 미간을 찡그리며 타박했다.

"너까지 소심하게 왜 그러냐? 혹시 입을 옷 있잖아."

"사이즈가 안 맞는다니까."

나는 자포자기 심정으로 말했다.

"하, 진짜. 우리는 매번 계획대로 되는 게 하나도 없냐."

지공의 옷을 억지로 빌려 입었나가는 옷이 늘어난다는 둥, 더러워진다는 둥 같이 있는 내내 나를 볶을 게 뻔했다. 그렇다고 땀 냄새가 풀풀 나는 훈련복을 계속 입고 있을 수는 없었다. 하는 수 없이 감독의 옷을 꺼내어 주섬주섬 입었다. 어차피 되는 것도 없는데 무슨 옷을 입은들 마찬가지겠지.

양복바지에 다리를 넣고 허리 지퍼를 올렸다. 그리고 윗옷을 벗고 티셔츠를 입자 용비와 지공이 나를 보며 키득키득 웃었다. 친구들은 서로 눈치를 보며 참다가 이내 웃음이 터졌다. 나는 심드렁한 표정을 지으며 가슴에 있는 단추를 채웠다.

이미 엎질러진 물이었다. 딱 하루만 아무 생각하지 말자. 고개를 흔들며 복잡한 생각들을 떨쳐냈다. 오리걸음으로 훈련장을 수십 바퀴 돌더라도 당장은 자유를 즐겨야지. 나는 다짐을 하듯 주먹을 굳게 쥐었다. 목덜미에 엉겨 붙은 땀이 끈적거렸다. 창문을 열자 시원한 바람이 얼굴을 간질였다.

| S#30 | 대학 내 주차장, 낮 | |
| | 달아나는 용비와 두만, 합류하는 지공, 그들 뒤를 쫓는 두만부. 거의 잡을 찰나 내달리는 '카 수리'다마스, 놓치고 마는 두만부. | |

S#30

1-1

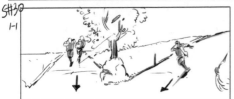

C#1   Y자 길에서 만나는 아이들 롱샷

1-2

1-3

카메라 쪽으로 가까워지며 쓰리 샷이 된다.
(스테디캠. 고속촬영)

2

3

C#2   프레임인해서 도망가는 아이들 과 쫓아오는 감독, 선배들 사이 드 롱샷. (고속촬영)

C#3   쫓아오는 감독. 우르르 함께 달 리는 선배들

	대학 내 주차장, 낮	
S#30	달아나는 용비와 두만, 합류하는 지공, 그들 뒤를 쫓는 두만부.	
	거의 잡을 찰나 내달리는 '카 수리'다마스, 놓치고 마는 두만부..	

C#4   아이들 뒷모습

C#5   아이들 앞모습

C#6   뛰어오는 아이들 받아서 카메라
패닝하면 주차되어 있는 다마스

후다닥 타고 출발하는 다마스.
갑자기 시동이 꺼진다.

C#7   시동거는 손

S#30	대학 내 주차장, 낮	
	달아나는 용비와 두만, 합류하는 지공, 그들 뒤를 쫓는 두만부.	
	거의 잡을 참나 내달리는 '카 수리'다마스, 놓치고 마는 두만부..	

8

C#8 두만 얼굴

두만 뭐야 이게!

9

C#9 앞좌석의 용비, 지공 투샷 뒷모습

용비 (다시 시동을 걸며) 뭐긴 뭐야? 박두
만의 구세주지.

10

C#10 다마스 앞모습, 뒤에 쫓아오는 무리들

감독 (차와의 거리를 좁히며) 너 이 새끼!
잡히면 죽는다!!
두만 (밖에서 안 보이게 몸을 쑥- 집어넣
고) 아! 뭐해? 빨리 좀 가!

11

C#11 사이드 미러로 보이는 감독과 무
리들

지공 아! 이 똥차! 그러니까 우리 엄마 차
몰래 빼자니까.

	대학 내 주차장, 낮	
S#30	달아나는 용비와 두만, 합류하는 지공, 그들 뒤를 쫓는 누만부.	
	거의 잡을 찰나 내달리는 '카 수리'다마스, 놓치고 마는 두만부.	

C#12 배기구 insert

C#13 다마스 카메라 쪽으로 출발하면, 감독과 무리들 도착

C#14 다마스 사이드샷. 플랜카드들 보인다.

리어카와 해병대 그리고 상우

할머니는 대체 언제 일어나서 이만큼이나 모았을까. 나는 리어카에 잔뜩 실려 있는 고물들에 시선을 고정했다. 얼핏 보기에는 고철 쓰레기처럼 보여도 이게 다 돈이었다. 몸도 아픈 할머니가 손수 싣고 나른 돈.

늘 하던 대로 팔을 걷어붙이고 큰 고물들을 먼저 내리기 시작했다. 그리고 사이사이에 들어차 있는 작은 고물들을 빠른 속도로 옮겼다. 할머니는 허리가 아프다고 파스를 잔뜩 붙이고 있으면서도 매일 새벽이면 거리로 나가 고물을 한가득 주워왔다. 리어카에 고물이 가득 넘치는 날에는 할머니 얼굴에 화색이 돌았지만 나는 너무 속이 상했다.

그래도 오늘이 마지막이다. 이 일을 계속했다가는 할머니가 큰 병이 날 것 같아 불안했던 터라 고물을 내리면서도 마음이 놓였다. 이제 내가 집에 없으면 할머니가 무리해서 일을 할 이유도 없을 터였다.

문득 머릿속에 품 안에 든 입대 영장이 떠오르자 나는 다시 심정이 복잡해졌다. 아직 젊으니까. 꼭 대학에 가지 않아도 제대하고 나면 다른 기회가 생기겠지. 나는 가슴 한구석에 남아 있는 아쉬운 감정을 애써 달래며 묵묵히 고물을 정리했다.

내가 마지막 고물을 내렸을 때 할머니가 사무실 문을 열고 나왔다. 안에서 무슨 대화를 했는지 얼굴에 화색이 돌았다. 나는 다 비운 리어카를 확인하고 허리를 세우며 몸을 풀었다.

어느새 내 앞까지 다가온 할머니가 복대에서 무언가를 주섬 주섬 꺼내며 말했다.

"이걸로 가다마이라도 하나 사 입어라."

할머니의 주름진 손 안에 있는 것은 구겨진 지폐였다. 꼬깃 꼬깃 접힌 만 원짜리와 오만 원짜리가 뒤죽박죽 섞여 있었다. 나는 돈을 물리려고 손을 내저으며 말했다.

"갑자기 무슨 가다마이? 입지도 않는데."

"졸업식에 대학 입학식도 가야 하는데 필요할 거여. 예쁘게 하고 가야지."

할머니는 기어코 내 손에 지폐를 쥐어주며 말했다.

"할머니, 나 할 말이 있는데……."

나는 입대 영장을 꺼내서 할머니에게 보여주려고 하다가 말 끝을 흐렸다. 나를 다정한 눈길로 바라보며 미소 짓는 할머니 의 얼굴을 보고 있으니 차마 입이 떨어지지 않았기 때문이다. 며칠 전 내가 대학에 합격했다는 사실을 안 뒤로 할머니의 얼 굴에는 웃음이 사라지지 않았다.

할머니도 참……. 대학 입학통지서와 함께 날아온 등록금 용 지도 보았으면서. 나는 속으로 말을 삼켰다. 고지서에 찍힌 대 학 등록금은 한 푼도 안 쓰고 몇 년 동안 고물을 팔아야 할 액수 였다. 할머니와 내가 단둘이 살아가는 지금 상황을 봐서는 대 학을 가기란 꿈도 꾸기 어려운 일이었다.

우선 군대를 다녀와서 돈이나 벌자. 수능이야 나중에 다시 보면 되지. 나는 대학 입학통지서가 날아온 날 결심했다. 그리 고 바로 입대 신청까지 했고 며칠 전 입대 영장을 받았다. 그런 데 막상 할머니를 보니 말문이 턱 막혔다. 가슴에 돌덩이 하나 가 놓인 것처럼 무겁고 답답한 기분이었다.

할머니는 복대의 지퍼를 닫고서 발걸음을 재촉하며 말했다.

"할미는 식당 갔다 가야 하니까 먼저 들어가. 집에 너 좋아하 는 호박찌개 끓여놨으니까 데워서 먹고."

새벽부터 일어나 고물을 주우러 다녔으면서. 날도 추운데 같 이 집에나 갈 것이지. 할머니는 식당에 가서 또 일을 하겠다고

허둥지둥 걸음을 옮겼다.

허름한 옷을 입고 구부정한 걸음으로 멀어지는 할머니의 뒷모습을 보고 있으니 가슴이 아렸다. 내가 돈을 벌 수 있다면 할머니가 이렇게 고생하지 않아도 될 텐데. 나는 괜히 애꿎은 바닥에 발길질을 하며 소리쳤다.

"할머니 나 가다마이 그런 거 필요 없어. 그러니까 일 좀 그만 해! 도대체 일을 얼마나 하는 거야?"

할머니는 내 말을 제대로 듣지도 않고 대답했다.

"아이고, 늦었네. 할미 먼저 간다. 집에서 봐. 밥 꼭 챙겨 먹고!"

당장 내일이면 못 볼 텐데. 혼자 남겨질 할머니를 생각하니 안쓰러운 마음이 온몸을 훑고 지나갔다. 그렇다고 애써 합격한 대학에 가지도 못하고 집에만 처박혀 있으면 할머니가 더 속상해할 것이 분명했다.

나는 고개를 돌려 마지막이 된 리어카를 바라보았다. 움직일 때마다 요란한 소리가 나는 리어카는 곳곳에 녹이 슬어 있었다. 하긴 그동안 비와 눈을 얼마나 많이 맞았는데. 아직 바퀴가 굴러가는 게 용하지.

리어카를 끌고 고물상 구석에 있는 언덕 위로 올라갔다. 위에서 자세를 잡고 심호흡을 크게 했다. 이제 할머니 그만 괴롭혀라. 그리고 수고했다. 나는 작별 인사를 하듯 천천히 리어카를 잡고 있는 손을 놓았다.

리어카는 점점 속력을 내더니 빠르게 바닥으로 미끄러지기 시작했다. 그리고 결국 속도를 못 이기고 나뒹굴며 바닥에 쾅하고 부딪쳤다. 나는 처참하게 나뒹구는 리어카에서 한동안 눈을 뗄 수가 없다. 저게 뭐라고. 저거 아니면 할머니와 내가 먹고 살 수 없었다는 사실이 속상하기만 했다. 군대 다녀와서 돈도 벌고 대학도 가고 할머니도 호강시켜 드려야지. 나는 같은 생각만 반복했다. 그래야 슬프고 답답한 기분이 조금은 사라지는 것 같았다.

빵! 빵! 빵! 어디선가 요란스러운 클랙슨 소리가 들렸다. 화들짝 놀라 주변을 돌아보니 멀리서 고물차 한 대가 달려오고 있었다. 나는 설마 하는 얼굴로 차를 유심히 쳐다보았다. 단순한 리듬으로 유치한 티를 내며 울리는 경적 소리를 듣고 있자니 운전자가 누군지 알 것 같았다.

고물차는 내가 있는 곳까지 달려오더니 바로 앞에 멈춰 섰다. 창문이 내려오자 보이는 얼굴은 용비였다. 용비는 바보 같은 웃음을 지으며 나를 향해 엄지를 추켜세웠다.

"타! 해병대 직행 리무진이다."

"총하고 수류탄은 준비했지? 훈련소 앞에서 사면 바가지 쓴단 말이야."

불쑥 얼굴을 내밀고 장난 가득한 얼굴로 지공이 말했다.

신나서 떠들어대는 둘의 얼굴을 보고 있자니 한숨이 절로 나왔다. 리무진은 무슨. 방금 떠밀어버린 리어카보다 더 고물이네. 내가 고개를 흔들며 한숨을 내쉬자 용비가 말했다.

"표정이 왜 썩었어? 막상 군대 간다니까 지리냐?"

"빨리 타. 배고프단 말이야."

그 와중에 두만이는 배고프다고 칭얼거렸다. 어디서 이상한 옷을 주워 입었는지 아저씨 같은 복장을 하고서 말이다.

나는 어이가 없어서 헛웃음이 새어나왔다. 친구들이 떠드는 걸 보고 있자니 왠지 무거웠던 마음이 누그러드는 기분이었다. 죽을상을 하고 있다고 나아지는 건 없으니까.

내가 아무 말도 없이 멍한 얼굴로 서 있자 용비가 다시 입을 열었다.

"가기 싫으면 안 가도 돼 상우야. 그래도 우리는 아무 말 안 한다. 그냥 바다만 보고 오는 거야. 회도 먹고."

"나는 회 못 먹는데."

배고프다던 두만이 까다로운 입맛을 내세웠다. 그러자 지공이 두만의 뒤통수를 때리며 타박하듯 말했다.

"야, 초 좀 치지 마. 그럼 포항까지 가서 뭐 먹을래?"

"뭘 먹든 제일 먼저 제대해서 엄청 놀려줄 거다. 새끼들아!"

내가 차에 올라타며 소리치자 용비가 출발을 외치며 시동을 걸었다.

고물차는 덜덜거리며 앞으로 나아가기 시작했다. 바퀴 주변으로 흙먼지가 뿌옇게 일어났다. 이제 지긋지긋한 고물상도 안녕이다.

속도를 내기 시작한 고물차는 과속방지턱도 그대로 질주하며 넘어갔다. 나는 엉덩이가 들썩일 만큼 요란스럽게 운전하는 용비를 향해 신경질적으로 물었다.

"면허증 딴 거 맞아? 천천히 좀 가!"

그러자 용비가 어깨를 으쓱하며 대꾸했다.

"그럼 버스 타고 가든가."

불안한 얼굴로 창가를 내다보았다. 자동차 바퀴가 중앙선을 물며 불안하게 흔들거렸다. 친구들은 처음으로 떠나는 여행에 한껏 들뜬 얼굴이었다. 서로의 옷차림을 보고 농담을 하거나 음악을 들으며 흥겹게 몸을 움직였다. 빠른 속도로 도로를 내달리는 차에 타고 있으니 곧 입대라는 것이 조금은 실감 나는 듯했다.

차창 밖으로 해가 저무는 것이 보였다. 구름이 가득한 하늘은 어느새 붉은빛으로 물들어가고 있었다. 석양은 마치 하늘에 걸어놓은 빨간 전구처럼 보였다. 나는 해가 지상으로 기울어지며 점점 어두워지는 하늘을 바라보다가 문득 낮에 만난 고물상 주인아주머니의 말을 떠올렸다.

"진짜 너 하나 보고 악착같이 사신 분이야. 무슨 일이 있어도 할머니한테 잘해야 한다."

오늘부터는 할머니가 식당에서 돌아와도 집에 아무도 없을 텐데. 나 없다고 보일러도 안 틀고 그러면 안 되는데. 허리에 파스는 누가 붙여주지. 혹시나 또 고물을 주우러 다니지는 않겠지.

할머니 생각을 하니 눈시울이 뜨거워졌다. 나는 애써 눈물을 참으며 속으로 중얼거렸다. 빨리 시간이 흘렀으면. 앞으로는 할머니가 편하게 살 수 있었으면.

창밖으로는 낯선 도시가 보이고 낯선 풍경이 지나가기 시작했다. 나는 창문을 내리고 얼굴에 쏟아지는 바람을 느꼈다. 그 순간 차는 대학교 앞을 지나갔다. 순간 가슴이 덜컥 내려앉으면서 씁쓸한 기분이 들었다. 정문 앞으로 삼삼오오 몰려나오는 학생들의 얼굴에는 가뿐한 미소가 걸려 있었다. 언젠가는 대학에서 공부를 할 수 있는 날도 있겠지.

"좋네. 예쁘고 젊고. 청춘이네, 청춘."

나는 푸념하듯 중얼거렸다.

"미친 새끼. 우린 뭐 늙었냐? 우리가 더 청춘이지."

용비가 운전을 하다 말고 목소리를 높였다. 그러자 지공이도 고개를 끄덕거리며 맞장구를 쳤다.

"그치. 우리가 더 청춘이지."

나는 속으로 친구들의 말을 따라 했다. 그래, 우리가 더 청춘이다. 마음이 조금은 편안해지는 느낌이었다.

넓은 대학 캠퍼스가 빠르게 스쳐 지나갔고 고물차는 더욱 속도를 높여 한참을 달렸다. 우리는 그동안 학교를 다니면서 있었던 소소한 일부터 앞으로 하고 싶은 일까지 온갖 이야기를 떠들어댔다. 다들 출발할 때 가지고 있던 걱정은 모두 잊어버렸는지 사소한 이야기에도 툭하면 웃음이 터졌다. 하도 말을 많이 해서 목이 칼칼하다는 생각이 들 때쯤 차는 포항 요금소로 들어섰다. 해가 완전히 저물고 어스름이 깔린 저녁이었다.

**

바닷가에 도착하자마자 다들 배가 고프다고 아우성이었다. 우리는 고물차를 주차하고 낯선 거리를 헤매다가 오래된 통닭집을 발견했다. 포항까지 와서 또 통닭을 먹게 된 건 두만의 까다로운 입맛 때문이었다. 가게 안은 벽지도 제대로 바르지 않은 데다 이곳저곳 금이 가 있었다. 카운터와 함께 붙어 있는 주방에는 옛날식으로 튀겨낸 통닭들이 줄지어 늘어져 있었다.

우리는 테이블에 앉아 주문을 했다. 기름진 냄새만으로도 입에 침이 잔뜩 고였다. 얼마 지나지 않아 커다란 대접에 놓인 통닭이 나왔고, 우리는 누가 먼저랄 것도 없이 닭을 뜯기 시작했다. 말도 없이 허겁지겁 먹다 보니 순식간에 닭 두 마리가 뼈만 남기고 사라졌다.

"아직 졸업도 안 했는데 입대가 가능해?"

어느 정도 허기를 채운 두만이 닭다리를 정성스레 발라 먹으며 물었다.

"졸업한 거나 다름없지. 어차피 졸업식만 하면 끝인데."

용비가 대답했다. 내가 말을 보탰다.

"만 18세가 넘어가면 다 돼. 너도 돼."

"우리도 이제 어른이잖아. 면허도 따고."

용비가 뿌듯한 표정으로 말했다.

"그럼, 우리도 이제 어른이지."

지공은 입속에 한가득 들어 있는 음식을 우물거리면서도 용비의 말을 따라 했다. 가만히 듣고 있던 두만이 갑자기 테이블을 손으로 내려치며 중대 발표를 하듯 말했다.

"우리 다 같이 군대나 갈래? 나도 야구 확 때려치우고?"

"너는 갈 때 가더라도 살이나 좀 빼고 가라. 등치는 산만 한 놈이 입은 짧아가지고. 너 때문에 우리가 포항까지 와서 닭을 먹어야겠냐?"

내가 두만을 타박하듯 말했다.

"살아 있는 건 좀 그래. 불쌍하잖아."

두만은 대답하면서 다시 새로운 닭을 골라 집었다. 그러자 지공이 미간을 찡그리며 두만을 향해 쏘아붙였다.

"닭이 더 불쌍해, 새끼야. 너는 씹던 건 좀 넘기고 먹어라. 다

튀잖아."

"너도 스트레스 받아봐. 안 먹게 되나."

두만이 들고 있는 낡에 시선을 고정한 채 말했다.

"스트레스? 야, 나는 집에 한 달 동안 감금됐는데 내 앞에서 스트레스라는 말이 나오냐?"

"집에 있는 게 뭐가 힘들어? 나는 너네 집이면 백 년도 더 있겠다."

"답답해서 숨도 못 쉴걸?"

"땡볕에서 뺑이 치는 것보다 낫지. 나는 4년 동안 또 열나게 구를 텐데."

"공부도 못하는데 운동으로라도 대학 가니까 얼마나 고맙냐? 그냥 감사합니다 하고 열심히 다녀."

"뭘 공부를 못해? 너나 나나 성적 차이 얼마나 난다고. 운동부랑 비슷한 성적 나온 놈은 너밖에 없잖아."

"헐, 대박. 8점 차가 별거냐 별거야? 그 사이에 3만이 넘는 수험생이 있어."

또 시작이었다. 지공과 두만은 만날 때마다 자기가 더 힘들다고 난리였다. 내가 지공이나 두만이라면 소원이 없었을 텐데.

용비가 내 얼굴을 힐긋거리더니 대화에 끼어들었다.

"잘한다, 똑같은 놈들끼리 잘해. 내일부터 진짜 뺑이 치는 놈 앞에서 뭐하냐? 신나게 해줘도 모자랄 판에 뭐해?"

"7점 차 같은데……."

두만은 무안해진 얼굴로 말끝을 흐리며 다시 닭을 뜯기 시작했다. 그때였다. 두만의 모습 뒤로 구석진 자리에서 서로 입을 맞추고 있는 연인이 눈에 들어왔다. 내가 흥미진진한 표정으로 쳐다보자 용비도 놀란 표정을 지으며 구경했다. 연인은 마치 이곳에 아무도 없는 것처럼 진한 애정 행각을 벌이고 있었다. 한번 맞붙은 입술이 떨어질 줄을 몰랐다.

"아무리 양념이 맛있어도 그렇지. 양념을 저렇게 먹네."

뒤늦게 연인을 발견한 두만이 손에 묻은 양념을 빨며 말했다.

"가겠네, 가겠어."

지공이 목소리를 낮추고 중얼거리는 순간 연인들이 자리에서 일어났다. 카운터에서 계산을 한 연인은 한 몸처럼 찰싹 달라붙은 채 거리로 사라졌다.

"야! 우리도 나가자! 내일 입대하는데 재밌게 놀아야지."

내가 친구들을 향해 말했다.

"그래! 나가자. 상우 추억 돋게 해주자."

용비가 콜라를 들고 흔들며 목청을 높였다. 그러자 지공과 두만도 화색이 도는 얼굴로 맞장구를 쳤다.

"그래, 오늘 뜨겁게 불살라보자!"

"좋다, 뜨거운 거!"

용비가 다시 나를 바라보더니 물었다.

"오늘 제일 하고 싶은 게 뭐냐?"

나는 부른 배를 두드리며 하고 싶은 일을 생각해보았다. 뭐 특별한 건 필요 없고, 친구들과 함께 즐길 만한 거 없을까.

나는 곰곰이 생각하다가 미소를 지으며 물었다.

"진짜 해달라는 거 다 해줄 거야?"

내 말이 끝나기 무섭게 용비가 잔을 치켜들며 소리쳤다.

"당연하지! 무조건! 뭐든지 다 해줄게! 상우를 위하여!"

친구들도 용비의 말을 따라 외치며 잔을 부딪쳤다. 술을 들이켜자 목을 타고 시원한 맥주가 넘어갔다. 캬! 친구들은 잔을 내려놓으며 감탄사를 연발했다. 어디서 본 건 있어가지고. 취기가 달아오르자 기분이 들뜨기 시작했다. 우리는 신나게 떠들며 마지막 한 방울까지 남기지 않고 잔을 비웠다.

가게를 나와 네온사인 불빛으로 가득한 큰길로 향했다. 횟집과 노래방이 이어진 거리는 낮처럼 환하게 빛나며 번쩍거리고 있었다. 우리는 낯선 도시를 함께 걷는 것만으로도 신이 났다. 두만이 갑자기 줄지어 이어진 횟집 앞으로 달려가며 외쳤다.

"야! 여기 좀 봐라. 완전 지공이 놈이랑 똑같이 생기지 않았냐."

두만이 낄낄거리며 가리킨 것은 수족관 안에 갇혀 버둥거리고 있는 물고기였다. 한눈에 보아도 유리창 안으로 보이는 물고기 중에서 가장 머리가 크고 못생긴 놈이었다. 지공이 재빨리 수족관을 훑으며 대꾸했다.

"웃기고 있네. 지는 딱 이렇게 생겼으면서."

지공의 손가락이 닿은 곳에서는 살이 가장 통통하게 올라 있는 물고기가 입을 뻐끔거렸다. 겨우 몸이 들어갈 정도의 작은 수족관에 오래 갇혀 있었는지 눈이 회색빛으로 변해 있었다. 두만은 지지 않겠다는 듯이 다른 가게로 향해 걸어가며 두리번거렸다.

"쯧쯧. 초딩이냐? 유치하게 뭐하는 짓이냐."

용비가 혀를 차며 말했다. 그러나 얼굴은 흥미진진한 표정이었다. 이어진 다음 가게 수족관에는 붉은빛의 단단한 껍질을 가진 대게들이 가득 들어차 있었다. 나도 모르게 입맛을 다시자 용비가 힐끔거리며 물었다.

"먹고 싶냐?"

고개를 끄덕이며 대답했다.

"해병대 가면 주지 않을까?"

"뭔 개소리야."

용비가 어이없다는 얼굴로 말하자 나는 입꼬리를 한쪽으로 올리며 응수했다.

"바다잖아. 바닷속에 많겠지."

장난을 걸자 용비가 낄낄거리며 대꾸했다.

"그래, 좋겠다. 거기서 많이 드세요."

나와 용비가 웃음을 터뜨리며 다시 앞을 바라보았다. 지공과 두만은 아직도 수족관을 가리키며 장난을 치고 있었다. 그러다 문득 우리를 향해 다가와 목소리를 낮추고 수군거렸다.

"저기 여자다, 여자."

두만이 보고 있는 곳은 편의점 쪽이었다. 환한 불빛이 새어 나오는 가게 앞에는 여자들이 모여 이야기를 나누고 있었다.

"엄청 섹시하다."

두만이 설레발을 치며 떠들었다. 그러자 지공이 더 잘 보려는 듯이 눈을 가늘게 뜨며 대꾸했다.

"아직 자세한 몽타주가 안 잡히는데?"

"야, 딱 보면 모르냐. 필이 오잖아, 필이."

두만이 전문가처럼 말하자 지공이 여자 일행을 향해 성큼성큼 걸어가기 시작했다. 심혈을 기울여 골라왔다는 옷 때문인지 얼굴에는 자신감이 가득했다. 두만은 자신이 입고 있는 양복바지를 내려다보고는 걸음을 늦춰 내 뒤로 몸을 숨겼다.

용비가 지공의 뒷모습에 시선을 고정한 채 중계를 시작했다.

"윤지공 선수. 여자, 여자 노래를 부르면서 향수를 뿌려대더니 본격적으로 여자에게 접근을 시도합니다."

나는 웃음을 터뜨리며 용비의 중계에 끼어들었다.

"특별히 속옷까지 신경을 썼다는데요. 과연 효과가 있을지 궁금합니다."

우리 셋은 킥킥 웃음을 흘리며 지공을 지켜보았다. 지공이 거침없이 편의점을 향해 걸어가자 여자 일행 중 하나가 고개를 돌려 지공을 쳐다보았다. 그러자 다른 여자들도 지공이 오는 것을 알아차렸는지 지공을 의식하며 돌아보았다.

"자, 이제 도착까지 5초 남았습니다. 5, 4, 3……."

용비가 우주선을 발사하는 것처럼 카운트를 세고 있던 찰나였다. 편의점 문이 열리면서 안에서 남자들 서너 명이 한꺼번에 쏟아져 나왔다. 남자들의 손에는 무언가 가득 담긴 검은 봉지들이 들려 있었다. 남자들이 나오자 여자들은 바로 몸을 틀어 함께 움직였다. 같은 일행인 모양이었다.

지공이 눈치채고 다급하게 몸을 돌렸다. 우리를 향해 인상을 쓰며 소리 없이 입을 벙긋거렸다. 젠장. 입 모양이 가리키는 말이었다. 우리는 그 광경을 지켜보다가 동시에 웃음이 터졌다. 지공은 꽁지가 빠지게 도망치는 새처럼 종종걸음을 쳤다. 두만이 비꼬는 소리를 내며 입을 열었다.

"아, 지공 선수. 처참하게 실패를 하고 돌아섭니다. 상대의 전력을 확인하지 않았다가 봉변을 당할 뻔했군요."

나는 너무 웃겨서 눈물이 날 지경이었다. 배를 붙잡고 신나게 웃던 용비가 가까이 다가온 지공을 향해 말했다.

"야, 됐고 여기까지 왔는데 바다나 보자."

지공이 입을 삐죽거리며 반대편에 보이는 가게로 향했다.

우리는 그곳에서 맥주와 과자를 샀다. 그리고 진열대에 놓여 있는 폭죽까지 계산을 했다. 겨울 바다라 인적이 드물었지만 아직까지는 불이 환한 구역이 있었다. 나는 해변 근처에 서 있는 트럭을 가리키며 제안했다.

"지는 사람 바다에 들어가기, 콜?"

친구들은 내가 가리키는 곳을 바라보았다. 트럭에는 풍선 터트리기 게임이 설치돼 있었다. 우리는 트럭에 다가가 차례대로 다트를 던졌다. 용비가 먼저 조준을 하고 다트를 날렸지만 풍선 바로 옆을 비껴갔다. 두만이 깔깔거리며 용비를 비웃었다.

"그것도 못하냐. 비켜봐, 이 몸이 한 방에 게임을 끝내주지."

두만은 다트를 들고 야구공을 던지듯이 포즈를 잡았다. 그러자 용비가 두만의 포즈를 우스꽝스럽게 따라 했다.

"야구도 더럽게 못하는 놈이 뭐하는 거냐."

두만은 아랑곳하지 않고 가장 높이 매달려 있는 파란색 풍선을 향해 다트를 던졌다. 두만의 예상과 달리 바늘은 구조물 천장으로 날아가 꽂혔다.

이번엔 내 차례였다. 나는 손목을 풀어 준비를 마치고 가볍게 목표물을 향해 손목을 움직였다. 순식간에 날아간 다트는 두 번째 높이에 있는 노란 풍선을 터뜨렸다. 빵 하는 소리가 울리자 친구들은 환호성을 지르며 오두방정을 떨었다.

나는 두 팔을 들어 올리며 환호했다. 포항으로 오는 내내 머릿속에 온갖 걱정들이 가득했는데 어느새 쉬지 않고 웃고 있다는 생각이 들자 마음에 따뜻한 기운이 퍼져나가는 느낌이었다. 입대 전날을 친구들과 함께하게 된 것은 나에게 행운이었다. 친구들이 없었다면 아마 나는 이 먼 곳까지 우울한 얼굴로 왔을 것이다.

우리는 게임을 끝내고 바다로 걸음을 옮겼다. 그리고 바다를 보자마자 누가 먼저랄 것도 없이 달려가기 시작했다. 이미 해가 저문 바다는 어두워서 잘 보이지 않았지만, 해변으로 밀려오는 물소리가 귓가에 생생하게 들렸다. 그리고 발밑에는 하얀 거품을 내며 부서지는 파도가 보였다.

지공과 두만이 다시 엉겨 붙어 장난을 치기 시작했다. 서로를 바다에 먼저 떠밀기 위해 애쓰는 모습이었다. 용비는 봉지 속에서 폭죽을 꺼내 불을 붙였다. 연기를 내며 불이 붙자 환하게 빛을 내며 막대 끝에서 불꽃이 터지기 시작했다. 허공을 향해 꼬리를 그리며 솟아오르는 빛을 보고 친구들이 모여들었다. 용비가 나를 향해 소리쳤다.

"잘 갔다 와라, 새끼야!"

지공과 두만도 내 양옆에 붙어 서서 나를 끌어안았다.

"징그럽게 왜 이래."

내가 몸을 움직여 빼내자 둘은 장난 가득한 얼굴로 더 엉겨

붙었다. 그리고 갑자기 나를 끌고 바다를 향해 움직이기 시작
했다. 나는 발을 버둥거리며 외쳤다.

"아 씨. 나 이겼는데 왜 이래!"

"미리 연습해야지. 이제 해병대 되는데!"

지공이 소리치며 더 세게 팔을 잡아끌었다. 거의 바다 가까
이 도착했을 때 나는 가까스로 벗어나 도망쳤다. 친구들이 나
를 쫓아오며 내 이름을 불렀다.

우리는 한동안 어두워진 해변을 뛰어다니며 떠들썩하게 장
난을 쳤다. 차가운 겨울바람에도 입에서는 뜨거운 김이 쉴 새
없이 새어나왔다.

어느덧 해변가에 늘어선 가게 불빛이 하나둘 꺼지기 시작했
다. 우리는 모래사장에 주저앉아 숨을 가다듬으며 봉지에 들어
있던 맥주를 꺼내 마셨다. 차가운 맥주가 목을 타고 내려가고,
얼굴에 맺힌 땀에 바람이 스치면서 추위가 느껴졌다. 주변을
둘러보니 겨울 바다를 구경하던 사람들도 어느새 자리를 떠나
고 없었다.

깊은 밤이었다. 주위는 고요했고 귓가에 들려오는 것은 끊임
없이 밀려오는 파도 소리뿐이었다. 땀이 식자 목덜미가 서늘할
정도로 차가운 기운이 느껴졌다. 우리는 캔을 모두 비우고 자
리를 털며 일어났다. 두만이 떠나기 아쉬운 듯 바다로 걸음을

옮겼다. 친구들도 비틀거리는 두만을 따라 움직였다.

주위의 불빛이 사라진 바다는 이제 한 점의 불빛도 없는 어둠으로 가득했다. 계속 앞을 보고 있으면 어디까지가 하늘이고 어디까지가 바다인지 경계조차 구분되지 않았다. 어둑어둑한 모래사장을 걸어 나가려는 찰나 순식간에 파도가 밀려들었다.

우리는 재빨리 뒷걸음치며 벗어났다. 두만은 혼자 넋이 나간 얼굴로 파도를 피하지 못해 신발이 흠뻑 젖었다. 그러나 술기운이 많이 올랐는지 신발이 젖었다는 것도 모르는 것 같았다.

해변을 따라 방파제까지 걸었다. 거대한 블록처럼 보이는 돌들이 나타나자 우리는 경쟁을 하듯 높은 곳을 향해 올라갔다. 해무가 가득한 방파제에서는 주변이 잘 보이지 않았다. 마치 검은 안개가 우리를 둘러싼 것처럼 느껴졌고, 나는 꿈처럼 기분이 묘했다.

두만은 결국 오바이트를 하기 시작했다. 그러자 지공이 옆에 서서 등을 두드려주었다. 두만은 속을 게워내는 중에도 나에게 소리쳤다.

"상우야, 군대 가지 마. 가지 말라고, 새끼야."

"마시지도 못하는 술을 왜 처먹어 가지고. 진상이네, 진상."

지공이 다른 손으로 코를 쥐고 인상을 쓰며 투덜댔다.

"군대는 만날 사고만 나잖아. 가지 마. 우리 졸업하면 할 거 많잖아."

"시끄러워, 새끼야! 냄새 나니까 아무 말도 하지 마!"

나는 용비와 방파제에 앉아 옥신각신하는 두만과 지공을 말 없이 지켜보았다. 어둠에 휩싸인 고요한 바다를 보고 있으니 들뜬 기분이 가라앉았다.

입대는 걱정되지 않았다. 다들 가는 곳인데 별일이야 있을 까. 오직 걱정되는 것은 홀로 남은 할머니뿐이었다.

"너답지 않게 왜 이렇게 말이 없어? 긴장되냐?"

용비가 걱정스러운 표정으로 나를 바라보았다.

"긴장할 게 뭐 있어? 똑같은데."

용비가 내 얼굴을 살피며 조심스럽게 물었다.

"잘 생각하고 가는 거지?"

용비의 물음에 선뜻 입이 떨어지지 않았다.

오랫동안 목표로 한 대학에서 합격 통보를 받았을 때 나는 날아갈 것처럼 기뻤다. 매일 할머니가 모아온 고물을 나르면서 공부를 포기하고 싶었던 순간이 떠올랐고, 내가 결국 해냈다는 생각이 들었다. 합격통지서를 읽을 때마다 가슴 벅찬 감정이 밀려왔다.

그러나 기쁨은 잠시였다. 등록금 고지서가 날아온 날, 나는 현실을 직시해야 했다. 하루 먹고살기도 힘든데 몇백만 원을 입학금으로 내야 했고 생활비도 필요했다.

시험은 다시 보면 되니까. 나는 가슴 한구석이 아렸지만 애써 마음을 다잡았다. 용비가 내 마음을 읽기라도 한 것처럼 걱정스러운 말투로 말을 이었다.

"군대는 휴학하고 나중에 가도 되잖아. 대학도 괜찮은데 붙었는데."

"대학 가면 뭐하냐? 요샌 졸업해서 취직하기도 힘들다는데. 그냥 빨리 제대하고 공무원 시험 볼 거야."

나는 괜히 퉁명스럽게 대답했다.

"할머니한테는 말씀드렸어?"

용비의 말에 나는 오늘 아침을 떠올렸다.

막상 집을 비우려니 걱정되는 일이 많았다. 나는 손가락으로 확인해야 할 것들을 헤아리며 보일러실로 걸어갔다. 전원 버튼을 누르고 온도를 조정한 후 호스를 확인했다. 보일러는 내가 버튼을 눌러 조작하는 대로 위잉 소리를 내며 잘 움직였다.

다음으로 부엌에 가서 가스 밸브를 확인하고, 쌓여 있던 설거지도 말끔히 마쳤다. 그리고 집 안에 있는 내 물건들을 상자에 넣어 구석에 정리했다. 방에 있는 먼지를 쓸고 걸레로 바닥까지 닦고 나서야 개운한 기분이 들었다.

마지막으로 나는 볕이 들어오는 창가 앞에 탁자를 두고 앉아 종이를 펼쳤다. 하얀 종이 위에 할머니에게 전할 말들을 써두었다. 혹시나 해서 남긴 편지였는데 잘한 것 같았다. 아까 고물상에서 말 한마디 하시지 못하고 떠나왔으니 말이다. 아마 할머니는 저녁 늦게 집에 들어와 바로 잠자리에 들 것이다. 내가 입대를 하고 나서야 편지를 볼 수 있겠지. 할머니가 너무 서운해하지 않았으면 좋겠다는 생각이 들었다.

나는 빛이 쏟아지던 아침의 기억에서 눈앞에 펼쳐진 겨울 바다로 시선을 돌렸다. 그리고 용비를 향해 나지막이 대답했다.

"이제 해야지."

"내일 입대하는 놈이 어쩌려고? 너 공부 시킨다고 얼마나 고생하셨는데……."

더 이상 할머니 생각을 했다가는 집으로 돌아가고 싶어질 것 같았다. 고개를 흔들며 생각을 떨쳐버리고 말했다.

"너는 이제 뭐할 거야? 생각해봤어?"

"말 돌리지 말고 새끼야."

"형 밑에서 일 배울 거야? 아님 재수?"

"하, 나도 모르겠다. 학교에서 평생 국영수만 배웠는데 벌써 뭐할지 내가 어떻게 아냐? 이제부터 생각하면 되지."

용비는 한숨을 내쉬며 다시 바다를 향해 고개를 돌렸다.

짙은 안개에 휩싸인 주변을 둘러보다가 멀리서 반짝이는 희미한 불빛을 발견했다. 등대에서 나오는 불빛이었다. 등대는 분명 멀지 않은 곳에 있는데 모든 것이 아득해 보였다. 갑자기 이 순간이 모두 꿈처럼 느껴졌다. 잠에서 깨어나 눈을 뜨면 얼굴에 따뜻한 햇살이 쏟아지는 방이었으면. 할머니가 화사한 꽃

무늬가 수놓아진 새 옷을 입고 늦잠을 자고, 나는 돈을 많이 버는 일을 하고 있었으면.

내가 환상처럼 이어지는 생각에 빠져들고 있을 때 귓가에 날카로운 비명이 날아들었다. 뒷목에 서늘한 기운이 스치며 신경이 곤두섰다. 번뜩 정신이 일어 고개를 두리번거렸지만 한 치 앞이 보이지 않는 해변만 눈에 들어왔다.

"뭐야? 무슨 소리야?"

두만을 데리고 우리 쪽으로 오던 지공도 비명을 들었는지 놀란 목소리로 물었다.

"무슨 소리?"

두만이 눈을 게슴츠레하게 치켜뜨며 말하는 찰나, 다시 여자의 절규가 들렸다. 이번에는 모두 확실하게 들은 모양이었다. 우리는 동시에 벌떡 일어나 주변을 살폈다. 가장 먼저 소리가 난 곳을 발견한 사람은 용비였다. 용비가 시선을 고정한 곳은 방파제 너머에 있는 해변가였다. 그곳에는 건장한 사내에게 맞고 있는 여자가 있었다.

용비의 얼굴은 순식간에 일그러졌고, 눈가에는 뜨겁게 솟구치는 분노가 일렁거렸다. 나는 잠시 상황을 지켜보다가 무거운 목소리로 말했다.

"뭐지? 좀 심한 것 같은데?"

용비의 얼굴이 이전과는 완전히 달랐다. 험악하게 일그러뜨린 표정에는 싸늘한 냉기가 서렸다. 사내가 여자를 향해 다시 손을 치켜드는 순간 용비는 한 치의 망설임도 없이 움직이기 시작했다. 그러자 두만이 재빨리 용비의 팔을 붙잡았다.

"야, 가지 마. 다른 사람이 도와주겠지."

"누가 도와줘? 아무도 없는데."

용비가 신경질적으로 쏘아붙였다.

"경찰에 신고하면 되잖아."

"경찰 기다리다가 저 여자 죽어, 새끼야."

용비가 거칠게 말을 내뱉고는 두만의 손을 뿌리쳤다. 그리고 사내를 향해 달려가기 시작했다. 두만이 용비를 불렀지만 아무 소용없었다. 용비의 귀에는 아무런 소리도 들리지 않는 것 같았다.

"얼른 도와주고 가자. 용비 마음 알잖아."

나는 문득 용비의 일을 떠올리며 말했다. 용비라면 여자를 때리는 사내를 보면 피가 끓어오르는 게 당연한 일일지도 몰랐다. 정확한 내막을 물어보지는 못했지만, 언젠가 용비가 울면서 말한 적이 있었다. 자기가 어머니를 폭력으로부터 지켜주지 못해 어머니가 돌아가신 거라고 말이다.

용비가 섣불리 사고를 일으키지 않도록 도와주면 되겠지. 우리는 넷이나 있으니까. 나는 이미 사내에게 가까워진 용비의 뒷모습을 보며 생각했다.

"맞아. 저런 놈은 아주 그냥 정신을 바짝 차리게 해줘야 해!"

지공이 내 말에 동의하며 걸음을 옮겼다.

우리는 짙은 안개 속에서 여자의 비명이 들려오는 곳으로 다가갔다. 울음 섞인 절규가 들려올 때마다 간담이 서늘해졌다. 추위 때문인지 온몸이 가늘게 떨렸지만 계속 앞으로 걸어갔다.

거리가 가까워질수록 불쾌하고 찝찝한 기분이 들었다. 그러나 괜한 걱정일 거라고 중얼거리며 마음을 다잡았다. 아주 잠시만 어둠을 견디면 되니까. 이 밤이 지나고 나면 다시 아침이 올 테니까. 나는 깊게 숨을 내쉬고 친구들과 함께 용비를 향해 달렸다.

S#39	방파제 주차장, 밤	..
	토하는 두만.. 용비와 상우가 저멀리 박은혜가 맞는 모습을 발견한다. 망설이다 달려가는 아이들.	

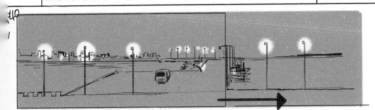

C#1   주차장 전경 (크레인. 패닝)

C#2   두만 등 두드려주는 지공 (로우 앵글)

C#3   지공 얼굴 (앙각)

지공   마시지도 못하는 술을 왜 처먹어서. 진상이네. 진상

C#4   두만 얼굴 (지공 쪽으로 뒤를 돌아보면 지공 OS 두만 느낌이 된다.)

두만   (혀가 꼬인) 야..씨..힘들어서 그래.. 힘들어서..많이 안 먹었어.

C#5   두만 지공 투샷. 카메라 이동해서 뒤에 다마스 보인다.

지공   시끄러워! 새끼야! 냄새 나니까 아무 말도 하지 마!

두만   상우 군대 가는데..씨..가지 마~ 상우야~ 군대는 만날 사고만 나잖아~ 우리 졸업하고 하자는 것도 많았잖아~ 가지 마~

토하는 두만.. 용비와 상우가 저멀리 박은혜가 맞는 모습을 발견한다. 망설이다 달려가는 아이들.

C#6 차 안의 용비, 상우 투샷 달리인.
[차 밖]

상우 두만이 살 진짜 많이 빠졌네. 학교 다니기 힘든가?
용비 ..안 가면 안 되나?
상우 ??
용비 군대는 재수하고 나중에 가도 되잖아
상우 대학 가면 뭐하나? 등록금만 비싸고. 요샌 졸업해도 취직하기 힘들어. 나는 그냥 제대하고 공무원 시험 볼거야.
용비 할머니한테는 말씀 드렸어?

상우 ..이제 해야지..
용비 내일 임대하는 놈이 언제?!
상우 (말을 끊으며) 너는 이제 뭐 할거야? 생각해봤어?
용비 말 돌리지 말고 새끼야.
상우 형 밑에서 계속 일 배울 거야?
용비 (한숨이 나오고) 하..학교에서 평생 국영수만 배웠는데 벌써 뭐할지 어떻게 아나? 이제부터 생각하면 되지.
상우 너 기타 잘 치잖아. 그거 계속 해. 포기하지 말고.
용비 ..미친 새끼..할 말 없으니까

C#7 조수석으로 다가오는 지공

지공 (마침 두만을 데리고 오며) 아! 야! 대박! 저 차 봐봐!

C#8 창문에 매달려 가지말라고 우는 두만

두만 (다마스 앞 창문에 붙어서) 가지 마~ 상우야~~ 응?
지공 아. 이 새끼. 진짜. 빨리 타. 가자. 가자.

매달려 있는 두만이 프레임아웃 하면

멀리 들썩거리는 박은혜 차가 보인다.

방파제 주차장, 밤	
토하는 두만.. 용비와 상우가 저멀리 박은혜가 맞는 모습을 발견한다. 망설이다 달려가는 아이들.	

위

C#9　박은혜 쪽으로 다가가는 다마스
　　　　F.S.

위-2

다가가며 헤드라이트 끈다.

어

C#10　아이들 시점샷으로 차 다가가고,

어-2

박은혜 차는 계속 흔들거린다.
뒤로 가서 멈추는 다마스.

//

C#11
여자 차 걸고 뒤에 다가오
는 다마스. 그 때 뛰쳐나오
는 여자. (MASTER)

S#39	방파제 주차장, 밤	..	
	토하는 두만.. 용비와 상우가 저멀리 박은혜가 맞는 모습을 발견한다. 망설이다 달려가는 아이들.		

C#12 C#11 뒤집어서 아이들 시점의
      여자 차.
      룸미러에 용비 얼굴 반사.
      여자 뛰쳐나간다. (MASTER)

C#13 놀라는 아이들 그룹샷. 폭력남이
      카메라 앞을 슥 지나간다. (망원)

C#14 용비 얼굴 측면 부감

상우 뭐야? 성폭행인가?
지공 아씨. 두만아. 너 전화. 전화. 신고하
      자.
두만 (취했지만 놀란 표정) 나 배터리 나
      갔는데..
지공 용비야. 전화. 전화.

S#39	방파제 주차장, 밤	
	토하는 두만.. 용비와 상우가 저멀리 박은혜가 맞는 모습을 발견한다. 앙설이다 달려가는 아이들.	

C#15　차에서 내리는 용비. 용비 카메라 앞 지나가고 남은 아이들에게 달리인.

두만　어디 가~ 가지 마~
용비　경찰 기다리다가 저 여자 죽어. 새끼야.

C#16　다마스 뒷모습. 내려서 용비 따라가는 아이들

두만　용비야! 김용비!
상우　얼른 도와주고만 가자
지공　그래! 저런 놈들은 아주 그냥 정신을 바짝 차리게 해줘야 돼!

선택과 후회 그리고 용비

먼 바다를 바라보는 상우의 얼굴이 어두웠다. 어렵게 합격한 대학교를 포기한 일과 할머니만 남겨두고 입대하는 일이 마음에 걸리는 모양이었다. 나는 상우에게 아무런 힘이 되어줄 수 없다는 사실에 덩달아 마음이 무거웠다. 어깨를 두드려주고 대화를 나누는 것 말고는 내가 할 수 있는 일은 없었다. 상우의 얼굴에 드리운 그늘을 보며 나도 모르게 한숨을 내쉬었다.

그때였다. 멀리서 비명이 들렸다. 어릴 적 매일 밤 듣던 낯익은 소리에 신경이 곤두섰다. 어디에서 들리는 걸까. 또 누군가 저항도 하지 못한 채 맞고 있는 것은 아닐까.

자리에서 일어나 사방을 둘러보았다. 멀리 검은 덩어리가 눈에 들어올 때 다시 선명한 소리가 들렸다. 이번에는 울음이 섞인 절규였다. 겁에 질려 제대로 말조차 할 수 없는 고통이 고스란히 느껴졌다. 갑자기 속에서 울컥 화가 치밀어 올랐다. 머릿속에서는 오래전 일이 빠르게 스쳐 지나갔다.

가게 안에 진동하던 술 냄새, 물건이 부딪치고 깨지는 소리, 창문 안으로 어른거리던 검은 그림자, 아버지의 손 안에서 빛나던 날카로운 칼날, 밤을 뒤흔들던 비명 소리, 경찰들의 차가운 시선, 유리 조각 위로 쓰러진 어머니.

내가 팔을 크게 휘두르는 검은 그림자를 향해 움직이자 두만이 달려와 내 팔을 붙잡았다. 괜한 일에 휘말리지 말라는 뜻이었다. 그러나 나는 모른 척할 수 없었다. 절대 그러지 않을 거다. 그동안 남의 일이라고 모른 척하던 많은 사람을 원망하며 살았는데 나까지 그럴 수는 없다.

나는 단호하게 두만의 손을 뿌리쳤다. 이미 내 머릿속에는 손을 들어 올려 여자의 뺨을 치는 사내의 멱살을 잡고 있었다. 당장이라도 뜯어 말리지 않으면 여자가 죽을지도 몰랐다. 나의 어머니처럼 말이다.

소리가 들려오는 곳으로 가까이 다가가보니 건장한 사내가 여자를 무자비하게 때리고 있었다. 피부가 창백할 정도로 하얗고 마른 여자는 온 힘을 다해 사내의 손길을 막고 있었지만 별

소용이 없어 보였다.

사내는 한 손으로 여자의 머리채를 붙잡고 다른 한 손으로 여자의 얼굴을 사정없이 내리쳤다. 무방비로 맞고 있는 여자의 눈에는 가득 들어찬 공포가 보였다. 그것은 이대로 삶이 끝날지도 모른다는 두려움이었다.

"일어나! 쌍년아! 내가 개호구로 보이지? 아주 좆같이 보이지? 누구야? 어떤 놈이랑 붙어먹었냐고?"

사내는 윽박을 지르며 여자의 머리채를 잡고 있는 손을 마구 흔들었다. 여자는 수풀처럼 힘없이 흔들렸다. 사내의 몸에서는 술 냄새가 진동했고, 혀가 꼬였는지 이상한 발음이 흘러나왔다.

사내가 다시 여자를 향해 손을 치켜들었을 때 나는 뒤에서 달려들어 손을 붙들었다. 매섭게 눈을 치켜뜨며 사내가 나를 돌아보았다. 막상 가까이서 얼굴을 마주하자 깔끔한 생김새에 말끔한 인상이 눈에 들어왔다. 만약 술에 취하지 않았다면 선생님이나 교수가 아닐까 생각했을 것 같았다.

나는 사내의 팔을 잡은 손에 힘을 주며 소리쳤다.

"아저씨 뭐해요? 그만하세요!"

"뭐야? 이거 안 놔?"

사내가 우악스럽게 팔을 뿌리쳤다.

"지나가는 사람인데요. 뭐 문제 있어요?"

"그럼 그냥 지나가. 끼어들지 말고."

사내는 나를 향해 경고하듯 말하고 다시 여자를 바라보았다. 그리고 몸을 빼내려는 여자를 남은 손으로 더 세게 붙잡았다. 사내의 손아귀에서 벗어나지 못한 여자는 눈물로 범벅이 된 얼굴을 들어 나를 향해 말했다.

"도와주세요. 제발 도와주세요. 저 좀 살려주세요."

여자의 목소리가 덜덜 떨렸다. 여자가 나를 향해 뻗은 손이 허공에서 허우적거리자 사내가 머리를 때리며 말했다.

"조용히 해! 쌍년아, 뭘 잘했다고 도와달래?"

사내의 가격에 여자는 신음 소리도 제대로 내지 못한 채 몸을 휘청거렸다. 피가 거꾸로 솟는 기분이었다.

술에 취해서 여자를 때리는 새끼는 절대로 변하지 않는다. 지겹도록 보고 또 봐도 그대로다. 달라질 거라는 생각, 언젠가는 바뀔 거라는 생각, 모든 것은 헛된 희망이다. 나는 술에 취해 눈이 풀린 사내의 험악스러운 얼굴에서 아버지의 얼굴이 보이는 듯했다.

"씨발! 그만하라고요!"

사내는 나를 돌아보며 험악하게 인상을 구겼다.

"뭐? 씨발?"

사내가 손을 놓고 몸을 돌리는 찰나 여자는 재빨리 내 뒤로 숨었다. 그사이 몰려온 친구들이 사내를 둘러쌌다.

"저기요, 괜찮으세요?"

상우가 여자를 향해 묻는 소리가 들렸다. 사내는 열이 오르는지 미간을 구기며 인상을 썼다. 사내가 자신의 주변에 선 친구들을 둘러보며 목청을 높였다.

"쪽수로 한번 해보겠다고? 이 개새끼들이 진짜 뒈질라고. 다와. 새끼들아! 싹 다 덤벼보라고!"

사내가 윗옷을 벗어 바닥으로 내팽개치며 악을 썼다.

"경찰 불렀어요! 그만하세요!"

두만이 싸움을 말리려고 사내와 내 사이로 끼어들며 말했다.

"잘됐네. 빨리 경찰 오라고 해! 너 이리 안 나와?"

내 뒤에 숨은 여자를 향해 사내가 위협적으로 손을 들었다. 여자는 몸을 더 작게 웅크리며 서럽게 흐느꼈다.

"취했으면 집에 가서 곱게 잠이나 자! 깽판 치지 말고!"

"너는 뭐냐고? 개새끼야!"

"개새끼 아니고 그냥 지나가는 사람이라고!"

나는 사내가 이쯤에서 사라지길 바랐다. 겁에 질린 여자가 피를 흘리며 우는 모습은 보는 것만으로도 고통스러웠다. 나는 사내를 향해 계속 쏘아붙였다. 그러자 사내는 굽히지 않겠다는 듯이 나를 향해 위협적인 손짓을 했다.

"그니까 그냥 지나가라고! 어린 새끼가 왜 어른 일에 끼고 지랄이야."

"아오! 미친놈이, 진짜!"

나도 모르게 주먹을 불끈 쥐고 들어 올렸다. 이런 놈들은 짐승이다. 약한 먹잇감을 물면 놓지 않는다. 아마 우리가 모른 척 지나간다면 여자가 힘없이 늘어질 때까지, 모든 걸 포기하고 절망할 때까지 물어뜯을 터였다.

피투성이가 된 채 바닥에 늘어진 어머니의 마지막 얼굴이 떠올랐다. 어머니는 아무 잘못도 없었다. 잘못이 있다면 약하다는 것이었고, 지켜줄 수 있을 만큼 강한 사람이 옆에 없다는 것뿐이었다.

"하지 마, 용비야."

내가 사내를 향해 팔을 휘두르려는 순간 상우가 나를 붙잡았다. 그리고 여자를 향해 다급하게 말했다.

"이거 병원 가야 할 것 같은데? 일어나세요."

사내는 여자에게서 눈을 떼지 않았다. 여자는 고개를 푹 숙인 채 울고만 있었다. 조금이라도 틈이 생기면 사내가 다시 여자의 가느다란 목덜미를 낚아챌 것만 같았다. 나는 사내의 서늘한 얼굴을 향해 돌을 던지듯 욕을 했다.

"이 미친 새끼야! 어른이면 어른답게 굴어야지! 왜 여자를 때려? 뭘 봐? 빨리 꺼져! 패버리기 전에!"

사내는 여자한테서 천천히 시선을 돌려 나를 쳐다보았다. 아까와는 사뭇 다른 표정이었다. 사내의 서늘한 눈빛을 똑바로 보고 있자니 온몸에 긴장감이 돌았다. 사내는 여자를 다시 손아귀에 넣기 위해서는 우리를 떨쳐내야 한다는 사실을 직시하기 시작한 것 같았다.

나는 틈을 보이지 않기 위해 한시도 눈을 떼지 않았다. 한동안 고요하고 불안한 침묵이 맴돌았다. 찬바람에 새어나오는 입김을 바라본 순간 사내가 나를 향해 돌진했다. 건장한 몸의 사내가 내 눈앞으로 순식간에 덮쳐와 주먹을 날렸다. 퍽 하는 소리와 함께 아찔한 통증이 밀려왔다. 턱과 볼 사이쯤을 가격한 것 같은데 얼굴 전체가 지끈거렸다.

충격에 떠밀려 몸을 크게 휘청거렸다. 중심을 잡으려고 다리를 움직이자 근육이 덜덜 떨렸다. 사내는 내가 중심을 잃은 순간을 놓치지 않고 다시 몰아붙였다. 나는 밀려드는 무게감에 그대로 바닥으로 쓰러져 사내 몸 아래 깔렸다. 바닥에 닿은 몸에서 느껴지는 충격과 위에서 짓누르는 중압감에 정신이 아득했다. 시야가 흔들리며 사내의 얼굴이 일그러지는 찰나 사내를 향해 날아드는 지공의 모습이 보였다.

"이 미친 새끼가! 꺼져, 새끼야!"

사내는 지공의 발에 맞아 몸을 비틀거렸지만 재빨리 중심을 잡았다. 그리고 이내 다시 주먹을 날리기 시작했다.

바닥에서 뒹구는 나와 지공은 방어도 제대로 하지 못한 채 거침없이 날아드는 사내의 주먹에 맞았다. 돌을 맞는 것 같은 묵직한 충격이 이어졌다. 지켜보던 두만과 상우가 사내에게 달려들었다. 둘이 사내의 몸을 잡아당겨 겨우 바닥에 넘어뜨렸다. 나는 그 틈을 타 벌떡 몸을 일으켜 세우고 사내에게 반격을 시작했다.

우리가 넷이 아니었다면 여자와 함께 꼼짝없이 사내의 먹잇감이 되었을 터였다. 나는 화가 치밀어 올랐다. 약한 사람은 왜 항상 당하기만 해야 할까.

"쓰레기 새끼야! 여자를 왜 때려? 왜! 왜!"

"아, 겁나 아파. 씨발 새끼! 아오!"

바닥에서 뒹굴던 지공이 일어나 짜증을 내며 나와 함께 발길질을 했다. 상우는 바닥에 누워 맞고 있는 사내의 상태를 살피며 우리를 말렸다.

"야! 뭐하는 거야? 그만해, 그만!"

"말리지 마! 이런 개새끼들은 그냥 두면 안 돼! 그런 거 몰라? 이런 놈들은 또 그런다고! 또, 또, 또! 쓰레기 새끼!"

두만이 사내 앞을 막아서며 말했다.

"지공아, 너도 참아. 빨리 가자! 응?"

나는 피가 끓어올랐다. 매일 저녁이면 악몽처럼 이어지던 과거의 기억들이 끊임없이 떠올랐다.

아버지는 하루도 멀쩡할 날이 없었다. 항상 눈이 풀린 채 들어와 가족들을 때리고 짓밟았다. 우리가 울부짖고 고통스러워해도 멈출 줄을 몰랐다. 아버지는 결국 우리가 아버지 앞에 무릎을 꿇고 목숨을 구걸하며 빌어야만 만족한 얼굴로 잠이 들었다.

아버지는 괴물이었다. 우리 가족을 매일 조금씩 죽이던 괴물. 그 괴물은 결국 어머니를 죽이고 우리를 거리로 내몰았다. 어머니가 죽은 것은 모두 내 탓이다. 내가 먼저 괴물을 죽일 수 없을 만큼 약했기 때문이다.

문득 정신이 들어 사방을 둘러보았다. 주변에는 아무도 없었고 우리의 거친 숨소리만 허공에 가득했다. 게다가 여자는 언제 사라졌는지 자취를 감추고 없었다. 사내는 고통스러운 얼굴로 바닥에 누워 있었다. 스산한 바람 소리와 함께 서늘한 기운이 감돌았다.

"여자 어디 갔지? 병원 가야 할 것 같던데?"

상우가 다친 여자를 찾아 주위를 훑어보며 입을 열었다.

"그렇게 맞았는데 도망 안 가는 게 이상하지. 아오, 내 얼굴. 여기 좀 봐봐. 부었지?"

지공이 투덜거리며 얼굴을 들이밀었다. 손가락이 가리키고 있는 부위는 살이 찢어져 피가 흐르고 있었다. 나는 분이 풀리지 않아 바닥에 쓰러져 있는 사내를 향해 소리쳤다.

"개새끼가 완전 취해가지고는. 씨발. 똑바로 살아! 그따위로 살지 말고!"

"이제 됐어. 그만하고 가자."

두만이 내 어깨를 붙들며 말했다. 누가 보기라도 할까 봐 걱정스러운 얼굴이었다. 두만은 이제 제발 가자며 나를 잡아끌었다. 나는 숨을 가다듬으며 엉망으로 헝클어진 머리를 털었다. 무거운 표정으로 나를 바라보는 상우의 얼굴이 눈에 들어왔다.

이만하고 자리를 떠야겠다. 내일 입대하는 상우에게 더 이상 걱정거리를 만들어서는 안 되니까. 나는 모래 범벅이 된 옷을 손으로 탁탁 털어냈다. 그리고 친구들을 따라 불빛이 환한 거리로 발걸음을 옮기려는데 뒤에서 거친 음성이 날아들었다.

"다 죽었어, 개새끼들."

고개를 돌리자 우리를 향해 무섭게 노려보는 사내의 얼굴이 보였다. 사내는 몸을 일으키더니 배 옆에 쌓여 있는 파이프 하나를 집어 들었다. 단단한 쇠파이프가 사내의 손에서 번뜩였다.

순간 나는 현기증이 일었다. 어릴 적 그날 가게에서 칼을 쥐고 비틀거리던 아버지의 모습이 사내와 겹쳐졌다. 기어코 끝장을 보겠다는 얼굴이었다.

온몸에 긴장감이 돌면서 뒷목이 딱딱하게 굳어졌다. 사내는 파이프를 들더니 위협적으로 휘두르며 우리에게 다가왔다. 잘못 맞았다가는 그대로 뼈가 부러질 것 같았다. 나는 신경을 곤두세우고 사내의 움직임을 살폈다. 술에 취한 사람이니까 분명 틈이 있을 터였다.

사내가 허공으로 크게 팔을 휘둘렀다. 쉭, 쉭. 바람을 가르며 위협적으로 움직이는 파이프 소리가 들렸다. 눈을 부릅뜨고 사내의 움직임에 집중했다. 사내는 천천히 움직이는 척하다가 갑작스럽게 나를 향해 팔을 뻗어 파이프를 내리쳤다. 나는 만사적으로 상체를 숙이고 가까스로 파이프를 비껴나갔다. 간담이 서늘한 순간 옆에 있던 두만이 소리를 질렀다.

"악!"

나를 지나쳐 간 파이프가 두만의 팔에 맞은 모양이었다. 두만은 팔을 붙잡고 몸부림치며 고통스러워했다.

"두만아! 괜찮아? 이 새끼가 미쳤나, 진짜!"

사내를 정면으로 마주 보았다. 사내가 나를 향해 다시 파이프를 들어 올렸다. 그 순간 나는 몸을 비틀어 앞으로 파고들며 사내의 몸을 붙들었다. 그리고 재빨리 뒤로 돌아 두 팔로 사내의 몸을 꽉 안았다. 그러자 두만이 사내의 손에서 파이프를 빼앗았다.

"덤벼, 씨발. 덤벼보라고!"

두만이 손에 쥔 파이프로 사내를 위협하며 말했다. 사내는 그런 두만을 보더니 순식간에 나를 밀쳐내고 앞으로 돌진했다. 퍽, 사내는 파이프에 맞으면서도 두만을 놓지 않고 악을 쓰며 몰아붙였다. 옆에서 지켜보던 지공이 끼어들어 함께 사내를 붙잡았다. 힘겨루기를 하듯 둘과 사내는 팽팽하게 버티고 섰다. 내가 합세해서 사내를 밀자 상우도 몸을 붙잡아 넘어뜨렸다.

다리에 힘을 주며 견디던 사내는 네 명이 달라붙자 더 이상 견디지 못하고 뒤로 넘어졌다.

쿵 하는 소리가 허공에 울렸다. 사내가 넘어지면서 배 모서리에 머리를 부딪친 것 같았다. 사내는 꿈틀거리며 신음을 흘렸고 쉽게 일어나지 못했다.

"개새끼야! 왜 무기를 들고 지랄이야? 어른이, 씨발."

내가 다시 사내를 향해 소리치자 상우가 앞을 막아서며 말했다.

"그만해! 그만! 여자도 갔잖아. 됐으니까 이제 가자."

사내가 일어나지 않자 불안한 생각이 번뜩 스쳤다. 더 흥분했다가는 끔찍한 사고가 일어날지도 모른다는 생각이었다. 밤이 깊은 겨울 바다는 그 어느 곳보다 황량했다. 온몸에 달아올랐던 열이 내려가자 으슬으슬 몸이 떨리면서 추위가 느껴졌다.

우리는 아무도 말하지 않았다. 사내의 얼굴은 고통으로 일그러져 있었다. 서로 시선을 피하며 불안한 생각을 하고 있을 때였다.

삑 삑. 멀리서 호각 소리가 들렸다. 경찰이 오고 있었다. 두만은 화들짝 놀라 들고 있던 파이프를 떨어뜨렸다. 사내는 누운 채 일어나지 않았고, 사라진 여자도 여전히 돌아오지 않았다. 이대로 있다가는 괜한 오해를 받을 게 뻔했다. 우리는 누가 먼저랄 것도 없이 경찰과는 반대 방향으로 달리기 시작했다.

해변을 빠져나와 불이 환한 길로 달려 나왔다. 그리고 건물 사이의 좁은 틈을 비집고 들어가 몸을 숨겼다. 나는 고개를 들어 거리를 내다보았다. 줄지어 늘어선 가게들에서 흥겨운 음악이 흘러나왔고, 손님들의 발길을 잡아끄는 네온사인이 번쩍였다. 예정대로라면 우리는 이 밤거리를 걸으며 여행을 즐기고 있어야 했다.

나는 잔뜩 숨을 죽이고 주변을 살피는 친구들에게 눈짓을 했다. 저 멀리에서 우리를 찾는 경찰들을 향해 손가락을 가리키고, 반대 방향으로 고개를 들었다. 그러자 다들 알겠다는 표정으로 고개를 끄덕였다.

우리는 다시 거리로 쏟아져 나와 냅다 뛰기 시작했다. 경찰들은 눈부신 불빛 속으로 뛰쳐나온 우리들을 발견하고 속도를 높여 뒤쫓아왔다.

"새끼들아! 거기 스라!"

"야 인마! 빨간 잠바!"

경찰관들의 목소리가 번갈아 들려왔다. 사람들은 우리를 쳐다보며 무슨 일인지 살폈다. 그러나 다행스럽게도 선뜻 나서서 우리를 잡으려는 행인들은 없었다.

숨이 턱까지 차오르고 다리가 후들거렸다. 멀리 보이는 바다는 온통 암흑이었다. 불빛 하나 없는 검은 바다. 아까 바다를 보고 있을 때는 등대를 본 것 같기도 했는데. 어둠속에서 빛나던 그 빛은 무엇이었을까. 나는 조금 전까지 우리가 웃고 떠들던 모든 시간이 이미 사라진 신기루처럼 느껴졌다.

"점마들 좀 잡아요!"

경찰들이 끈질기게 우리를 쫓아오며 허공에 외쳤다.

어쩌다 우리는 낯선 도시를 달리고 있는 걸까. 차를 타고 신나는 음악을 들으며 도시를 떠나던 아침이 떠올랐다. 한참을 달려 도착한 푸른 바다. 차에서 내리자마자 코끝에 스치던 물비린내와 하얀 거품을 내며 밀려오던 파도가 아직도 생생했다. 그러나 지금 눈앞에는 빛 하나 없는 까마득한 하늘뿐이었다.

얼굴을 스치는 차가운 바람에 등까지 서늘한 기운이 파고들었다. 귓가에는 친구들의 거친 숨소리가 들렸다. 누구하나 한마디 하지 않았다. 다들 각자의 머릿속에 불안한 생각이 가득할 것이다. 내 머릿속에는 형의 얼굴이 자꾸 떠올랐다. 형이 있었다면 지금 이렇게 낯선 도시를 죽어라 달리지 않았을지도 모르는데.

우선은 달아나야 한다. 우리를 잡으려는 경찰관으로부터. 잠깐의 실수로부터. 나는 친구들과 함께 그늘 속으로 숨어드는 벌레처럼 더 어두운 곳을 향해 달려갔다.

줄지어 늘어선 횟집이 더 이상 나오지 않을 때쯤 좁고 어두운 주택가 골목이 눈에 들어왔다. 나는 급히 발길을 돌려 그 길로 들어섰다. 깊은 밤이라 그런지 창문에는 희미한 불빛만이 어른거렸다.

친구들은 잽싸게 앞서가는 나를 따라 골목으로 늘어왔다. 방향을 틀며 뒤를 돌아보는 찰나 경찰 하나가 바닥에 고꾸라지는 게 보였다. 넘어지면서 신음 소리가 터졌고 함께 쫓아오던 경찰이 발길을 멈추고 돌아보았다. 이때다. 나는 속도를 더 높였다. 지금 거리를 벌리지 않으면 잡힐지도 모른다. 심장이 터질 것처럼 뛰었다.

어둡고 좁은 길을 따라 파고들었다. 그러나 왠지 거대한 미로에 들어선 기분이었다. 한 번도 온 적 없는 동네라 길을 짐작할 수가 없었다. 한가롭게 휴대폰을 켜서 지도를 찾아볼 수도 없고 미칠 노릇이었다. 숨이 턱밑까지 차오르면서 온몸이 떨려왔다. 불안한 생각들이 밀려들면서 점점 커다란 입을 벌리는 것 같았다.

결국 우리가 도달한 곳은 막다른 골목이었다. 좁아지는 길을 나가려면 다시 되돌아갔어야 했는데. 하지만 처음 온 도시에서 경찰을 따돌릴 수 있는 길을 짐작하기란 거의 불가능에 가까웠다. 골목길 끝에는 커다란 주택이 있었고, 그곳을 지나려면 그 집 담장을 뚫고 가는 방법뿐이었다. 나는 터무니없는 생각에 힘이 쭉 빠졌다. 눈앞에는 내 키보다 두 배쯤은 되어 보이는 담장과 굳게 닫힌 철문이 있었다.

우리는 길을 잃은 사람들처럼 우왕좌왕하기 시작했다. 막다른 길에 몰린 사냥감처럼 어쩔 줄을 몰랐다. 경찰들의 발소리가 가까워오자 개 짖는 소리가 울려 퍼졌다. 컹! 컹! 조용한 밤하늘을 찢으며 울리는 날카로운 소리에 몸이 얼어붙었다.

"용비야, 어쩌지?"

지공이 거친 숨을 몰아쉬며 나에게 물었다. 얼굴에는 땀이 한가득 흘러내리고 있었다. 상우는 숨이 차는지 무릎에 손을 대고 허리를 굽힌 채 숨을 몰아쉬었다. 눈을 돌려 사방을 빠르게 훑었다. 길을 찾아야 한다. 어디로든 나가야 한다.

"이리 와!"

나는 전봇대 뒤로 향했다. 친구들은 내 뒤로 줄지어 서서 벽에 몸을 붙이고 틈새로 숨어들었다. 경찰관들은 얼마 지나지 않아 우리가 있는 곳에 도착했다. 경찰들도 막다른 골목을 보았는지 더 이상 달리지 않고 서서 호흡을 가다듬었다.

우리는 조금의 인기척도 내지 않았다. 마치 이곳에 없는 것처럼 숨을 죽이고 경찰들의 동태를 살폈다.

"거기 숨은 거 다 아니까 좋은 말 할 때 나온나."

경찰 하나가 주변을 살피다가 우리가 숨어 있는 방향에 시선을 고정한 채 말했다. 경찰들은 우리 쪽을 바라보며 인상을 폈다. 마치 독 안에 든 쥐를 바라보는 것 같은 표정이었다.

친구들은 경찰들이 슬그머니 다가오는 것을 보자 하얗게 질린 얼굴로 나를 쳐다보았다. 그러나 나라고 도망칠 만한 뾰족한 수가 있는 것은 아니었다. 오히려 나는 친구들보다 더 깊은 불안에 손끝이 저려오는 것을 느꼈다.

정신을 가다듬고 마지막 기회를 노렸다. 지공이 뭐라 말을 하려는 찰나, 나는 손가락을 입에 대고 조용히 하라는 신호를 보냈다. 친구들의 눈에는 긴장감이 가득했다.

"셋 센다."

경찰들이 우리를 향해 선전포고를 했다. 나는 최대한 목소리를 낮추고 속삭였다.

"뭉치니까 안 되겠어. 일단 흩어지고 차에서 보자."

"근데 왜 이렇게 도망가는 거냐?"

상우가 의아한 얼굴로 물었다. 그러자 두만이 맞장구를 치며 거들었다.

"그러게. 힘들어 죽겠는데."

그 순간 경찰이 하나! 하고 소리쳤다. 상우도 나를 향해 말했다.

"그냥 나가자. 우리는 잘못한 것도 없잖아."

경찰들은 서로 신호를 주고받는 것처럼 얼굴을 마주보고 고개를 작게 끄덕였다. 이제 곧 우리를 향해 달려들 태세였다. 가까이 발을 옮기며 한 손에 쥔 곤봉을 다잡는 것이 보였다. 아무 소리도 나지 않는 사방에 경찰들의 단화 소리만 울렸다. 한 발

한 발 가까워지면서 점점 소리가 커졌다.

둘! 거친 목소리가 허공에 울렸다. 막상 경찰들이 위협적으로 다가오자 나는 순식간에 생각이 변했다.

"그렇다고 잡히는 것도 이상하잖아. 잘못한 것도 없는데."

"그래, 잡히면 괜히 집에만 연락하고 피곤해져."

지공도 내 말을 거들며 말했다. 나는 상우를 향해 돌아보며 말을 이었다.

"너도 아침에 들어가려면 좀 쉬어야지."

"그러네. 집에서 알면 큰일 나지."

두만은 지공의 말이 끝나자마자 맞장구를 쳤다. 그러나 상우의 표정은 여전히 어두웠다. 이러지도 못하고 저러지도 못하는 표정이었다.

상우는 우리가 도망치게 된 일을 떠올리고 있는 것 같았다. 우리가 흥분을 주체하지 못해서 아주 순식간에 벌어진 일. 그 사내는 눈을 감고 있었지만 분명 찬 공기 사이로 느껴지는 뜨거운 숨이 있었다. 별일은 없을 것이다. 나는 애써 불안한 생각을 지워냈다.

그러나 마음 한구석에 찝찝하고 불편한 감정이 요동쳤다. 사실 아무것도 확신할 수는 없다. 그때 우리는 그 자리에 남아 모든 것을 확인해봤어야 했다. 흥분을 가라앉히고 어떻게 된 상황인지 살펴봤어야 했다. 그렇게 감정에 치우쳐 날뛰다가 잔뜩 겁을 집어먹고 도망쳐서는 안 되는 거였는데. 조금씩 후회가 밀려들었다.

"그냥 나가는 게 좋을 것 같은데……."

상우는 말끝을 흐리며 말을 꺼냈다. 그러나 상우를 제외한 셋은 경찰서에 끌려가 마지막 밤을 보내고 싶지 않다는 생각이었다. 경찰관들에게 잡히지만 않는다면 이것은 우리들만의 가벼운 해프닝이 될 수 있으니까.

"셋!"

경찰들이 덮쳐오는 순간 나는 튕겨 나가듯 몸을 내밀었다. 기대와 달리 거칠게 달려 나오는 나를 보고 바로 앞으로 다가온 경찰이 화들짝 놀라 뒤로 넘어졌다. 나는 그 사이를 뚫고 나가며 소리쳤다.

"뛰어!"

친구들은 순식간에 벌어진 일에 놀라면서도 다시 달리기 시작했다. 어둠 속에서 쏟아져 나온 우리는 경찰을 지나 주택가를 빠져나갔다.

거리로 들어선 나는 친구들에게 재빨리 손짓을 하며 반대 방향을 가리켰다. 친구들은 내가 보내는 신호를 알아들었는지 바로 몸을 틀었다. 우리는 순식간에 둘로 나뉘었다. 지공과 두만이 멀어져가는 것을 보고 나는 상우와 함께 반대 방향으로 달렸다.

"거기 스라! 새끼들아! 니들 얼굴 다 봐놨어!"

악에 찬 경찰의 목소리가 날아들었다. 이번에는 제대로 열이 받은 모양이었다.

나는 상우와 함께 무작정 뛰었다. 얼마쯤 달렸을까. 다시 숨이 차오르는 게 느껴지는 순간 경찰들과도 거리가 제법 멀어진 것이 보였다.

눈앞에는 좌우로 갈라진 길이 나타났다. 여전히 무거운 표정을 하고 있는 상우에게 눈을 찡긋거리며 괜찮다는 신호를 보냈다. 괜찮을 거야. 경찰들을 따돌리고 차에서 만나자. 그리고 오늘 밤은 이곳에서 멀어지는 거야.

나는 입안에 맴도는 말들을 속으로 삼키며 상우를 향해 외쳤다.

"나 오른쪽! 이따 보자!"

말이 끝나기 무섭게 오른쪽으로 방향을 꺾었다. 그리고 어두운 거리로 내달리는 순간 뒤에서 허공을 찢는 듯한 거친 파열음이 들렸다.

끼익! 자동차 바퀴가 급격하게 멈춰 서며 일으키는 불쾌한 마찰음이었다. 나는 뒤통수를 얻어맞은 것처럼 몸이 덜컹거렸다. 급격히 브레이크를 거는 소리와 함께 무언가 부딪치는 소리가 들렸던 것 같다. 가로등이라도 들이박은 건가? 제발 내가 잘못 들었기를. 이 모든 게 단순한 해프닝으로 끝나기를. 그러나 등골에는 서늘한 기운이 스쳤고 식은땀이 흘렀다. 고개를 돌리기가 무서웠다.

전전히 고개를 놀려 상우의 모습을 찾았다. 기대와 달리 멀리 달려 나가는 상우의 모습은 보이지 않았다. 대신 길 위에서 얼어붙은 것처럼 멈춰 선 고급 세단 한 대가 눈에 들어왔다. 그리고 붉은빛으로 번쩍이는 라이트 아래 검은 물체. 그것은 분명 사람이었다.

눈으로 보고 있는 것을 믿을 수가 없었다. 나도 모르게 벅벅 눈을 문질렀다. 다리가 후들거렸다. 가까이 다가갈수록 선명하게 보이는 것은 익숙한 신발과 옷이었다. 정말 상우가 차에 치인 건가? 횡단보도에는 파란 빛이 번쩍거리고 있었다. 아마 상우는 신호등이 바뀌기 전에 건너가려고 했을 것이다. 걸음을 멈추지 않고 달려 나갔을 것이다.

멈춰 있던 차는 갑자기 도로를 향해 움직이더니 굉음을 내며 질주하기 시작했다. 번호판을 봐야 하는데. 저 새끼 꼭 잡아야 하는데.

내 머릿속에는 누군가 갑자기 수도꼭지를 틀어놓은 것처럼 생각이 쏟아졌다. 햇볕으로 반짝이던 바다, 입대한다고 말하던 상우의 얼굴, 웃고 떠들던 바다의 공기, 가로등 뒤에 몸을 숨긴 상우의 무거운 표정. 모든 일이 꿈만 같았다. 그러나 눈앞에는 상우가 피를 뒤집어쓴 채 검은 도로 위에 시신처럼 누워 있었다. 만약 꿈이라면 지독한 악몽이 분명했다. 다시는 꾸고 싶지 않을 만큼 끔찍했다. 손발이 떨렸다. 나는 한 발 한 발 나아갈 때마다 앞으로 넘어질 것만 같았다.

"상우야? …… 상우야!"

목소리는 이내 절규로 뒤바뀌었다. 온 세상이 쩍쩍 갈라지며 균열을 일으키는 듯한 기분이었다. 그때 뒤에서 강한 손길이 내 뒷덜미를 잡아챘다.

"이 쥐새끼 같은 놈이 경찰을 치고 가? 어?"

"이거 봐요! 사고 났어요! 사고!"

나는 경찰에게 다급하게 소리쳤다.

"사고 났어요. 제발 도와주세요. 우리 상우 좀 살려주세요."

경찰은 내가 도망을 가려고 수를 쓴다고 생각하는 것 같았다. 내 말은 듣지도 않고 윽박을 질러댔다.

"가만히 있어라 이 새끼야! 너는 현행범이야! 알아?"

나를 붙드는 우악스러운 힘이 느껴졌다.

"진짜 사고 났다니까요! 이거 봐요! 네? 상우야!"

"말투가 여 아가 아이네? 김 경장, 이 새끼 꽉 잡아라!"

나를 잡고 있는 손이 다른 손으로 뒤바뀌는 찰나, 나는 그대로 옷을 벗어버리고 허물을 벗는 것처럼 몸을 빼냈다. 그리고 쓰러져 있는 상우에게 다가갔다. 눈앞이 새하얘지는 기분이었다. 머리가 어지럽고 귀가 먹먹했다. 상우가 누워 있는 도로는

어둠에 잠겨 있었다. 상우도 이대로 어둠 속에 잠길 것만 같아 덜컥 겁이 났다. 상우의 몸을 흔들어보았지만 상우는 아무런 반응도 보이지 않았다. 신음 소리도 내지 않았고, 따뜻한 숨도 내쉬지 않았다. 나는 악몽 속에서 깨어나기 위해 몸부림치듯 상우를 흔들며 악을 썼다.

"상우야! 너 왜 이래? 정신 차려봐!"

숨을 몰아쉬자 입안 가득 차가운 기운이 들어찼다. 눈물이 쏟아지기 시작했다. 손에 닿는 서늘한 기운이 이 모든 일이 현실이라는 것을 말해주고 있었다. 상우는 그냥 나가는 게 좋겠다고 했는데. 더 이상 도망치지 않는 게 좋겠다고. 다 내 탓이다. 내가 막무가내로 도망치지만 않았어도 상우는 이런 꼴로 누워 있지 않았을 것이다.

작은 실수 하나가 다른 실수를 만들었고, 그것은 더 큰 실수를 만들었다. 실수가 눈덩이처럼 커져 나를 덮쳤다. 두려움에 숨이 컥 막혔다. 도로로 질주한 차는 벌써 사라지고 보이지 않았다.

나는 벌떡 일어나 소리를 질렀다.

"이 미친 새끼야! 뺑소니 개새끼야!"

도로에는 붉은 신호만 깜빡거리고 있었다. 순간 희미한 신음 소리가 들렸다. 아래를 내려다보니 상우가 가느다란 숨을 토해내고 있었다. 상우는 눈도 뜨지 못하면서도 무슨 말을 하려는 듯이 입을 움직였다.

"하아······으······요······비야······나······."

"그래 나 용비야! 나 보이지? 병원 가자, 병원. 추운데 여기 있지 말고. 119 부를 테니까 조금만 참아."

나를 부르는 상우의 신음 소리에 온몸이 덜덜 떨려왔다. 가까스로 휴대폰을 꺼내어 번호를 눌렀다. 제대로 누르고 있는 건지, 신호가 가고 있는 건지, 정신이 아득했다. 빨리 상우를 병원으로 데려가야 한다는 생각밖에 없었다. 상우는 그사이 다시 정신을 잃었는지 아무런 움직임이 없었다.

상우가 정말 죽은 것은 아닐까. 상우가 이대로 다시는 일어나지 못할까 봐 미칠 것 같다. 모든 것을 다시 되돌리고 싶다. 단 하루만, 아니 두 시간만 되돌릴 수 있다면.

경찰들이 상황을 봤는지 무전으로 연락을 취했다. 나는 고개를 돌려 경찰들에게 매달렸다. 제발 상우를 살려달라고. 이대로 놔두지 말아달라고.

"상우 좀 빨리 병원에 데려가주세요. 네?"

"이거 골치 아프네. 연락했으니까 가만히 있어라!"

"조금만 참아 상우야. 금방 119 오니까 조금만······. 아, 씨발! 저 차 개새끼가! 우리 상우를······."

나는 상우를 달래다가 울컥 화가 치솟았다. 분명 파란 불이 깜빡이고 있는 횡단보도였다. 차가 제대로 멈춰 섰다면 이런 끔찍한 일은 없었을 것이다. 게다가 사람을 이렇게 만들어놓고 도망간 새끼를 잡기만 한다면 똑같이 만들어주고 싶다. 찬 바닥에 피를 흘리며 쓰러지게 만들고 하염없이 구급차를 기다리도록 말이다.

뒷목이 뻐근하게 굳어지면서 속에서 열이 끓어오른다. 모든 것이 원망스럽다. 이 와중에도 경찰은 내가 도망갈까 봐 팔을 놓지 않았다.

"이거 놔요! 우리가 뭘 잘못했다고 그래요? 저 차 잡아야 한단 말이에요!"

"가만히 좀 있으라고, 새끼야!"

경찰이 내 팔을 있는 힘껏 조였다. 팔이 부러질 것처럼 강한 힘을 느낀 순간 상우가 울컥 피를 토해냈다. 입에서 붉은 피가 넘치고 하얀 김이 솟아올랐다. 팔에 느껴지는 아픔 따위는 잊어버리고 상우에게 달려들어 허겁지겁 피를 닦았다. 손에 끈적끈적하고 뜨거운 피가 묻어났다.

"상우야! 아무 일도 없을 거니까 제발 정신 좀 차려. 상우야! 나 좀 보라고! 제발 눈 좀 뜨라고, 새끼야! 상우야!"

나는 그대로 바닥에 주저앉아 상우를 향해 오열했다.

상우는 더 이상 피를 토하지도 않고 신음 소리도 내지 않았다. 마른 장작처럼 내가 흔드는 대로 움직이기만 했다. 뜨거운 숨결도 느껴지지 않았다. 백지장처럼 하얗게 변하는 상우의 얼굴을 바라보며 나는 일어나라고 소리를 질렀다.

멀리서 사이렌 소리가 들려왔다. 나는 경찰들에게 매달려 쉴 새 없이 말했다. 무슨 말을 내뱉는 건지 나도 알 수가 없었다. 살려달라고, 제발 상우를 살려달라고. 우리는 아무것도 잘못한 게 없다고, 뺑소니 새끼를 잡아야 한다고, 병원에 옮겨야 한다고, 상우네 할머니가 걱정하실 거라고. 나는 입에서 나오는 대로 짓거리며 애원했다.

도착한 구급차에서는 구급대원들이 재빨리 뛰어나와 들것을 내렸다. 그리고 상우의 상태를 살피고 심각한 얼굴로 피를 닦았다. 상우의 눈꺼풀을 열어 동공을 확인하고 들것으로 상우를 구급차에 실었다.

모든 것은 순식간이었다. 구급차는 요란한 사이렌 소리와 함께 멀어졌다. 나는 작아지는 불빛을 보며 생각했다. 어디서부터 잘못된 걸까. 하염없이 눈물이 흘러내렸다. 나는 온몸에 휩싸이는 끔찍한 예감을 느끼며 몸서리쳤다. 긴 악몽이 시작되고 있었다.

**

쾅! 경찰들은 양쪽에서 나를 붙잡고 문을 걷어차며 지구대 안으로 들어섰다. 상우가 누워 있던 도로에서부터 여기까지 어떻게 왔는지 잘 기억나지 않았다. 내 머릿속에는 붉은 피를 울컥 쏟아내던 상우의 얼굴만이 가득했다.

당장이라도 상우를 쫓아 병원으로 가야 하는데, 경찰들은 유유히 사라지던 뺑소니차는 잡지도 않고 나만 붙잡고 늘어졌다. 우리가 무슨 잘못을 했다고. 우리는 그저 맞아 죽어가던 여자를 구해줬을 뿐이었다. 실수라면 감정이 격해져 사내와 싸움이 붙었고 무작정 도망을 간 것뿐이다.

귀가 먹먹하고 시야가 어지러웠다. 눈물이 터질 것처럼 눈시울이 뜨거워지다가 속에서 울컥 화가 치밀었다. 우리 상우 어떡하지. 불쌍한 우리 상우. 병원에서 정신을 차렸을까. 얼마나 다쳤을까. 당장 포항 병원으로 달려오실 부모님도 안 계신데.

나는 경찰들의 손에서 벗어나기 위해 몸부림치며 소리쳤다.

"이거 놔요! 병원 가야 한단 말이에요!"

"가만히 좀 있으라고! 새끼야! 소리 지르지 말고! 여기 앉아!"

경찰들은 나를 억지로 책상 앞까지 끌고 갔다. 그리고 거칠게 의자를 빼더니 앉으라며 머리를 짓눌렀다. 뒤통수에 전해지는 거친 무게감에 고개가 푹 숙여졌다. 그러자 더 화가 치밀어 올랐다. 지금 당신들이 해야 할 일은 이게 아니잖아. 우리 상우 친 새끼 빨리 찾아야 하는 거잖아.

나는 억울함을 호소하듯 경찰들을 번갈아 쳐다보며 애원했다.

"우리는 진짜 잘못한 거 없어요. 보내주세요."

"하, 도대체 몇 번을 말하게 하노? 잘못이 있는지 없는지는 지금부터 한번 알아보자 이까."

"제가요, 진짜 이러고 있으면 안 되거든요. 병원 가야 하거든 요. 상우한테요. 아저씨들도 사고 난 거 봤잖아요."

자꾸 눈물이 흘렀다. 상우 잘못되면 안 되는데. 혼자 남은 할머니는 어떡하라고. 상우 이 자식 잘못되면 진짜 안 되는데. 손발의 떨림이 멈추지 않았다. 검은 그림자처럼 미동도 없이 누워 있던 상우의 모습이 머릿속에 반복될 때마다 두려움이 밀려왔다.

경찰들은 짜증스러운 얼굴로 나에게 말했다.

"그래, 가야지 병원. 나도 가야 돼. 근데 할 건 하고 가야 안 되겠나? 같이 도망친 놈들 빨리 전화해서 오라고 해라."

경찰들은 상우의 사고가 그저 귀찮은 일거리 중 하나라고 생각하는 것 같았다. 왜 진짜 나쁜 새끼는 잡지도 않고 우리만 가지고 이러는 거지? 나는 입술을 질끈 깨물었다.

"아저씨들은요?"

내가 매섭게 노려보며 말하자 경찰들은 의아한 얼굴로 나를 바라보았다.

"아저씨들은 할 거 했어요? 뺑소니는 잡지도 않고 나한테 왜 이래요? 아까 안 잡았으면 번호판이라도 볼 수 있었잖아요."

"이 새끼가 지금 누구 탓을 하고 있노? 니들이 잘못을 했으니까 일이 이렇게 된 거 아이가?"

경찰들은 버럭 화를 내며 언성을 높였다. 나는 경찰들의 얼굴을 똑바로 마주 보며 대답했다.

"분명 파란 불이었어요. 근데 그 새끼가 그냥 치고 갔다고요!"

"조용하고 너는 지금부터 묻는 말에만 대답해라. 판단은 우리가 알아서 할 테니까. 알았나?"

"아, 제발요. 병원 먼저 보내주세요. 네? 상우 상태만 보고 올게요."

다시 눈물이 터져 나오려는 것을 참으려고 손에 힘을 주었다. 따지기도 하고 애원을 해봐도 경찰들은 기어코 우리를 먼저 붙잡아두고 조사할 생각 같았다. 의식도 없는 상우가 혼자 병원에서 사투를 벌이고 있을 생각을 하니 가슴이 미어졌다. 상우에 대한 미안함과 모두 내 잘못인 것 같은 죄책감에 나도 모르게 고개를 떨어뜨렸다. 그러자 옷을 붉게 물들이며 잔뜩 묻어 있는 피가 보였다.

"이렇게 피가 많이 났는데……. 상우가 많이 다쳤단 말이에요. 제발 저좀 보내주세요."

나는 신음을 내뱉듯 중얼거렸다.

"야! 우리 바쁜 사람들이야. 자꾸 피곤하게 할래?"

앞에 앉은 경찰이 파일로 큰소리를 내며 다그쳤다. 그러자 옆에서 상황을 지켜보던 경찰이 진정하라는 듯이 손으로 신호를 주더니 태도를 바꾸었다. 분위기가 험악해봤자 시간만 지체될 거라는 생각을 한 모양이었다.

"들어보니까 타지에서 온 것 같은데 계속 이러면 니만 손해야. 얼른 조사받고 나가는 게 좋겠나, 여기 쭉 있는 게 좋겠나?"

경찰은 한결 부드러워진 목소리로 나를 향해 말했다.

"병원 갈 사람이 없어요. 아무도 없다고요. 상우는 가족이라고는 할머니밖에 없거든요."

"어차피 지금은 가도 할 수 있는 기 아무것도 없다. 면회도 안된다고."

"그래도 가야 돼요. 할머니 오시려면 시간도 많이 걸릴 텐데. 제가 가야 돼요."

"그러니까 빨리 조사만 받고 나가자. 응? 그래야 할머니한테 상황도 말해주지. 뺑소니는 교통과로 넘겼으니까 곧 연락이 올거다."

당장 상우 옆에 있어주지 못한다는 생각에 목이 메어왔다. 불쌍한 놈. 차라리 차에 치인 게 나였더라면 우리 형이라도 달려왔을 텐데.

소매로 눈물을 훔쳤다. 그러자 눈물이 닦이는 게 아니라 피가 묻어났다. 나는 손에 범벅이 되어 말라붙은 피를 보고 울컥 설움이 복받쳐 올랐다. 거칠게 숨을 몰아쉬며 흐느끼자 경찰이 이어서 말했다.

"아까 같이 도망간 아들, 친구들 맞제? 부르면 병원 보내줄게. 어떻노? 오늘 있었던 일만 쭉 말하고 가는기라. 정신 차리고!"

오늘 있었던 일만 말하면 병원으로 갈 수 있다. 나는 그 말을 듣고 멍한 얼굴로 허공을 바라보았다. 지공과 두만은 무사히 도망갔을 텐데. 상우를 보려면 여기서 모든 일을 말하는 수밖에 없었다.

나는 갈피를 못 잡는 사람처럼 머리카락을 쥐어뜯으며 괴로워했다. 모든 일이 균열을 일으키며 틀어지고 있었다. 경찰들의 말이 사실일까. 오늘 밤에 있었던 일을 말하면 우리를 병원에 보내줄까. 조금 있으면 상우를 치고 도망간 나쁜 새끼를 잡아올까.

경찰은 수화기를 들어 나에게 건넸다. 친구들에게 연락을 하라는 뜻이었다. 나는 마지못해 지공에게 전화를 걸었다. 신호음이 이어지면서 단조로운 기계음이 들려왔다. 그 소리를 듣고 있자니 병원에서 응급 장치를 하고 누워 있을 상우가 생각났다. 상우의 심장이 세차게 뛰고 있기를. 제발 상우가 무사하기를. 신호는 길게 이어졌다.

S#1	프롤로그, 해질녘
	바다로 뛰어가는 아이들

#01 고속촬영

C#1 해질녘 포항해변

카메라 트랙인하면 뛰어가는 아이
들 뒷모습 프레임인,

IN

차례차례 프레임인 해서 달리는 용
비, 지공, 두안 뒷모습

| S#1 | 프롤로그, 해질녘 |
| | 바다로 뛰어가는 아이들 |

마지막으로 상우 프레임인

달리다가 미디엄 사이즈가 되면
돌아본다.
상우의 모습이 잠시 보이다가 -

- S#2 횟집거리 추격씬으로 연결

C#1 아이들 어깨 걸리고, 달려오는
     경찰들 F.S

경찰2 야~이! 새끼들아! 거기 서!

S#2	횟집 거리, 밤		
	달아나는 아이들. 쫓는 경찰들		

C#2 도망가는 아이들 B.S
　　　한 컷으로 한 명씩. 스테디캠

C#3 쫓아오는 경찰들 B.S

경찰1 야 인마! 빨간 잠바!

| S#2 | 횟집 거리, 밤 |
| | 달아나는 아이들, 쫓는 경찰들 |

C#4   아이들과 경찰들 사이드 F.S

C#5   경찰들 사이드 B.S

C#6   두만, 지공 사이드 B.S

C#7   용비, 상우 사이드 B.S

S#3	주택가 골목, 밤	
	주택가 골목을 내달리는 아이들. 뒤쫓는 경찰들. 달아나던 아이들은 막다른 골목에 다다른다.	

C#1　도망가는 아이들 정면 B.S

골목에서 꺾어진다.

마지막 두만을 잡으려던 경찰,
미끄러진다.

C#2　경찰 넘어지고, 멀어지는 아이들
뒷모습

C#3　경찰 넘어지고, 골목으로 들어가
는 두만 F.S

| S#3 | 주택가 골목, 밤 |
| | 주택가 골목을 내달리는 아이들. 뒤쫓는 경찰들. 달아나던 아이들은 막다른 골목에 다다른다. |

4

C#4 넘어진 경찰 정면 투샷

경찰2 (아이들을 쫓다가 돌아와서) 괜찮으세
요?
경찰1 으..(허리가 부여잡고) 그냥 가~ 빨리
~

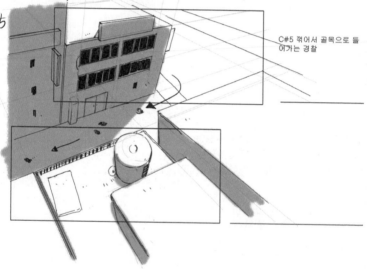

5

C#5 꺾어서 골목으로 들
어가는 경찰

Part 2

실수는 누구에게나
똑같은 대가를
원하지 않는다

냉장고와 유치장 그리고 자공

갈림길에서 함께한 나와 두만은 차 주변까지 무사히 도착했다. 경찰들은 우리가 아니라 용비와 상우를 선택한 것 같았다. 우리 뒤를 쫓아오는 사람은 없었고, 이제 거리에도 하나둘 불빛이 꺼져가고 있었다.

우리는 초조한 마음으로 차 주변을 서성거렸다. 그러나 다가오는 사람은커녕 지나가는 행인조차 없었다. 결국 경찰들에게 잡힌 걸까. 어떤 상황에 처해 있는지 몰라 섣불리 연락을 할 수도 없는데. 마냥 기다리고 있으려니 안 좋은 생각만 계속 쏟아졌다.

두만은 숨이 차도록 달린 덕분에 술이 깬 얼굴이었다. 만약 둘이 경찰에게 잡혔다면 어떻게 해야 할까. 고민하는 사이 휴대폰이 울렸다. 용비였다.

"용비야! 너 어디야?"

"지공아, 그게…… 상우한테 사고가 났어."

휴대폰 너머로 들려오는 용비의 목소리는 평소와 달랐다. 나는 휴대폰을 든 손에 힘을 주며 물었다.

"뭐라고? 무슨 사고? 많이 다쳤어?"

"나도 모르겠어. 우선 여기 지구대로 와야 할 거 같아."

용비의 목소리가 가늘게 떨리고 있었다. 웬만한 일에는 코웃음이나 치는 놈인데. 작은 사고가 아닐 거라는 불안한 예감이 스쳤다.

전화를 끊고 상우가 사고를 당했다는 말을 두만에게 전했다. 불안한 표정으로 나를 바라보던 두만의 표정이 딱딱하게 굳어졌다. 우리는 다시 차 주변을 벗어나 지구대를 향해 달려가기 시작했다.

지구대에 들어서자 바쁘게 움직이는 경찰들 사이로 용비가 보였다. 나는 망연자실한 얼굴로 앉아 있는 용비에게 다가가 거친 숨을 몰아쉬며 말했다.

"뭔 말이야? 무슨 사고가 나?"

용비는 고개를 들지 못하고 넋이 나간 표정으로 바닥만 바라보았다. 두만이가 용비의 손에 묻은 피를 발견하고 화들짝 놀라 물었다.

"너 피 이거 뭐야? 너도 다쳤어?"

용비가 천천히 고개를 저었다. 손뿐만이 아니었다. 셔츠와 겉옷에도 여기저기 피가 묻어 있었다. 용비는 자신의 손을 어두운 얼굴로 응시했다. 손끝이 덜덜 떨렸다.

"지공아, 두만아. 상우 어떻게 하냐? 하……. 우리 상우 어떻게 해?"

고개를 든 용비의 얼굴은 충격을 받은 표정이었다.

상우가 큰 사고를 당한 건가? 무작정 도망치지 말았어야 했는데. 뒤늦게 후회가 밀려들었다. 차에 도착했을 때만 해도 무사히 상황을 모면했다고 생각했는데, 그건 나만의 착각이었다. 오히려 일이 점점 꼬여가는 것 같았다.

나는 용비의 얼굴에 서려 있는 두려움이 불길처럼 나에게 옮겨 붙는 것을 느꼈다. 다급한 목소리로 용비를 다그쳤다.

"왜? 뭐가 어떻게 된 건데? 말을 해봐."

용비는 다시 고개를 떨어뜨리고 말을 잇지 못했다.

"뭐하노? 니들. 분위기 잡지 말고 거기 앉아라."

내가 용비를 향해 대답을 재촉하는 사이 옆에 다가온 경찰들이 냉랭한 목소리로 말했다. 그리고 용비 옆에 있는 의자를 가리켰다.

"도망칠 땐 몰랐는데 다들 어려 비네. 미성년자가?"

우리를 뒤쫓아온 다른 경찰이 두만과 나의 얼굴을 천천히 뜯어보며 말을 보탰다.

"갑자기 꿀을 먹었나? 어른이 물어보면 대답을 해야지."

우리가 대답을 하지 못하고 머뭇거리자 먹잇감을 발견한 것처럼 경찰들이 다그쳤다. 나는 정신이 반쯤 나간 것 같은 용비의 얼굴을 쳐다보다가 입을 열었다.

"아니요. 우리도 이제 어른인데요."

"그래? 뭐 그건 조사해보면 될 일이고. 자, 잘 들어. 너희들은 묵비권을 행사할 권리가 있으며 변호사를 선임할 권리가 있어. 만약 변호사를 선임할 만한 경제력이 없으면 국선 변호인의 도움을 받을 수 있으며……."

경찰이 영화에서나 보던 말을 했다. 영화에서는 경찰이 범죄자를 잡으면 수갑을 채우며 한 말이었는데. 울컥 화가 솟구쳤다. 우리는 위험에 처한 여자를 도와줬을 뿐인데 범죄자 취급을 받고 있었다.

"뭐예요?"

내가 경찰을 쏘아보자 경찰은 차가운 얼굴로 말을 이었다.

"너희들이 말하는 모든 것은 법정에서 불리하게 적용될 수 있어."

경찰의 입에서 법정이라는 단어까지 나오자 지구대 안에는

정적이 흘렀다.

정말 우리가 나쁜 짓을 한 걸까. 온몸에 힘이 다 빠져나가는 기분이었다. 허리에 손을 얹고 다리에 힘을 주고 섰다. 두만은 종이를 구기듯 눈가를 찌푸리고 불안해했다. 경찰이 조용해진 우리의 얼굴을 살피며 말했다.

"미란다 원칙이라는 건데 원래 범죄 용의자한테 하는 거니까 너무 신경 쓰지는 말고. 그냥 들으면 되는 기라."

"그걸 왜 우리한테 알려주는데요?"

나는 발끈해서 물었다.

"우리는 용의자 그런 거 아니에요. 나쁜 짓도 안 했고요."

두만이 내 말을 거들며 동조했다. 그러자 경찰이 코웃음을 치며 대답했다.

"여 있다 보면 말이야. 나쁜 놈들을 수도 없이 보거든? 근데 그중에 99프로는 자기가 잘못이 없다고 해요. 99프로. 여기는 괜히 오는 곳이 아니다. 다 잘못이 있으니까 오는 거지."

경찰은 친절한 말투로 설명했다. 그러나 우리는 말 속에 담긴 의미가 전혀 친절하지 않다는 것을 알고 있었다. 경찰은 우리가 99프로의 나쁜 놈들일 거라고 말하고 있었다.

지구대 안에 흐르는 냉기가 느껴졌다. 모서리가 벗겨지고 녹슨 철제 책상도 마음에 들지 않았고, 귀에 거슬리는 시곗바늘 소리도 듣기 싫었다. 조금 전까지만 해도 집에서 나온 해방감으로 가득했는데 정신을 차리고 보니 집보다 더 춥고 어두운 곳에 갇혀 있는 셈이었다. 집에서 책을 펼치고 앉아 있으면 한순간도 참기 힘들었는데 이 순간만큼은 내 방으로 돌아가고 싶은 마음이 간절했다.

경찰이 다른 경찰을 향해 손짓을 했다. 그러자 두만 앞에 앉은 경찰이 입을 열었다.

"자, 니부터 주민번호 불러봐."

"네? 왜 저부터 해요?"

"관상이 안 좋잖아. 관상이. 시커매가지고. 옷은 또 이기 뭐꼬? 조폭이가?"

경찰이 노골적으로 비꼬며 말했다.

"학생인데요."

처음으로 지목당한 두만이 움찔하며 말했다. 경찰은 두만이 대답을 한 후에도 계속 아래위를 훑어보았다. 아무래도 두만이 입은 감독의 양복바지와 쫄티가 거슬리는 모양이었다. 그리고 훈련 때문에 매일 운동장에서 살다시피 한 두만의 운동화에는 흙이 잔뜩 묻어 있었다. 유니폼을 입고 공을 던지는 두만의 모습과는 무척이나 어울리는 운동화였지만 낯선 도시의 지구대 안에서 보고 있으니 괜한 의심을 사기에 충분해 보였다.

상황을 지켜보고 있는 동안 한숨이 절로 나왔다. 상우의 상태가 걱정되긴 했지만, 우리 상황도 안 좋기는 마찬가지였다.

경찰은 못마땅한 표정을 숨기지 않고 다시 입을 열었다.

"허허. 느그들은 아저씨가 괜히 경찰 하는 줄 아나? 딱 보면 답이 나온다고. 누가 착한 앤지 나쁜 앤지. 그런 건 평생 지워지지도 않으니까 빨리 주민번호나 대라."

두만은 어떻게 해야 할지 모르겠다는 얼굴이었다. 잠시 뜸을 들이다가 사실대로 대답했다.

"950419 1212211이요."

"이 새끼 미성년자 맞네. 박두만이. 서울에 살고 전과는 없네?"

"무슨 전과요? 당연히 없죠."

가만히 대화를 듣고 있는 용비의 얼굴이 점점 달아오르는 게 보였다.

"아 냄새. 이 새끼 이거 술 마셨나 보네. 김 경장, 음주측정기 있제? 가져와서 수치 한번 재봐라."

"아니, 술은 많이 안 마셨는데. 그게……. 먹고 나서는 운전도 안 했어요. 진짜예요."

경찰은 이미 우리를 믿지 않는 듯했다. 두만이 이런저런 이야기를 늘어놓았지만 상황은 점점 악화되고 있었다. 두만은 도와달라는 표정으로 나와 용비를 번갈아 쳐다보았다. 그러나 우리도 두만과 다름없는 신세였다. 두만의 차례가 지나면 우리가 취조를 당할 것이 분명했다.

경찰은 우리의 이야기는 궁금해하지도 않았다. 그저 자신들이 추측하는 것들이 다 맞지 않느냐는 식으로 다그쳤다. 관상이 안 좋으니까 나쁜 짓을 했을 거라고 생각했고, 범죄사를 훈계하듯 과격하게 말을 뱉었다.

"미성년자가 술 처마신 게 자랑이다. 새끼야."

"아이고. 운전도 했어? 이 새끼들 이거 음주 운전에 무면허 운전까지 한 거 아이가? 운전은 누가 했어? 면허증 줘봐."

경찰이 두만의 머리를 때리며 말했다. 그러자 옆에 있던 경찰도 말을 보탰다. 순간 고개를 숙이고 있던 용비가 벌떡 일어났다. 붉게 충혈된 눈에 분노가 스쳤다.

"잘 알지도 못하면서 왜 범죄자 취급을 해요?"

"뭐야 이거?"

경찰이 일어선 용비를 향해 눈을 치켜뜨며 말했다.

"병원 보내주세요. 우리는 잘못한 거 없어요."

"느그들 지금 연기 하나? 솔직히 사고 난 것도 다 느그 때문이잖아! 도망 안 갔으면 사고도 안 났을 거 아이가. 근데 왜 이렇게 친구 생각하는 척이고?"

경찰의 표정은 진심이었다. 상우에게 사고가 난 것은 우리 때문이고, 우리는 이 상황에서 벗어나기 위해 친구를 생각하는 척 연기하는 거라고 말했다.

대체 상우에게 무슨 일이 일어난 걸까. 갈림길에서 헤어지기 전 어두운 얼굴로 시선을 마주친 게 마지막이었는데. 나는 한껏 들떠 있던 기분이 깊고 어두운 곳으로 끝없이 가라앉는 것을 느꼈다.

경찰의 말이 맞을지도 모른다. 그때 상우의 말대로 무작정 도망치지 않았더라면 지금처럼 최악의 상황은 아니었을 것이다. 하지만 상우를 생각하는 척 연기하는 것은 아니다. 웬만한 일에는 표정 변화도 없는 용비가 온몸을 덜덜 떨고 있는 걸 봐서는 상우에게 큰일이 생긴 게 분명했다.

상우가 얼마나 다쳤는지 당장이라도 병원에 가서 살펴보고 싶었다. 홀로 고통스러워할 상우를 생각할 때마다 가슴이 조여 오는 기분이 들었으니까. 그러나 가장 먼저 해결해야 할 일은 바로 눈앞에 있었다. 우리는 우선 경찰의 의심을 풀어야 했다. 무작정 피하고 도망만 가다가는 지금보다 상황이 더 꼬여버릴지도 몰랐다.

"일어나. 가자."

내가 생각을 거듭하고 있을 때 용비가 갑자기 일어나며 말했다. 더 이상 경찰과는 말이 안 통한다고 판단한 얼굴이었다. 한 번 화가 나면 무섭게 타오르는 게 용비였다. 나는 용비의 행동 때문에 자꾸 조바심이 났다.

"응? 지금?"

불안한 기색을 숨기며 용비에게 대꾸했다.

"까불지 말고 앉아라."

경찰이 아까와 달리 인상을 구기고 무거운 목소리 말했다. 용비의 행동이 심기를 불편하게 한 모양이었다. 순식간에 공기가 무거워졌다. 나는 등에 식은땀이 흐르는 것을 느끼며 용비를 힐끔거렸다. 제발 이 상황 좀 해결하자, 용비야. 제발.

"너 왜 그래? 일단 앉아."

용비의 팔을 잡아끌며 말했다.

"상우한테 가자고! 일어나라고!"

용비의 얼굴에는 울음이 가득했다. 머릿속엔 지금 이 상황이 전혀 들어가지 않는 것 같았다. 오직 사고를 당한 상우 생각으로만 머릿속이 가득해 보였다.

"이 새끼는 아까부터 계속 병원 핑계만 대는 게 영 이상하네."

경찰들은 차가운 시선을 거두지 않았다. 용비가 강하게 나올수록 오히려 용비에 대한 의심이 확신으로 바뀌고 있는 것 같았다.

"그냥 경찰서로 바로 보내죠. 말도 안 듣는데."

"그럴래? 바로 경찰서로 갈래?"

경찰들이 우리를 향해 겁을 주며 목청을 높였다.

"우리가 경찰서를 왜 가요? 왜요?"

"그럼 앉아! 새끼야!"

지구대 안에 거친 목소리가 쩌렁쩌렁 울렸다.

"상우한테 보내달라고!"

경찰을 향해 분노를 표출하는 용비와 강제로 용비를 자리에 앉히려는 경찰들 사이에 실랑이가 벌어졌다. 우선 용비를 진정시켜야 했다. 우리가 이대로 지구대를 박차고 병원으로 간다고 해도 경찰들이 가만히 있을 리 없었으니까.

나는 거칠게 반항하는 용비의 팔을 붙들었다. 여기서 우리가 아무런 잘못도 하지 않았다는 것을 증명하는 편이 상우에게 더 빨리 갈 수 있는 방법이었다. 두만도 같은 생각을 하고 있는지 어느새 용비의 다른 쪽 팔을 붙들고 있었다. 네 명의 남자들에게 둘러싸인 용비는 고통스러운 얼굴로 인상을 찡그렸다.

"이거 놔요, 아파요. 니들은 왜 잡아?"

용비가 신음 소리와 함께 말을 뱉었다.

"너는 공무집행방해죄까지 추가야. 새끼야, 알아?"

경찰이 용비의 머리를 때리며 소리쳤다.

"뺑소니는 잡지도 않고 왜 우리한테만 이러냐고요? 이거 놓으라고요."

"이 새끼가 주동자네. 맞지? 니 주동자 맞제? 가만히 있어라, 가만히!"

경찰들과 용비가 대화를 하면 할수록 분위기가 점점 험악해졌다. 두만은 울상이 된 얼굴로 용비를 향해 거의 빌다시피 말했다.

"용비야, 너 왜 이래. 그만해……."

나는 두만과 함께 용비를 붙잡고 말했다.

"진정 좀 하라고."

용비는 조금만 틈이 생기면 바로 몸에 힘을 주고 버둥거렸다. 오로지 밖으로 나가야겠다는 생각밖에 없는 사람 같았다. 경찰들의 얼굴에는 이제 조금의 웃음기도 남아 있지 않았다. 그들의 눈에 우리는 범인이자 확실한 용의자였다.

나는 용비를 제지하려고 애를 썼다. 의자에서 가까스로 벗어난 용비가 힘을 이기지 못하고 다시 끌려왔다. 용비는 마지막 발악을 하려는 듯이 구석에 놓인 냉장고를 끌어안고 버티기 시작했다. 그리고 악을 쓰며 외쳤다.

"보내주세요. 상우한테 보내달라고요!"

"그거 안 놔? 빨리 놔! 새끼야!"

경찰이 냉장고를 붙들고 있는 용비의 손가락을 때리며 소리쳤다.

"이 미친놈아! 자리에 앉으라고!"

용비는 지지 않으려는 듯이 목청을 더 높였다.

"우리는 진짜 잘못한 거 없다고요! 이거 놓으라고요!"

경찰들은 거칠게 용비를 잡아끌었다. 용비가 냉장고를 잡고 버둥거리는 동안 네 명의 남자가 달라붙어 힘을 썼다. 용비 손에는 빨판이라도 달렸는지 한동안 미동도 없었다. 경찰들의 얼굴이 붉게 달아오르고 용비가 조금씩 움직이는 것 같다고 생각하는 순간이었다.

쾅. 허공에 커다란 소리가 울리며 냉장고가 바닥으로 넘어졌다. 문이 열린 냉장고 안에서는 음식들이 우르르 쏟아져 나왔다. 밑반찬이며 밥이나 달걀, 간식들이 뒤섞인 채 나뒹굴었다. 바닥에 떨어지면서 열린 김치통에서는 빨간 국물이 줄줄 흘러나왔고, 시큼한 냄새가 코를 찔렀다.

지구대 안은 순식간에 난장판이 되었다. 나는 한동안 입을 벌린 채 믿을 수 없다는 얼굴로 눈앞에 벌어진 광경을 쳐다보았다. 냉장고와 함께 넘어진 경찰들이 인상을 쓰며 일어나 말을 뱉었다.

"이런 미친 새끼들."

경찰들은 어이가 없는 표정이었다. 용비가 머리를 감싸 쥐더니 소리를 질렀다. 이미 정신이 나간 놈 같았다. 용비의 절규가 흐느낌으로 바뀌자 시간이 멈춘 것처럼 지구대 안에는 침묵이 돌았다.

아, 집으로 갈 수만 있다면. 이곳의 공기는 몸이 얼어붙을 것처럼 차가웠다. 낯선 풍경은 더 이상 가슴을 설레게 하지 않았고, 순식간에 모습을 바꾸는 괴물처럼 두렵기만 했다. 상황을 풀어나갈 수 있을 거라고 생각했는데. 나는 모든 희망이 바람 앞에 촛불처럼 위태로워지는 것을 느꼈다.

경찰은 책상으로 가더니 경찰서로 연락을 했다. 우리를 경찰서로 보내겠다는 내용이었다. 무슨 말이든 해보려고 했지만 경찰은 이미 모든 결정을 내린 듯 단호한 눈빛이었다. 나는 아수라장이 된 지구대 바닥에 그대로 주저앉았다. 용비와 두만은 말이 없었다. 깊은 구덩이 속으로 다 함께 떨어진 기분이 들었다. 이곳에서는 밖으로 나갈 수 있는 동아줄 하나 보이지 않았다.

잠시 후 경찰 승합차가 지구대 앞에 섰다. 우리는 경찰들이 이끄는 대로 승합차 안으로 차례차례 올라탔다. 용비는 아직도 화가 풀리지 않는지 거친 숨을 몰아쉬었다. 상우를 다치게 한 사람은 잡지도 않고 우리만 범죄자 취급을 하는 게 원망스러운 모양이었다.

용비의 마음은 백번이고 이해할 수 있었다. 그러나 우리가 여기서 경찰과 오해를 풀어야 상우한테도 갈 수 있는 거였다. 아까처럼 무작정 달려 나갔다가는 일이 점점 더 꼬이기만 할 뿐이었다. 문득 용비의 불같은 성질이 원망스러워 한숨이 새어나왔다. 두만은 걱정이 가득한 얼굴로 밖을 내다보았다.

창밖으로 낯선 도시의 풍경이 스쳐 지나갔다. 깊은 새벽, 낯선 곳에서 우리는 인생 최대의 위기를 맞고 있었다. 대체 앞으로 어떻게 해야 여기서 벗어날 수 있을까.

히터를 틀지 않은 승합차 안은 냉랭한 공기로 가득했다. 손발이 시려오며 오한이 들었다. 나는 몸서리를 치며 눈을 질끈 감았다. 눈을 뜨고 나면 모든 일이 꿈이었으면.

**

두만이 어깨를 툭툭 쳤다. 눈을 뜨니 승합차가 경찰서로 들어서고 있었다. 차가 주차장에서 멈춰 서고 운전을 하던 형사가 문을 열고 내리라고 손짓했다. 밖으로 나오자 차고 푸른빛이 보였다. 새벽이었다. 바다가 있는 도시라 그런지 안개가 자욱했다. 주변을 둘러보았지만 한 치 앞도 잘 보이지 않았다. 도살장에 끌려가는 소처럼 느리게 움직이는 우리를 향해 형사가 다그쳤다.

"똑바로 서! 똑바로! 일렬로!"

엉거주춤 걸음을 옮기며 형사가 앞서가는 방향으로 움직였다. 우리가 일렬로 서자 형사는 경찰서 건물 안으로 향했다. 초라한 지구대와 달리 커다란 건물 중앙에는 대한민국 경찰 마크가 붙어 있었다. 그리고 그 옆에는 벽면을 따라 늘어진 현수막이 보였다.

'국민의 손과 발 가슴이 되는 경찰'

'믿음 주고 사랑 받는 시민의 경찰'

한 걸음씩 나아갈 때마다 어깨가 저절로 움츠러들었다. 정말 나쁜 짓을 하고 잡혀온 기분이 들었다. 불현듯 해변에서 신음을 내며 쓰러졌던 사내의 모습이 떠올랐다. 설마 사내의 상태가 심각한 것은 아니겠지. 어딘가 다쳐서 피라도 흘리고 있었던가? 막연한 생각이 거듭될수록 불안이 온몸에 번져나갔다.

그러고 보니 아침부터 먼 길을 달려온 데다 술을 마시고 밤새도록 뛰었다. 한숨도 자지 못한 상태로 새벽을 맞이하려니 머리가 어지러웠다. 속이 울렁거리는 기분에 침을 삼키며 손에 힘을 주었다. 손끝이 저려오면서 피가 통하지 않는 느낌이었다.

형사과 팻말이 붙어 있는 곳으로 문을 열고 들어가자 와자지껄한 소음이 쏟아졌다. 조용한 복도와 달리 대낮처럼 분주한 곳이었다. 재빠르게 주변을 훑자 큰소리로 윽박을 지르고 있는 형사들이 보였다. 그리고 인상 사나운 남자 한 명이 있었는데 이곳에서 유일하게 유유자적한 얼굴로 앉아 있었다. 그 남자는 의자에 드러눕다시피 몸을 기대고 컴퓨터 화면을 보며 중얼거렸다.

"와라. 와라. 와라. 왔다. 에이 씨발, 진짜. 장난하나. 여기서 4가 왜 뜨노, 4가. 니미."

신경질적으로 마우스를 클릭하며 욕을 뱉었다. 내용을 들어보니 온라인 게임을 즐기고 있는 모양이었다. 남자가 마우스를 집어 던지며 화면에서 눈을 떼는 순간, 형사과 안으로 들어오던 우리와 눈을 마주쳤다.

"뭐야?"

남자가 고개를 까딱거리며 물었다.

"지구대에서 난동을 좀 피워가지고요."

우리를 이끌고 들어온 형사가 대답하자 그가 눈을 가늘게 치켜뜨며 물었다.

"종목이 뭔데?"

"폭력이요."

"그런 건 그냥 지구대에서 합의 보고 끝내야지. 뭘 여기까지 끌고 오노? 바빠 죽겠는데."

"그러려고 했는데요, 팀장님. 냉장고까지 박살을 냈더라고요. 진정시킨다고 애 좀 먹었습니다."

남자는 형사과 팀장이었다.

"그래? 어린놈들이 까져가지고. 최 형사한테 조서 받으라고 하고. 또 말썽 피우면 그냥 유치장으로 넣어뿌라!"

우리를 이끌고 온 형사가 상황을 설명하자, 그는 우리를 향해 인상을 쓰며 소리쳤다. 그을린 검은 피부에 거칠고 탁한 목소리가 어우러져 가까이하고 싶지 않은 분위기를 풍기는 사람이었다. 형사가 우리를 끌고 방향을 틀며 말했다.

"알겠습니다. 따라와."

우리는 형사과 구석에 놓인 책상 앞에 차례대로 앉았다. 그러자 그 옆으로 입구에서부터 따라온 형사가 다가왔다. 밝은 불빛 아래서 얼굴을 마주치니 이곳에 있는 사람들과는 사뭇 다른 분위기가 풍겼다. 행동이나 말투가 과격하지 않았고 인상이 험악하지도 않았다. 동네에서 자주 보는 형들과 나를 바 없는 친근한 얼굴이었다.

"팀장님 말씀 들었지? 여긴 지구대랑 달라! 아까처럼 행동하면 바로 유치장행이니까 알아서 행동해라! 알겠나?"

앞에 앉은 형사가 책상을 내리치며 말했다.

"네."

나와 두만이 동시에 대답했다. 그러나 용비는 굳게 걸어 잠근 자물쇠처럼 입을 열지 않았다. 용비의 얼굴을 보자니 속이 화끈거렸다. 이 자식은 학교에서 경험 안 해봤나. 학생 주임한테 걸렸을 때 개기면 개길수록 더 세게 얻어터지는 거 모르냐고. 가슴이 답답해서 터질 것 같았다.

"이 새끼야, 니는 대답 안 하나?"

형사가 용비의 얼굴을 뚫어지게 노려보며 다그쳤다.

"네."

"지금부터 최 형사가 몇 가지 물어볼 거다. 여기서 제일 무서운 형사니까 딴소리하거나, 말을 중간에 끊거나, 묻지 않은 말을 하거나, 거짓말하면 죽는다!"

앞에 앉은 형사가 동네 형 같은 형사를 가리키며 말했다. 그리고 자리에서 벌떡 일어나더니 어디론가 사라졌다.

"편하게 앉아."

우리의 얼굴을 천천히 뜯어보던 최 형사가 빈 의자에 앉으며 말했다. 귀를 쏘는 날카로운 음성과는 달리 부드러운 말투였다.

"이 새끼가! 똑바로 안 하노?"

순간 반대편에서 발길질하며 윽박지르는 소리가 들렸다. 갑작스러운 소음에 나는 몸을 움찔거렸다. 우리가 뒤를 돌아보며 눈치를 보자 최 형사가 말했다.

"저놈은 나쁜 짓을 해서 저러는 거고. 너네는 잘못한 거 없다고 했잖아. 맞나?"

"네."

"그럼 빨리 협조하고 나가자. 여기 오래 있어서 좋을 게 없다. 알았제?"

"네."

다정하게 묻는 소리에 저절로 대답이 나왔다. 최 형사가 원하는 질문에 대답을 잘 하면 이곳을 벗어날 수 있을 것 같았다.

"친구들이가?"

최 형사가 다시 질문을 이었다.

"네, 친구들입니다."

그러자 용비도 마음이 풀렸는지 한결 차분해진 목소리로 대답했다.

"포항에는 왜 왔노?"

"상우가 내일 해병에 입대해서요. 훈련소 바래다 준다고 왔습니다."

최 형사가 빠르게 손을 놀리며 자판을 두드렸다.

우리는 지난 몇 시간 동안 있었던 일을 이야기하기 시작했다. 입대하는 친구를 배웅하기 위해 포항으로 온 일과 바닷가에서 즐겁게 시간을 보내던 일. 그리고 우연히 마주친 여자가 우리에게 도움을 요청했던 일. 최 형사는 담담한 얼굴로 우리의 이야기를 들어주었다. 의심하거나 다그치는 말들도 없었다.

"여서 잠시 기다리봐라."

상황 파악을 마치고 난 뒤 최 형사는 프린터로 몇 장의 종이를 출력했다.

"네."

우리는 고개를 끄덕였다. 사실대로 털어놓고 나니 마음이 한결 가벼웠다. 이제 여자를 찾아서 우리의 말이 사실이라는 것을 확인하면 여기서 벗어날 수 있을 것이다. 용비는 초조한 표정으로 피 묻은 손을 만지작거렸다. 두만은 주변을 흘끔거리며 눈치를 보았다. 머릿속은 복잡한 생각으로 가득했지만 우리는 아무 말도 하지 않았다.

잠시 후 최 형사가 다시 자리로 돌아와 우리를 데리고 팀장에게 갔다. 우리가 나란히 앞에 서자 팀장이 얼굴을 빤히 들여다보다가 손에 들고 있던 진술서를 책상 위로 던졌다. 탁 하는 소리와 함께 파일로 묶인 종이들이 펄럭였다. 우리를 훑어보던 팀장이 눈을 위로 치켜뜨며 물었다.

"근데 도망은 왜 갔어? 사실이면 칭찬받을 일인데?"

"그게 도와준 여자가 없어져서요. 상우 훈련소도 가야 하고요."

내가 재빨리 대답했다. 이상하게 긴장감이 돌면서 손에 힘이 들어갔다.

"스토리가 좀 뻔한데? 거짓말하지 말고 솔직히 말해봐라. 어차피 여자 오면 다 들통난다!"

팀장은 미간에 힘을 주며 인상을 쓰더니 날카롭게 물었다.

"진짜예요. 믿어주세요."

이번에는 용비였다. 드디어 경찰서에서 벗어나야 한다는 생각이 든 모양이었다. 용비가 애원하는 목소리로 말했지만 팀장은 기다렸다는 듯이 되물었다.

"그럼 냉장고는 왜 부쉈어?"

"죄송합니다. 너무 흥분해서……. 냉장고는 어떻게든 책임지겠습니다."

용비가 고개를 숙이며 말했다.

"네, 경찰분들께도 직접 가서 사과드릴게요."

나도 끼어들어 바닥에 닿을 듯이 허리를 굽히고 사과했다.

"야! 새끼들아! 그럼 이러면 이렇다 저러면 저렇다 말을 해야지! 행패나 부리고 무조건 힘을 쓰면 되나? 순진한 기가? 멍청한 기가?"

팀장이 손가락질하며 훈계를 했다. 거친 목소리가 허공에 울려 퍼졌다. 잔소리를 듣고 나면 보내주겠지. 제발 이게 마지막이었으면. 나는 자세를 더욱 낮췄다.

"최 형사, 여자는 언제 온다카대?"

한바탕 퍼붓고 난 팀장이 말없이 서 있는 우리를 보다가 형사에게 물었다.

"30분 정도 걸린답니다."

"빨리도 오네. 애들 일단 보호실에 대기시키고. 뺑소니는 어떻게 됐나 교통과에 연락 한번 해봐라."

"알겠습니다."

뺑소니라는 말이 나오자 용비가 화들짝 놀라 고개를 들었다. 아까 말한 상우의 사고가 뺑소니였던 모양이다. 상우는 많이 다쳤을까. 지금은 어떤 상태일까. 나는 용비와 최 형사를 번갈아 쳐다보았다. 팀장이 다시 입을 열었다.

"그리고 백 형사."

"네?"

백 형사가 얼른 몸을 돌리며 대꾸했다.

"야식 좀 먹자. 일을 많이 했드만 배고프네. 보쌈이나 족발 같은 거 어떻노? 단백질 많은 거."

"아유, 좋죠."

백 형사가 맞장구를 쳤다. 뺑소니 사건에 대해 좀 더 구체적인 지시를 내릴 줄 알았는데. 상우가 차에 치인 일은 이 사람들에게 평소와 다를 바 없는 사건 같았다. 나는 경찰들에게 먼저 끌려온 용비가 왜 잔뜩 화가 나 있었는지 짐작이 갔다.

최 형사는 우리를 이끌고 보호실로 갔다. 문을 닫고 최 형사가 사라지는 순간 나는 긴장이 풀려 바닥에 털썩 주저앉았다.

"후, 심장 터지는 줄 알았네."

두만이 끙 소리를 내며 숨을 크게 내쉬었다.

"진짜 아까랑은 비교도 안 된다. 괜히 쫄리고."

"지구대에서 그냥 말했으면 끝날 건데 괜히 난리 쳐서는."

두만이 입을 삐쭉거리며 말했다. 나는 문득 화가 잔뜩 난 어머니의 얼굴이 머릿속에 스쳤다.

"집에 연락하는 건 아니겠지? 그럼 좆 되는데."

"나는 집에서 알면 빠따로 맞거든?"

두만이 갑자기 나를 보며 눈에 불을 켜고 소리쳤다. 나는 두만의 행동에 갑자기 울컥 짜증이 일었다.

"왜 날 쳐다보면서 말해? 내가 뭘 어쨌다고?"

"뭐가? 내 눈으로 내가 쳐다보지도 못하나?"

두만이 이 자식은 꼭 나한테만 이런다. 내가 만만한가? 나와 두만이 목소리를 높이며 싸우기 시작하자 갑자기 용비가 신경질적으로 소리쳤다.

"그만 좀 해! 상우 병원에 있는데 지금 그게 중요하냐?"

우리는 용비의 말에 아무 말도 할 수 없었다. 용비는 입술을 질끈 깨물더니 화가 난 표정으로 우리에게서 휙 고개를 돌렸다.

"상우가 많이 다쳐서 어떻게 됐는지도 모르는데……. 하, 씨발 진짜."

용비가 벽으로 몸을 움직여 등을 기대며 중얼거렸다.

나는 침울한 표정으로 보호실 창살 밖을 살폈다. 아까 팀장이 교통과에 연락해보라고 한 말이 떠올랐다. 우리가 앉아 있던 책상 앞에는 백 형사가 혼자 남아 중얼거리고 있었다.

"불나방은 저번 주에 했고 노블레스는 엊그제 했고 초원은 망했고……. 오케이, 오늘은 하와이가 좋겠네."

혼잣말을 마친 백 형사가 수화기를 들더니 번호판을 눌렀다. 잠시 멈칫하더니 들뜬 목소리로 입을 열었다.

"아이고, 하와이죠? 저 강력계 백용완입니다. 영업 잘 되시죠? 에이, 이제 불타는 시간인데 사람이 없긴 와 없어요? 아주 그냥 풍악 소리가 멈추질 않는데."

백 형사의 얼굴에는 웃음이 가득했다. 사건을 조사하는 줄 알았는데 쓸데없는 말만 늘어놓고 있었다. 한숨을 쉬며 고개를 절레절레 흔들었다.

이번에는 다른 곳으로 시선을 돌리고 주변을 훑어보았다. 한

쪽 구석에서 휴대폰으로 통화를 하고 있는 최 형사가 보였다. 시끄러운지 휴대폰 화면에 귀를 바짝 가져다 대고 집중하고 있는 모습이었다.

"다름이 아니고…… 뺑소니 접수…… 있죠?"

나는 얼굴을 구기며 창살 가까이 몸을 밀착시켰다. 다른 형사들의 목소리 때문에 무슨 말을 하는지 잘 들리지 않았다. 그러나 분명하게 알아들은 말은 뺑소니였다. 팀장이 시킨 일을 최 형사가 하고 있는 모양이었다.

"고장 났어요? CCTV가? 그럼 확인되는 대로 연락 주십시오. 사실 관계를 확인해야 해서요. 네, 기다리고 있겠습니다."

나는 안개처럼 희미하게 들려오는 말들을 가까스로 주워들었다. 그러나 상황이 어떻게 돌아가는지 충분히 알 수 있는 정도는 아니었다.

뭐가 어떻게 돌아가는 거야. 젠장. 짜증이 일었다. 창살에 얼굴을 기대고 있으니 쇠 비린내가 났다. 다시 자세를 고쳐 앉고 보호실 안을 바라보았다. 언제까지 여기에 갇혀 있어야 하는 걸까. 부모님한테는 연락이 간 걸까.

이 소식을 들을 부모님을 생각하니 침통한 심정이 들어 머리를 감싸 쥐었다. 이제 혼날지도 모른다는 생각은 안중에도 없었다. 어떻게든 누군가 나를 좀 꺼내줬으면 하는 생각뿐이었다. 어머니 말대로 집에서 얌전히 공부나 할걸. 새삼 후회가 밀

려들었다.

그때였다. 형사과 문이 열리며 누군가 안으로 들어섰다. 소리치거나 언성을 높이던 형사들이 일제히 입을 다물었다. 시장 같던 공간에 정적이 맴돌았다. 그들은 모두 방금 들어온 사람을 바라보고 있었다. 높으신 분이라도 행차하셨나? 나는 궁금증이 일어 고개를 내밀고 문 쪽을 바라보았다. 얼굴을 확인하는 순간 반가운 마음이 번졌다. 이제 살았다는 생각이 번뜩였다.

형사과 안으로 조심스럽게 걸어들어 오고 있는 사람은 바로 바닷가에서 구해준 여자였다. 그때와는 달리 차분하게 가라앉은 얼굴이었다. 밝은 불빛 아래에서 보니 보기 힘든 미인이었고, 피부가 하얗다 못해 투명해 보였다. 나는 친구들을 보며 여자를 가리켰다. 용비와 두만도 눈이 휘둥그레졌다.

여자는 팀장이 있는 곳으로 걸어갔다. 잠시 후 최 형사가 와서 보호실에 있는 우리를 꺼내주었다. 우리는 책상에 여자와 마주 보고 앉았다. 가운데에는 팀장이 자리를 잡고 있었다. 친구들의 얼굴에는 화색이 돌았고 내 입에서도 희미한 웃음이 새어나왔다. 이제 여자가 왔으니 사실을 말해주리라는 기대 때문이었다. 한시라도 빨리 이곳에서 벗어나 상우가 있는 곳으로 가고 싶었다. 그러나 이상하게도 여자는 형사과에 들어온 이후로 우리와 한 번도 눈을 마주치지 않았다. 바다에서 살려달라고 애원하며 우리를 붙잡고 늘어지던 때와는 완전히 다른 얼굴이었다. 그때는 절실한 표정이었는데.

여자는 고개를 숙인 채 입을 굳게 닫았다. 어디 아픈가? 내가 얼굴을 내밀고 여자의 얼굴을 확인하려는 순간 팀장이 용비를 향해 물었다.

"이 여자분이 맞나?"

용비가 고개를 끄덕이며 재빨리 대답했다.

"네, 우리가 도와준 분 맞아요. 괜찮으세요?"

여자는 여전히 대답이 없었다. 사내한테 얻어터지면서까지 막아줬는데 왜 아무런 말도 하지 않는 거지. 나는 여자의 태도가 마음에 걸려 속으로 여러 의문을 떠올렸다. 팀장이 이번에는 여자를 향해 질문을 했다.

"얘들이 폭행당하고 있는 걸 도와줬다는데 사실입니까?"

여자는 팀장의 물음에도 말이 없었다. 계속 고개도 들지 않아서 형사과 안에는 이상한 분위기가 흐르기 시작했다. 여자의 대답을 기다리는 동안 불편한 침묵이 이어졌다. 나는 어쩐지 예상과는 다른 방향으로 상황이 흘러간다는 생각이 들었다. 여자가 오면 우리에게 고마워할 거라고 생각했다. 형사들에게 어떤 일이 있었는지 사실대로 이야기만 해준다면 모든 일은 끝날 거라고 말이다. 그러나 어쩌면 나는 단단히 착각을 하고 있었는지도 몰랐다. 정적을 깬 사람은 요란한 소리를 내며 형사과 안으로 들어온 배달원이었다.

"족발이요!"

배달원은 심상치 않은 분위기를 감지하지 못했는지 명랑한 목소리로 말했다.

"하와이에서 보냈습니다."

우리가 앉은 책상 위에 엄청난 양의 보쌈과 족발이 놓였다. 기름진 고기 냄새가 코에 스쳤다. 멀리서 다른 일을 하고 있던 형사가 배달원을 향해 손짓했다.

"일로 가꼬 온나. 이리."

배달원이 떠나자 팀장이 여자를 향해 자세를 고쳐 앉았다.

"맞아요?"

팀장이 다시 묻는 순간 여자의 눈에서 눈물이 툭 떨어졌다. 진짜 울고 싶은 사람은 난데. 나는 여자의 행동이 당황스러웠다. 갑자기 우는 이유가 뭘까. 아무리 봐도 고마워서 우는 것은 아닌 것 같았다. 팀장이 여자를 지켜보다가 화장지를 건넸다. 가느다란 팔을 들어 휴지를 건네받은 여자는 그것이 신호라는 되는 듯 눈물을 뚝뚝 흘렸다. 그리고 어깨를 들썩이며 서럽게 울기 시작했다.

나는 용비와 두만의 얼굴을 번갈아 쳐다보며 눈짓을 했다. 대체 이 여자 왜 이러는 거야? 죽어가던 사람 구해줬더니 도대체 왜 이러냐고? 친구들도 영문을 모르겠다는 얼굴이었다. 예상치 못한 전개에 다들 당황한 눈치였다. 팀장은 안쓰러운 표정을 짓더니 한결 부드러운 말투로 말했다.

"저기 울지 마시고요. 대답하기 곤란하세요?"

여자는 거친 숨을 몰아쉬더니 침을 삼켰다. 그리고 뺨에 흐르는 눈물을 훔치며 말했다.

"죽었어요."

심장이 덜컹 내려앉았다. 죽었다고? 내가 잘못 들었나? 내 귀를 의심했다. 방금 들은 말이 무슨 의미인지 알 수가 없었다. 아니, 알고 싶지 않았다. 설마 그 사내가 죽었다고 말하는 건가?

팀장은 여자의 말을 듣는 순간 표정이 일그러졌다. 마치 누군가 빈 캔을 발로 세게 밟은 것처럼 순식간이었다.

"네? 뭐라고요?"

팀장이 재차 물었다. 심상치 않은 상황을 감지한 목소리였다.

"애들이 남편을 죽였다고요."

형사과 안은 순식간에 얼어붙었다. 여자는 간신히 말을 내뱉고 다시 흐느끼기 시작했다. 슬픔과 서러움이 가득한 울음이었다. 두만이 충격을 받은 얼굴로 여자를 향해 정말이냐고 되물었다. 나는 믿을 수 없는 말에 머리를 쥐어뜯다가 언성을 높였다.

"남편이요? 그게 무슨 말이에요?"

팀장이 책상을 내리치며 나를 제지했다.

"니들은 조용히 하고!"

갑작스러운 소리에 몸을 움찔거린 여자는 점점 더 크게 울기 시작했다. 여자가 딱 한 마디 했을 뿐인데 지옥으로 떨어지는 입구가 열린 기분이었다.

불빛 하나 없던 어두운 해변을 다시 떠올렸다. 사내가 분명 먼저 파이프를 들고 있었다. 금방이라도 우리의 머리통을 내리칠 것처럼 위협하고 있었다. 우리는 그저 방어를 했을 뿐이었다. 그러나 우리에게 떠밀려 사내가 쓰러지던 순간 배에 머리를 부딪쳤었나? 기억을 떠올리면 떠올릴수록 몸이 덜덜 떨렸다.

"아, 울지 말고 말해봐요. 우리가 누굴 죽였다 그래요?"

용비는 다급한 얼굴로 여자의 어깨를 붙잡고 물었다. 나는 용비와 같은 표정으로 여자를 뚫어지게 쳐다보았다. 제발 똑바로 말해봐요. 우리 얼굴을 보고 진실을 이야기해 달란 말이에요. 당신이 도와달라고 했잖아요. 당신이 살려달라고 했잖아요.

마음속에서 무수한 말들이 쏟아져 나왔지만 한 마디도 입 밖으로 꺼낼 수 없었다. 여자는 애써 우리의 얼굴을 외면했다. 분명 이 여자가 거짓말을 하고 있는 거야. 그렇지 않으면 죄지은 사람처럼 눈을 피할 리 없잖아.

팀장은 용비가 여자를 다그치자 화가 난 것 같았다. 다른 형사들을 부르며 크게 소리쳤다.

"이 새끼들이! 뭐하노? 빨리 끌어내라!"

말이 끝나기 무섭게 형사들이 달려들었다. 최 형사의 손에 붙들려 몸을 일으키던 두만은 여자를 보며 울먹였다.

"아니에요. 우리 아니에요."

나는 다리를 걷어차며 격렬하게 저항했다. 여자의 말에 항의하듯 거칠고 격박한 몸짓이었다.

"왜 이래요? 이거 좀 놔요! 네?"

백 형사가 내 몸을 제압하며 말했다.

"나와! 이 새끼야! 여는 지구대랑 다르다고 했제? 거짓말하면 죽는다고 했잖아?"

나는 여자에게서 눈을 뗄 수가 없었다. 여자는 우리가 형사들에게 끌려나가는 동안에도 절대 돌아보지 않았다. 마치 세상의 모든 슬픔을 짊어진 사람처럼 한없이 절망스러운 표정으로 울고 있을 뿐이었다. 용비는 바다에 잠겨 허우적거리는 사람처럼 온갖 몸짓으로 호소했다.

"거짓말 아니에요! 우리 말이 사실이라고요!"

용비의 목소리는 형사과 안에 울려 퍼졌지만 아무도 들어주지 않았다. 여자가 이곳에 온 뒤로 우리는 살인 용의자일 뿐이었다. 용비가 온 힘을 다해 여자에게 소리쳤다.

"도와달라고 했잖아요! 살려달라고 했잖아요! 왜 거짓말을 해요? 왜!"

용비의 목소리는 거의 울음소리로 변해가고 있었다. 나와 두만은 질질 끌려나가며 겁에 질린 표정으로 형사에게 말했다.

"어디로 끌고 가요? 잘못한 거 없다니까요."

"아, 형사님, 아줌마 아니잖아요. 말 좀 해봐요!"

형사는 조용히 하라는 듯이 목덜미를 거칠게 잡아당겼다.

"조용하고 나오라고! 꼴통 새끼들아!"

두만은 책상 다리를 붙잡고 형사과 밖으로 끌려나가지 않으려고 용을 썼다. 나는 형사의 손을 뿌리치며 온 힘을 다해 발악했다. 용비가 여자를 노려보며 절규했다.

"이 씨발! 당신이 누구랑 붙어먹었잖아! 그래서 맞고 있었잖아! 근데 왜 우리한테 덮어씌워? 왜! 솔직하게 말하라고!"

용비의 말을 듣는 순간, 사내가 여자를 다그치며 한 말이 생각났다. 여자가 분명 숨기는 게 있었다. 그러니까 지금 자기만 살겠다고 거짓말하고 있는 거다. 배신감이 밀려들었다. 여자를 도와준 우리가 병신이었다.

쾅. 형사과 문이 닫히자 그것으로 끝이었다. 차가운 공기가 느껴졌다. 복도에는 거친 숨소리만 가득했다. 이제 우리는 어떻게 되는 걸까.

가장 먼저 두만을 끌고 나간 형사가 취조실이라고 씌어 있는 문 앞에 섰다. 손잡이를 잡고 문을 벌컥 열더니 두만을 집어넣었다. 다음으로 용비와 내가 들어갈 줄 알았는데 두만이 들어가자마자 형사는 바로 문을 닫아버렸다. 취조실 안쪽에서 두만이 외쳤다.

"용비야! 지공아! 어디 가? 용비야?"

다급하게 문을 두드리는 소리가 들렸다. 용비가 형사를 향해 물었다.

"왜 떨어트려놔요?"

"형사님, 진짜 우리가 안 했다니까요! 네? 제발요."

내가 빌다시피 말했지만 형사들은 들은 척도 하지 않았다. 입을 굳게 다문 채 복도 안쪽으로 계속 발을 옮길 뿐이었다.

"아 진짜! 저 여자가 거짓말하는 거라니까요! 진짜 목숨 걸고 안 죽였어요! 조사해보세요! 네?"

형사들은 나와 용비를 나누어 다른 취조실로 데리고 들어갔다. 용비는 취조실 안으로 들어가지 않으려고 벽을 붙들고 힘을 주었다.

"야! 새끼야! 저 여자가 누군지 알고 하는 소리가? 빨리 들어가라!"

형사가 용비의 머리를 억지로 취조실 안으로 밀어 넣으며 말했다. 용비가 꼼짝도 하지 않고 버티자 참다 못한 형사가 용비를 발로 걷어찼다. 용비는 좁고 어두운 취조실 바닥에 나뒹굴었다. 그리고 다시 일어나 밖으로 나오려는 순간 문이 굳게 닫혔다.

여기서 나갈 수 있는 문은 다시는 열리지 않을 것 같다. 살인이라니. 사내가 쓰러지긴 했지만 마지막으로 확인한 얼굴에는 분명 숨이 서려 있었다. 멀리서 서로의 이름을 부르는 친구들의 목소리가 들렸다. 그러나 우리는 단단하고 두꺼운 벽으로 나누어진 신세였다. 벽에 등을 기대고 미끄러지듯 주저앉았다. 아무것도 할 수 없다는 절망감이 온몸을 휘감았다. 나는 무릎 사이로 얼굴을 묻고 눈을 감았다. 끝이 보이지 않는 어둠이 가득했다.

**

"아니에요. 그 여자가 거짓말하고 있다고요."

나는 형사에게 끌려온 취조실에서 애원하듯 말했다.

잠깐 사이에 상황은 180도 뒤바뀌었다. 우리를 구제해줄 유일한 사람이라고 생각한 여자가 완전히 다른 이야기를 했기 때문이다. 어두운 해변에서 사내에게 얻어맞으며 절규하던 여자는 팀장 앞에서 흐느껴 울며 전혀 다른 말과 행동을 했다.

'애들이 남편을 죽였습니다.'

다시 여자의 목소리가 떠오르자 온몸에 소름이 끼쳤다. 눈앞이 노랗게 변하며 시야가 빙글빙글 돌았다. 그 사내가 죽었다니. 우리가 살인을 했다니. 다시 생각하는 것만으로도 얼굴에 경련이 일었다.

팀장은 천장 가운데 달린 조명 아래에서 피의자 조서를 꾸몄다. 강한 빛이 얼굴에 드리우자 그림자도 더 검게 짙어졌다. 팀장은 나를 보지도 않고 기계적으로 응수했다.

"니들은 시팔 특수폭력범들이야. 경우에 따라서는 살인에다 조직폭력까지 엮을 수도 있어."

나는 손을 내저으며 다급하게 말했다.

"우리가 무슨 조직폭력이에요? 진짜 그런 거 아니에요!"

그러자 팀장이 사나운 얼굴을 하고 소리쳤다.

"이 새끼야! 사람이 죽었잖아!"

"진짜 거짓말이라니까요. 확인 한번 해보세요!"

"병원에서 확인했고. 필요하면 국과수에서 부검도 할 거다."

"네?"

부검이라는 소리를 듣자마자 스르륵 피가 빠져나가는 기분이었다. 머리가 아득해지면서 사내의 시신이 날카로운 칼날에 갈라지는 모습이 번뜩 스쳤다. 나는 새파랗게 질린 채 아무 말도 할 수 없었다.

"솔직하게 말을 해야 뭐라도 도와준다니까. 이러면 죄질만 나빠져."

팀장은 나에게 협상을 시도하듯 말을 건넸다.

"그럼, 우리는 어떻게 되는 건데요?"

울상이 되어 물었다. 팀장은 아무 대답도 하지 않았다. 그러나 뻔한 걸 왜 묻느냐는 표정이었다. 한참 동안 나를 쳐다보던 팀장은 자리에서 일어나 밖으로 나가며 말했다.

"늦게 털어놔봐야 아무짝에 쓸모없다."

취조가 끝나고 우리는 모두 유치장으로 옮겨졌다. 유치장은 영화에서 보던 것보다 더 냄새나고 지저분한 곳이었다. 나는 하루를 꼬박 지새우고 술까지 마신 탓에 유치장 구석에서 잠이 들었다.

얼마나 시간이 흘렀을까. 붉게 충혈된 눈을 억지로 뜬 것은 누군가 거칠게 내 몸을 흔들었기 때문이다. 눈앞에는 고개를 절레절레 흔들며 내 얼굴을 내려다보고 있는 남자가 있었다. 나는 낯선 얼굴에 놀라 정신이 번쩍 들었다. 남자의 몸에 가득 새겨진 문신들이 보였다. 사람 몸이 종이라면 남자는 더 이상 그릴 곳이 없는 종이 같았다.

잠이 깨지 않은 멍한 얼굴로 남자의 팔을 타고 오르는 용을 쳐다보고 있는데 문득 다른 시선이 느껴졌다. 나보다 덩치가 두 배는 더 커 보이는 사람이 문신을 한 남자 뒤에서 나를 노려보고 있었다.

"야! 뭐해? 밥 가져와!"

나는 어리둥절한 얼굴로 주변을 둘러보았다. 아무도 남자의 말에 반응하지 않았다. 누구를 향해서 한 말인지 알 수 없었다. 설마 나에게 한 말이었나?

"네?"

나는 마지못해 대답했다.

"어른한테 밥 가져다 드리라고 새끼야."

나를 노려보던 사람이 주먹을 불끈 쥐며 말했다. 그러자 문신을 한 남자가 나를 향해 실실 웃으며 입을 열었다.

"야야 그만해. 아직 핏덩이구만. 왜 겁을 줘? 무섭잖아."

나는 어쩔 줄 몰라 몸을 비비 꼬았다. 등 뒤로 식은땀이 흘렀다. 젠장, 불편해 죽을 거 같네. 벌떡 몸을 일으켜 밥이 있는 곳으로 걸어갔다. 그리고 식판을 들고 와 문신을 한 남자에게 어색한 동작으로 손을 내밀었다.

"이 새끼가 장난하나? 너는 지금 이걸 맛있게 먹게 생겼냐? 확! 그냥! 눈깔을 빼서 오독오독 씹어볼까 보다."

덩치가 큰 남자가 금방이라도 내 얼굴을 때릴 기세로 손을 들어 올렸다. 나도 모르게 몸을 움츠리고 눈을 질끈 감았다. 내 심장 소리가 귀에 들릴 만큼 쿵쿵 뛰기 시작했다.

"어허. 예쁘장한 게 귀여운데 왜? 야! 너도 일로 와. 밥 같이 먹자."

문신을 한 남자가 식판을 받아 들고 바닥에 주저앉으며 말했다.

"네? 아 네……."

남자가 뒷걸음질치느라 거리가 생긴 나를 향해 손짓을 했다.

나는 손을 바지에 문질러 축축하게 고인 땀을 닦았다. 산 넘어 산이었다. 숟가락을 들어 입에 음식을 떠 넣기 시작했지만 밥이 코로 들어가는지 입으로 들어가는지 알 수가 없었다.

식사를 마치고 다시 자리로 돌아와 등을 기대고 앉았다. 속이 울렁거리며 명치가 조여왔다. 주먹을 쥐어 가슴을 두드려보았지만 답답한 기운은 조금도 나아지지 않았다. 여기에서 평생을 보내게 되면 어떡하지. 온몸에 불안과 두려움이 뒤섞였다.

눈을 감고 간밤에 있었던 일을 최대한 생생하게 떠올려보았다. 방파제에서 등을 두드려주던 순간 들려오던 여자의 비명, 심각한 얼굴로 뛰어가던 용비의 뒷모습, 건장한 사내에게 맞고 있던 여자. 여기까지 기억을 떠올리고는 나는 손으로 내 머리를 쥐어박았다. 우리가 뭐라고. 여기서 경찰에 신고했어야 했다. 아니면 4명이나 있었는데 누군가는 휴대폰으로 동영상을 찍어서 증거라도 남겼어야 했다. 그래야 여자가 뻔뻔한 얼굴로 우는 연기를 하며 거짓말하지는 못했을 테니까.

그다음은 어떻게 되었더라. 나는 미간을 잔뜩 찡그리고 해무가 짙게 깔린 어두운 해변을 머릿속에 그렸다. 용비가 사내와 몸싸움이 붙었고, 상우가 여자에게 병원을 가야 할 것 같다고 말하는 목소리를 들었다. 그리고 건장한 사내가 용비를 향해 주먹을 날렸고, 내가 보다 못해 끼어들면서 싸움이 더 커졌다. 겨우 싸움을 끝내고 가려는데, 사내가 일어나 쇠파이프를 들고

휘둘렀다. 눈에 불이 번쩍 일면서 우리를 노려보던 사내의 서늘한 눈빛이 다시 떠올랐다. 다시 생각하는 것만으로도 그때처럼 등에 식은땀이 흘렀다. 그때 나는 긴장감에 아무 말도 하지 않았지만, 쇠파이프에 잘못 맞으면 안 된다는 생각을 했다. 사내가 방심한 틈을 타 무기를 빼앗고 행동을 빨리 저지해야겠다고. 그때 사내가 다시 일어나 쇠파이프를 들고 위화감을 조성하지 않았더라면 우리가 한꺼번에 이를 악물고 달려들지는 않았을 것이다.

사내가 죽었다는 사실이 떠오르는 순간, 나는 발을 차며 몸부림쳤다. 이게 다 자업자득인데. 죽이려고 한 것도 아닌데. 우리가 다칠까 봐 먼저 제압하려고 했을 뿐인데. 나는 두 손으로 얼굴을 감쌌다. 돌이켜보니 일은 꼬일 대로 꼬여가고 있었다. 그리고 점점 나쁜 쪽으로, 더 나쁜 쪽으로 흘러가고 있었다.

함정에 빠진 기분이 들었다. 어떻게든 나를 보호해야 한다. 멍하니 휩쓸려 가다가는 돌이킬 수 없는 지경에 이를 것이 분명했다. 가장 먼저 달려가 사내와 싸움을 벌인 사람이 용비라는 사실을 생각했다. 나는 그저 사내에게 맞고 있던 용비를 도와주었을 뿐이다. 그리고 쇠파이프를 뺏어 휘두른 사람은 두만이었다.

복잡한 표정으로 생각을 거듭하다가 무릎 사이로 고개를 파묻었다. 눈을 감자 한 치 앞도 보이지 않는 어둠이 밀려들었다.

정말 최악이다. 결국 내가 살려면 친구들한테 잘못을 떠넘겨야 했다. 괴로움에 이를 악물었다.

**

"윤지공, 나온나."

형사의 호출에 유치장을 나와 이동한 곳은 회의실이었다. 복도를 걷는 동안 창가로 하늘 높이 떠 있는 해가 보였다. 한낮이었다. 단 하루도 지나지 않았는데 이렇게 많은 일이 일어날 수 있다니. 나는 침울한 얼굴로 무거운 발걸음을 옮겼다.

회의실 앞에서는 어머니가 나를 기다리고 있었다. 나는 어머니와 눈이 마주치는 순간 눈물이 왈칵 쏟아졌다.

"지금 울 때야?"

어머니는 평소와 다름없는 날카로운 소리로 나를 다그쳤다. 그리고 형사의 눈치를 보며 목소리를 낮추고 내 귓가에 중얼거렸다.

"정신 바짝 차려. 사람들 앞에서 너는 아무 말도 하지 마."

친구들과 보호자들이 모두 모이자 팀장이 우리가 저지른 죄에 대해 말했다. 그 이야기를 듣는 순간 온몸이 쿡쿡 찔리는 것처럼 따가웠다. 이야기를 듣던 어머니가 나를 감싸고 돌며 나에게는 잘못이 없다고 주장했다. 나는 마음 한구석이 불편했지만 입을 다물었다. 어떻게든 엉망진창이 된 이 구렁텅이에서 빠져나가고 싶었다. 어머니 얼굴을 보니 당장이라도 집으로 돌아가고 싶은 마음이 더 간절했다.

두만의 아버지도 어머니 말에 동조하며 용비에게 잘못을 몰아갔다. 그러자 용비 형이 화를 냈고, 결국 용비가 진실을 들어달라며 소리쳤다. 나는 용비의 얼굴을 제대로 볼 수 없었다. 용비와 눈이 마주치면, 왜 너는 아무 말도 안 해? 진짜 있었던 일이 무엇인지 사실이 무엇인지 왜 말하지 않는 거야? 하며 나를 다그칠 것 같았기 때문이다. 결국 지켜보던 팀장이 화를 내는 것으로 잠깐의 면회는 끝이 났다.

최 형사가 우리를 향해 구치소로 이송될 거라고 말했다. 유치장으로도 부족해서 이제 구치소라니. 나는 절망스러운 얼굴로 어머니의 옷자락을 손에 쥐었다. 제발 나 좀 여기서 꺼내주세요.

팀장은 이동하기 전에 10분의 시간을 주었다. 다들 외진 구석으로 자리를 피하고 회의실에는 어머니와 나만 남았다. 무거운 침묵이 맴돌았다. 어머니는 망연자실한 얼굴로 나를 향해 물었다.

"솔직히 말해. 너 때렸어? 안 때렸어?"

나는 용비와 함께 사내를 향해 달려들던 순간을 떠올렸다. 흥분한 상태로 사내를 향해 발길질한 일까지. 어머니는 대답을 하지 못하는 내 얼굴을 살피더니 경악스러운 표정으로 말했다.

"오 마이 갓! 하라는 공부는 안 하고 무식하게 무슨 짓이니? 그래서 언마가 너 기껏 밀리고 안 서냐. 신구를 사귈 때는 가정환경을 봐야 한다고! 걔들 때문에 너 살인자 되게 생겼어."

살인자. 날카로운 말이 가슴에 콕 박혔다. 아버지는 이 소식을 아실까. 얼마나 화를 내실까. 나는 고개를 푹 숙이고 시선을 피했다.

"우리 집안에 살인자 나게 생겼다고!"

어머니는 형사와 다를 바 없는 태도로 말했다. 왜 그런 일이 생겼는지, 무슨 일이 있었는지는 묻지 않았다. 다만 집안 체면이 얼마나 실추될지, 창피해서 사람들의 얼굴은 어떻게 봐야 할지, 그런 쓸데없는 것들만 생각하고 있었다.

"졸업할 때 선행상도 받게 해놨더니 엄마 뒤통수를 치고. 학교에서는 뭐라고 하겠니? 교회에서는 또 뭐라고 말 나오겠어?"

10분밖에 시간이 없는데, 이런 말을 듣고 있을 수는 없었다. 진짜 궁금한 걸 물어야 했다. 아무리 생각해봐도 도저히 믿기지 않는 사실 말이다. 나는 떨리는 목소리로 어머니를 향해 물었다.

"그 사람 죽었어요? 우리가 진짜 사람을 죽인 거예요?"

어머니는 갑자기 핏기가 가신 것 같은 얼굴로 정색했다. 그러더니 아무도 없는 주변을 두리번거리며 눈치를 보았다. 어머니는 의자를 돌려 앉으며 나를 붙들고 입을 열었다. 긴장감이 도는 눈빛이었다.

"너 조용히 해! 아무 말도 하지 말고 내 말 똑바로 들어. 앞으로 경찰이 뭐 물어보면 무조건 안 했다고 해! 무조건!"

우리가 한 건 맞는데. 도와주려고 그런 건데. 나는 어머니 앞에서 꿀 먹은 벙어리가 되었다. 분명 입에서 맴도는 말들이 있는데도 꺼낼 수가 없었다. 어머니는 나를 다그치듯 손에 힘을 주었다.

"아빠한테 얘기해서 어떻게든 빼낼 테니까. 절대 때렸다고 하지 마! 다른 애가 주동했다고 해. 알았어?"

어머니가 말하는 다른 애는 용비였다. 바다로 향하던 차에서 즐겁게 웃고 떠들던 용비의 환한 얼굴이 머릿속에 스쳐 지나갔다.

"왜 대답이 없어? 주도적으로 때린 놈이 있을 거 아니야? 누구야? 응? 용비가 했지? 너는 아니지? 맞지?"

어머니는 진실을 알기도 전에 이미 모든 생각을 끝낸 것 같았다. 폭력을 주도한 사람은 용비고 아들은 그저 나쁜 친구에게 휩쓸린 거라는 생각. 그게 거짓이든 아니든 그렇게 되어야만 한다고 나에게 말하고 있었다.

"너 교도소 가고 싶어?"

어머니는 인상을 잔뜩 구긴 내 얼굴을 마주하고 물었다.

"아니……."

절레절레 고개를 흔들었다. 그곳은 정말 싫었다. 그곳을 떠올리는 것만으로도 몸서리를 칠 정도였다.

"너 이제 열아홉 살이야. 할 게 많은 나이라고! 이번 일 잘 마무리하면 너 가고 싶어 하는 유학도 보내줄게. 알았어?"

결정을 해야 했다. 양심을 지키고 구치소에 갇힐 것인가. 내 미래를 위해 친구에게 잘못을 떠넘길 것인가. 나는 두 손으로 얼굴을 감싸 쥐었다.

"지공아! 사람이 살다 보면 말이야, 안 했어도 했다고 해야 할 때가 있고 했어도 안 했다고 해야 할 때가 있는 거야! 지금은 했어도 안 했다고 해야 할 때야. 무조건!"

어머니의 단호한 목소리가 허공에 메아리쳤다. 그리고 그 말은 내 머릿속에 남아 파동을 일으키기 시작했다. 상우의 얼굴을 지우고 용비의 웃음을 감출 만큼 점점 더 크게 번져갔다.

S#40	사건현장, 밤
	폭력남과 몸싸움을 하는 아이들. 박은혜의 신고로 출동한 경찰들이 달려오고, 아이들은 겁을 먹고 달아난다.

18

C#18 여자에게 괜찮냐고 묻는 상우. 아이들 시선이 여자에게 집중된다.

상우 이거 병원 가야 될 것 같은데? 일어나세요

19

C#19 고개 들지 못하는 여자

20

C#20 여자에게 집중된 아이들.

용비 이 미친 새끼가! 어른이면 어른답게 굴어야지! 왜 여자를 때려?병신이. 뭘 봐!? 빨리 꺼져! 좆나 패버리기 전에!

20-2

이 때 달려드는 폭력남. 막무가내로 주먹을 휘두른다.

196

S#40	사건현장, 밤	··
	폭력남과 몸싸움을 하는 아이들. 박은혜의 신고로 출동한 경찰들이 달려오고, 아이들은 겁을 먹고 달아난다.	

C#21 맞는 용비 얼굴. 폭력남 쪽에서
타이트하게.

C#22 맞는 폭력남 얼굴 . 아이들 쪽에
서 타이트하게.

C#23 폭력남이 달려들고, 아이들이 폭
력남을 넘어뜨린다. F.S
(MASTER)

C#24 용비, 지공 투샷
(때리는 걸 직접적으로 보여주지 않고.
폭력적이지 않은 느낌으로)

용비 (폭력남을 발로 차며) 쓰레기 새끼야
! 여자를 왜 때려! 왜! 왜!
지공 아..좋나 아파..씨발 새끼! 아오! (역
시 폭력남을 발로 찬다)

C#25 상우, 두만 투샷

상우 뭐 하는 거야? 그만 해! 그만!
용비 놔! 이런 새끼들은 그냥 두면 안 돼!
그런 거 몰라? 이런 놈들은 또 그런
다고! 또! 또! 또! 쓰레기! 개새끼!
두만 지공아~ 너도 참아! 그냥 가자 ~ 응
?

S#40	사건현장, 밤
	폭력남과 몸싸움을 하는 아이들. 박은혜의 신고로 출동한 경찰들이 달려오고, 아이들은 겁을 먹고 달아난다.

C#26 조용한 방파제 F.S. (약간 하이레벨)

C#27 상우, 지공

상우 여자 어디 갔지? 병원 가야될 것 같던데.
지공 그렇게 맞았는데 도망 안 가는 게 이상하지. 아오. 내 얼굴. 씨. 좃나 아프네. (코를 쓱 훔더니) 아씨..코피..

C#28 용비, 두만. 뒤에 상우, 지공 걸어가고 있다.

두만 (불안한지 주변을 둘러보며) 이제 됐어~ 그만하고 가자~
폭력남 (아이들을 째려보며) 다 죽었어. 개새끼들.
용비 뭘 봐! 확!
상우 (폭력남에게 처음으로 화를 내며) 이 씨발 진짜! 이제 그냥 가라고!

C#29 각목 잡는 손 insert

S#40	사건현장. 밤	..
	폭력남과 몸싸움을 하는 아이들. 박은혜의 신고로 출동한 경찰들이 달려오고, 아이들은 겁을 먹고 달아난다.	

C#30 아이들 멀어지는 뒷모습.

각목 잡은 손 프레임인.

폭력남 뒤에서 다가가 두만을 때
린다. 팔로 막는 두만.

두만   악!

C#31 아이들 방향에서 폭력남

용비   두만아! 괜찮아? 이 새끼가 미쳤나?
진짜!!

C#32 폭력남

C#33 부감. 각목 휘두르는 폭력남. 용비가 폭력남 뒤로 이동하고

두만이 각목 뺏는다.

C#34 폭력남 걸고 각목 빼앗아 휘두르는 두만.

폭력남을 때린다.

두만 (폭력남에게 각목을 휘두르며) 덤벼! 씨발! 덤벼보라고!

S#40	사건현장, 밤
	폭력남과 몸싸움을 하는 아이들. 박은혜의 신고로 출동한 경찰들이 달려오고, 아이들은 겁을 먹고 달아난다.

C#35 뒤엉키는 4명.

두만과 폭력남이 넘어지면서 프레임아웃.

C#36 배로 떨어지는 두만, 폭력남

C#37 놀란 용비, 상우, 지공 얼굴

C#38 넘어진 두만 얼굴

(V.O) 오팀장 우리가 사람을 잘못 잡아왔네? 정의의 사도들을?

파이프와 음주측정기 그리고 두만

　손을 들어 눈가를 세게 문질렀다. 이게 현실일 리 없는데. 눈 주변이 아려올 만큼 눈을 비비고 감았다 떠도 모든 것은 그대로였다. 숨 막히도록 작은 방. 어둡고 칙칙한 벽으로 둘러싸인 취조실. 다리 길이가 맞지 않는 허름한 책상과 불편한 의자. 머리 위에 달린 주황색 불빛과 습하고 탁한 공기. 무엇보다 내 앞에 앉아 음주측정기를 내밀며 윽박지르는 팀장. 나는 눈앞에 보이는 모든 풍경을 믿을 수가 없어 입만 뻐끔거렸다.

　"안 불면 공무집행 방해죄까지 추가다! 불어!"

　머뭇거리는 나의 행동이 마음에 들지 않았는지 팀장이 나를 다그치며 날카롭게 소리쳤다. 손으로는 내 얼굴을 찌를 듯이 음주측정기를 아주 가까이 들이민 상태였다. 나는 그것이 내 미래를 위협하는 흉기라도 되는 양 겁에 질린 얼굴로 바라보았다. 나나에서 누구보나 술에 많이 쥐한 사람은 나였다. 음수측정기를 부는 순간 사건은 내게 불리하게 돌아갈 것이 뻔했다.

"빨리 안 부나, 새끼야?"

팀장이 신경질적으로 책상 다리를 걷어차며 윽박질렀다. 나는 마지못한 얼굴로 힘껏 숨을 불었다. 삐. 기계음과 함께 검은 숫자가 화면에 나타났다. 음주측정기를 확인하는 순간 팀장은 인상을 일그러뜨리며 나를 향해 한쪽 눈을 치켜떴다.

"이 새끼 이거 지금도 0.5가 넘네?"

"근데요, 말씀 중에 죄송한데요. 저희는요, 진짜 그 여자 도와줬거든요. 남편인 줄도 몰랐고요. 그 여자도 도와달라고 살려달라고 했거든요. 우리가 왜 괜히 남자를 죽이겠어요. 우리는 진짜 도와준 건데. 그게 죄가 되나요?"

울상이 된 얼굴로 팀장에게 물었다. 간신히 목소리를 쥐어짜내느라 말이 가늘게 떨렸다.

"사람이 죽었잖아, 사람이. 그게 뭘 의미하는지 몰라? 교도소를 가야 한다는 말이야! 실형을 받는다고!"

"아 진짜 억울해요, 형사님. 진짜 저는 말리기만 했단 말이에요."

말을 마치는 순간 손등에 눈물이 툭 떨어졌다. 어느새 눈물이 흐르고 있었다. 나는 입안에 고인 침을 삼키며 소매로 얼굴을 훔쳤다. 팀장은 내 말에 장단을 맞추며 나에게 물었다.

"그래, 니는 말리기만 한 기라. 그럼 죽인 사람은 누구고?"

팀장은 누가 주동자인지 묻고 있었다. 친구들의 얼굴이 하나둘 스쳐 지나갔다. 상우는 모든 일을 빨리 끝내고 싶어 했는데. 용비는 여자를 구해주려고 했을 뿐인데. 지공이와 나는 그저 말리려다가 싸움에 휘말린 건데. 우리 중 누구라도 살인자라고 할 수 있는 사람이 있을까. 나는 입술을 깨물며 고개를 가로저었다. 그리고 한숨처럼 말을 뱉었다.

"아, 아무도, 아무도 안 죽었어요."

"니 이러면 무조건 유죄다. 폭행치사로 3년 이상 받는다고. 이 좋은 청춘에 빵에 있을 거가? 아깝게?"

팀장이 정색한 얼굴로 단호하게 말했다.

3년. 나는 팀장의 말에 머릿속이 복잡해졌다. 감옥에 가는 순간 앞으로 순탄한 인생은 끝이라는 거, 그쯤은 나도 알고 있다.

고개를 푹 숙인 채 울음을 터뜨렸다. 어깨를 들썩이며 괴로워하자 팀장이 내 어깨를 두드려주었다. 나는 그 한 번의 손길에 모든 것을 쏟아버리고 여기서 회피하고 싶은 마음이 간절해졌다. 폭력을 주도한 사람은 용비라고, 우리는 그저 용비를 도왔을 뿐이라고. 그렇게 말하고 싶었다. 그러나 나는 고물차를 운전하며 환하게 웃던 용비의 얼굴이 떠올라 차마 입안에 맴도는 말을 할 수 없었다.

취조실 안에는 무거운 침묵이 맴돌았다. 정적을 깬 것은 팀
상의 벨소리였다. 전화를 받은 팀상은 간단한 통화를 하고 사
리에서 일어섰다. 그리고 나를 내려다보며 말했다.

"증거 나왔다네? 다시 돌아올 때까지 나한테 해야 할 말 정리
하고 있어라! 수작 부릴 생각은 말고."

팀장은 요란한 소리를 내며 문을 열고 나갔다. 홀로 이곳에
남으니 작은 상자 안에 꼼짝없이 갇힌 기분이었다. 만약 살인
자가 된다면 이런 곳에서 3년이나 보내야 하는 거겠지. 불안함
을 떨쳐내려는 듯이 다리를 계속 떨었다. 어떻게든 내가 감옥
에 갈 만한 잘못을 하지 않았다는 것을 증명해야 했다. 그러기
위해서는 팀장에게 친구들 중 누군가가 잘못했다고 말해야 하
는 상황이었다.

다리를 떨다가 손톱까지 물어뜯기 시작했다. 순간 손에 서늘
하게 느껴지던 파이프의 느낌이 되살아났다. 눈을 질끈 감았다.
마지막으로 파이프를 잡은 사람은, 그러니까 사내가 쓰러지기
직전에 허공에 파이프를 힘껏 휘두른 사람은 바로 나였다.

문득 비관적인 생각들이 꼬리를 물고 이어졌다. 만약 용비와
지공이가 나를 지목한다면 어떻게 되는 걸까? 용비가 자신이
먼저 싸움에 나선 것은 맞지만, 마지막으로 사내를 가격한 사
람은 나라고 한다면? 그리고 그 말에 지공이가 동의한다면. 가

슴 한구석이 불에 덴 듯 화끈거렸다. 다른 취조실에서 친구들이 각자 무슨 말을 하고 있을지 전혀 알 수 없으니 불안했다. 기회가 있을 때 내가 무죄라는 걸 주장해야 하지 않을까.

연거푸 손톱을 물어뜯는 사이 입안에는 비린 피 맛이 느껴졌다. 고개를 숙여 손을 보니 손톱 사이로 피가 흐르고 있었다. 순간 촌스러운 티셔츠와 맞지도 않는 양복바지를 껴입은 내 모습이 눈에 들어왔다. 우스꽝스러우면서 비참했다. 만약 친구들이 나를 가리킨다면……. 나는 만약과 진실 사이에서 미래라는 바늘이 요란하게 움직이며 흔들리는 것을 느꼈다.

팀장이 다시 돌아온 것은 한 시간이 지나서였다. 팀장이 들어온 순간 눈에 가장 먼저 들어온 것은 손에 들려 있는 파일이었다. 취조실은 서늘한 공기로 가득했는데도 이마에서 식은땀이 흘렀다. 팀장의 얼굴에 걸친 희미한 미소가 불안한 생각을 하게 만들었다.

"자 봐. 증거가 보이는데 이래도 아이가?"

팀장이 의자에 엉덩이를 다 붙이기도 전에 파일을 펼치며 말했다. 파일 안에 있던 여러 장의 사진들이 눈에 들어왔다.

우리가 있었던 바다가 보였다. 해무가 가득했던 검은 바다. 나는 파이프를 가까이 찍은 사진을 보고 눈이 휘둥그레졌다. 파이프는 붉은 피로 범벅이 되어 있었다. 어두워서 잘 보지 못

했는데 저렇게 많은 피로 덮여 있었었나? 나는 뒤통수를 세게 얻어맞은 것처럼 정신이 아득했다.

"진짜 그 남자가 먼저 파이프로 때렸어요."

간신히 말을 뱉었다. 그리고 다급하게 소매를 걷어 올려 사내에게 맞아 벌겋게 부어오른 부위를 팀장의 눈앞에 들이밀었다.

"여기 보세요. 제가 먼저 이렇게 맞았다고요."

내가 애원하듯 말하자 팀장이 다그쳤다.

"파이프에서 느그 지문 나오면 우짤래? 어? 우째 할래?"

지문? 순간 나는 너무 놀라 손으로 입을 틀어막을 뻔했다. 그 파이프를 만진 사람은 오직 두 명뿐이었다. 사내와 나. 모든 잘못이 나를 향해 쏟아질 것 같은 두려움이 밀려왔다. 팀장은 하얗게 질린 내 얼굴을 향해 다그치듯 말했다.

"야 상식적으로 생각을 해보자. 사람들이 누구 말을 믿겠노? 니들은 넷이고 피해자는 한 명이야. 너희는 다쳤지만 거긴 죽었다고."

죽었다는 말이 비수처럼 날아들었다. 울컥 터지는 울음을 주체할 수가 없었다. 내가 다시 흐느껴 울기 시작하자 팀장은 짜증스러운 얼굴로 말을 뱉었다.

"느그 계속 말 안 하잖아? 그럼 이제 조사 안 한다. 바로 유치장으로 넣어뿐다. 그냥 재판으로 가지 뭐."

말을 마치고 팀장이 책상을 짚으며 일어났다. 의자가 바닥에 끌리면서 거친 소리를 냈다. 세상이 한순간에 산산이 부서져 내리는 것 같은 기분이었다. 나를 두고 나가는 팀장의 다리를 붙잡고 무어이든 기 허겠다고, 원하는 대로 이야기하겠다고 말하고 싶었다. 홀로 남겨진 취조실 안에는 내 울음소리만 가득했다. 온몸이 덜컹거리며 절망 속으로 잠겨들었다.

**

쿵쿵. 소리가 나는 쪽을 돌아보니 배식구가 열리고 있었다. 네모난 공간으로 들어오는 것은 관식이었다. 음식이 눈에 들어오자 입안에 침이 고였다. 유치장에 갇힌 상황인데도 배고프다는 생각이 들다니. 나는 어이가 없다고 생각하면서도 관식이 들어온 곳으로 슬그머니 다가갔다.

꽁보리밥에 단무지 네 조각, 김치 조금. 식판에 담긴 음식은 정말 최악이었다. 평소에는 줘도 안 먹을 음식인데. 나는 입안에 일던 식욕이 금세 사라지는 것을 느꼈다. 맛은커녕 더 배만 고플 것 같은 양이었다. 나는 식판을 그대로 남겨둔 채 다시 몸을 돌렸다.

새벽에 들어온 유치장은 이전에 들어와 있던 사람들로 득실거렸다. 얼핏 눈만 마주쳐도 저절로 시선을 피하게 될 만큼 인상이 서늘한 사람들이었다. 다시 변기 옆에 있는 구석진 자리로 가 몸을 웅크렸다. 그때 변기를 향해 걸어가던 수감자 하나가 내 다리를 걷어찼다. 내가 놀란 눈으로 고개를 들자 험악하게 얼굴을 구기며 짜증을 냈다.

"방해되잖아, 새끼야."

재빨리 무릎을 굽혀 다리를 치웠다. 길도 넓은데 왜 굳이 이쪽으로 걸어와서 시비를 붙이는 거야. 나는 하지 못하는 말을 속으로 삼켰다. 눈물이 핑 돌았다. 손으로 저릿한 아픔이 남아 있는 장딴지를 매만졌다. 나를 지나친 수감자가 바지를 내리고 소변을 보는 소리가 들렸다. 몸을 더욱 웅크리는 순간 설움이 복받쳐 올랐다. 3개월도 아니고, 이런 곳에서 3년이나 보내야 하다니. 머리를 쥐어뜯으며 괴로운 신음을 흘렸다.

파이프에서 너희들 지문 나오면 우짤래? 어? 우째 할래? 팀장의 목소리가 귓가에서 계속 맴돌았다. 마치 알람 기능이라도 있는 것처럼 잊을 만하면 다시 떠오르는 소리였다.

나는 지금까지도 충분히 갇혀 있는 기분으로 살아왔다. 다만 감옥이 아닌 아버지의 손안에서 말이다. 무엇 하나 내 의지대로 결정해본 일이 없었다. 생활 일과부터 진로까지 전부 아버지의 허락을 받아야만 했다. 습관적으로 아버지의 눈치를 보았고, 아버지가 반대하거나 싫어할 만한 일은 하지 않았다. 그저 줄에 매달린 인형처럼 원하는 대로 움직이며 버텨왔다. 그런데 갑자기 이런 식으로 진짜 감옥에 가게 되다니. 나는 한순간도 제대로 살아보지 못할 운명 같았다. 절망스러운 기분에 한숨이 새어나왔다.

나는 해변에서 파이프를 집어 들던 순간을 생생하게 기억하고 있었다. 그 사내에게 겁을 주며 덤벼보라고 악을 쓰고 욕을 내뱉던 순간을. 달려드는 사내를 향해 휘두르던 파이프의 감각도 아직 잊히지 않았다. 그것은 손에 각인이라도 된 것처럼 단단하고 차가운 느낌으로 남아 있었다.

기억을 떠올렸을 뿐인데도 오소소 소름이 돋았다. 분명 아이들과 합심해서 사내를 넘어뜨린 것이 마지막이었다. 그런데 파이프에 맞은 게 사망 원인이라고 하면 어떡하지? 혹시라도 나만 살인자로 몰리게 된다면……. 고개를 들어 등을 기대고 있던 벽에 머리를 쿵쿵 찧었다. 뒤통수에 퍼지는 아픔에도 마음속의 괴로움은 조금도 줄어들지 않았다.

문득 동작을 멈추고 눈을 부릅떴다. 그리고 천천히 주위를 둘러보았다. 코에 스치는 지린내와 습한 공기, 인상을 쓰며 기계적으로 밥을 떠먹는 사람들, 낡은 벽과 높고 작은 창. 이곳에 갇혀서 청춘을 보낼 수는 없다. 딱 한 번만, 이번 딱 한 번만 용비 이야기를 하면 어떨까. 그것이 거짓말도 아닌데. 나는 나도 모르게 입술을 질끈 깨물었다.

**

"미쳤냐? 너 미쳤어? 입학이 낼 모레야, 새끼야."

접대실에 앉아 나와 마주한 채 소리를 지르는 사람은 야구 감독, 아니 나의 아버지였다. 아버지는 나를 본 순간부터 잔뜩 화가 난 상태였다. 보호자들이 모두 모인 자리에서도 흥분한 태도로 목청을 높였다. 왜 이곳에 왔는지, 무슨 일이 있었는지에 대해서는 아무것도 묻지 않았다. 그저 왜 이런 일에 휘말려 자신의 머리를 아프게 하는 건지 모르겠다는 태도였다. 그리고 그것은 평소에 진절머리 나도록 본 아버지의 태도였다.

"내가 말했지? 운동선수는 조금만 잘못해도 두 배로 벌을 받는다고. 근데 이 중요한 시기에 사고나 치고. 어떻게 할래?"

백 번이고 천 번이고 귀에 인이 박히게 들은 말이었다. 나는 무슨 이야기를 해도 아버지가 화를 낼 거라는 생각에 입을 굳게 다물었다. 아버지가 답답하다는 듯이 주먹으로 가슴을 두드리며 허공에 거친 숨을 뱉었다.

"아빠가 너 대학 보낸다고 쓴 돈이 얼만지나 알아? 수천이다, 수천."

나는 넋이 나간 얼굴로 아버지를 바라보았다. 돈이 들었을 거라고는 생각했는데 수천은 생각도 못한 금액이었다. 아버지는 나를 향해 자세를 고쳐 앉으며 단호한 얼굴로 말했다.

"근데 여기서 무너지면 안 되지. 야구 선수가 교도소 갔다 오면 끝이야. 대학이고 프로지명이고 다 끝이라고, 끝!"

"저 야구 그만둘 거예요."

나는 정신이 아득한 상태에서 충동적으로 속에 담아두었던 말을 뱉었다. 평소 표정으로, 행동으로, 마음속으로, 늘 하던 말이었다. 아버지는 갑작스러운 선언에 인상을 일그러뜨리며 되물었다.

"뭐? 너 지금 뭐라 그랬냐?"

이미 던진 말이었다. 그리고 그것은 진심이었다. 나는 마른 침을 삼키며 아버지의 눈을 똑바로 마주 보고 말했다.

"야구 그만하고 싶다고요."

"뭐? 내가 너 야구 선수 만든다고 얼마나 노력을 했는데…….그만둬?"

아버지는 경찰서에 왔을 때보다 더 화가 난 얼굴이었다. 얼굴에 붉게 달아오르며 관자놀이를 지나는 핏줄이 굵어졌다. 그러나 아버지에게 내가 할 수 있는 말은 하나뿐이었다.

"죄송해요."

"왜? 뭐 때문에?"

"저 한 번도 제가 야구 하고 싶어서 한 적 없는 거 아버지도 알잖아요."

"내가 그걸 어떻게 알아? 인마. 말을 안 해주면 알 수가…….이런 이야기를 꼭 지금 해야겠냐? 엉? 이 상황에서 해야겠어?"

아버지의 목소리가 거의 울부짖는 것처럼 들렸다. 화가 나는 건지, 울고 싶은 건지, 알 수 없는 표정으로 나를 쳐다보고 있었다. 나는 아버지가 기다리는 대답을 알고 있었다. 제가 미쳤나 봐요. 계속 야구 할 거예요. 그러나 나는 그 말을 할 수 없었다. 왜 여기까지 와서 이런 말을 하고 있는지 나도 내 마음을 알 수가 없었다. 그러나 한 가지 분명한 것은 더 이상 물러설 수 없다는 것이었다.

"지금 아니면 계속 못할 것 같아서요."

"이 새끼가 진짜!"

찰싹! 눈에 번쩍 불이 일고 얼굴이 순식간에 뜨거워졌다. 아버지가 화를 참지 못하고 내 뺨을 때렸기 때문이다. 나는 얼굴에 손을 가져다 대지도 않고 망부석처럼 앉아 있었다. 몇 대를 맞아도 좋았다. 더 이상 아버지가 원하는 대로 살고 싶지 않았다. 얼굴이 화끈거리며 얼얼한 감각이 밀려들었다. 피가 빠르게 돌며 부어오르는 느낌이 들었다.

아이러니한 상황이었다. 가진 걸 다 잃을 처지가 되니까 내가 가지고 있던 것들에 대해 생각하게 되었다. 그것은 진짜 내가 원하는 것들이 아니라는 것을 깨닫게 되었다. 야구장은 여기서 벗어나면 되돌아가고 싶은 곳이 아니었다.

아버지는 허공에서 갈 길을 잃은 손을 머쓱하게 내렸다. 그리고 아무런 반응도 없는 내 얼굴을 바라보다가 아이를 달래듯 말했다.

"지금 야구 그만두면 뭐할래? 다른 거 시작할 수 있을 것 같아? 야구 하던 놈이 야구 그만두면 병신 돼, 병신."

"아버지, 제가 야구 하면서 얼마나 힘들었는지 아세요? 두만 인 백으로 야구 한다더라. 제가 뒤에서 얼마나 욕먹고 다닌 줄 아세요? 이번에도 아빠 덕에 대학에 들어간 거 남들도 다 알아 요. 내가 어떻게 들어갔는지……."

나는 균열이 생긴 그릇처럼 속에 담긴 말들을 쉴 새 없이 쏟아냈다. 그러나 아버지는 내 말을 들을 필요도 없다는 듯이 짜증스럽게 소리쳤다.

"조용히 해! 새끼야! 아빠가 그냥 하라면 하고! 까라면 까! 다 널 위한 일이니까."

아버지 얼굴에서 시선을 돌렸다. 두껍고 단단해 보이는 벽이 눈에 들어왔다. 아버지는 저것보다 훨씬 거대한 벽 같았다. 내 인생 곳곳에 서서 정해진 길만 가도록 만든 벽. 다른 길은 가지도 못하고, 쳐다볼 수 없도록 만들고 있었다. 어릴 때는 그저 그 길이 안전하고 좋을 거라고 믿었다. 그러나 자라면서 벽과 벽 사이가 점점 좁아드는 것처럼 느껴져서 숨을 쉴 수가 없었다. 내 의지대로 살 수 없는 곳이라면 감옥이랑 다를 게 없다는 생각이 들었다. 아버지는 허공을 향하고 있는 내 눈앞으로 얼굴을 들이밀며 말했다.

"정신 차리고! 다시 조사하면 너는 변호사 통해서만 말한다고 해! 변호사 사서 어떻게든 해결할 테니까."

앞으로도 아버지는 변하지 않을 거라는 예감이 스쳤다. 그리고 이번에도 벗어나지 못한다면 앞으로도 나는 아버지의 꼭두각시처럼 살아야 할 것이다. 입술을 질끈 깨물었다. 그러자 아버지가 입버릇처럼 하던 말을 다시 내뱉었다.

"너도 어른 되면 아빠 말 다 이해할 거야."

보호자와의 면담 시간이 끝나자 나와 친구들은 형사과에 모였다. 형사가 이제 구치소로 이송될 거라고 말해주었다. 우리는 암담한 표정으로 서서 버스가 도착하기를 기다렸다. 그때 문이 벌컥 열리면서 형사과 안으로 수감자가 끌려 들어왔다.

"아 이거 좀 놔요! 내가 알아서 갈게."

수감자는 몸을 거칠게 흔들며 반항했다. 백 형사가 울컥 화가 나는지 사정없이 손으로 뒤통수를 내려치며 윽박질렀다.

"아! 가만히 있어라! 니 같은 새끼는 빵에서 고생 좀 해봐야 된다! 이 더러운 새끼야! 아오, 씨발!"

순간 몸을 움츠린 수감자는 눈을 가늘게 뜨고 눈치를 살폈다. 백 형사는 생각만 해도 열이 뻗치는지 팔꿈치로 수감자의 등을 내려찍으며 분풀이를 했다.

"건드릴 게 없어서 아들을 건드려? 여서 안 죽어 나가는 게 다행인 줄 알아라! 개새끼야!"

수감자는 고통을 최소화하려는 듯이 재빨리 몸을 낮추고 형

사의 손을 피해 이리저리 비틀었다. 그들은 우리 옆으로 다가왔다. 자리에 앉는 수감자와 눈이 마주치는 순간 등에 서늘한 기운이 뻗쳤다. 눈동자에 뚜렷한 초점이 보이지 않아 어디를 보는지 정확히 알 수가 없었다. 게다가 눈이 마주칠 때마다 섬뜩한 눈빛이 내 몸속을 훑고 지나가는 기분이었다. 나는 다른 곳으로 고개를 돌렸다.

최 형사가 우리에게 다가와 안타까운 표정으로 말하며 포승줄을 묶었다.

"많이 움직이지 마라. 아프다."

우리는 굴비처럼 줄줄이 엮인 채 구치소로 가는 버스까지 걸어갔다. 경찰서 입구에서 기다리고 있던 아버지가 손짓을 했다. 그리고 나와 시선이 마주치는 순간 검지로 머리를 짚으며 계속 정신 차리라는 말을 했다.

무거운 발걸음으로 버스에 올라탔다. 형사가 우리를 철장 안에 집어넣고 문을 걸어 잠갔다. 그리고 출발 준비가 다 되었다는 신호를 했다. 버스 기사가 시동을 걸자 진동이 느껴지며 엔진 소리가 요란하게 들려왔다. 멀리서 아버지가 계속 손짓을 하고 있었다. 나는 아버지가 경찰서 담장에 가려 완전히 사라질 때까지 눈을 떼지 않고 바라보았다.

S#85	각 자의 유치장/ 경찰서 내 공간들 몽타주, 낮	
	경찰서 내 공간들 몽타주	

C#1   경찰서 전경

C#2   휴대폰 보며 담배피는 용비형

C#3   매점에서 라면 먹으며 휴대폰으로 변호사를 검색중인 감독

C#4   유치장의 두만. 두만얼굴에서 달리아웃하면 먹지 않은 식판

C#5   밖에서 통화중인 지공모 (경찰서 back)

6

C#6 유치장 창살을 만지는 용비. 창살에서 용비로 포커스 이동 (유치장 안)

7

C#7 쇠창살에 머리 박고 있는 지공 달리인. 용비 눈치를 본다.

8

C#8 지공을 보는 용비. 카메라 창살 안에서 밖으로 쭉 나오면 창살 보인다.

9

10

C#9 부감. 유치장 와이드한 F.S. (패닝)

C#10 구치소 버스 들어오는 insert

S#86	유치장, 낮	. .	
	포승줄에 묶여 구치소로 이송되는 아이들		

85

C#1   호명되는 이름에 따라 나오고
있는 수감자들

백형사   유진하, 전효남, 박상훈, 유병래,
김용비, 윤지공, 박두만..

카메라 이동해 수감자들 뒷모
습됐다가

더 이동하면 수감자들 일렬로
보이고

앞모습까지 이동하면 아이들
얼굴 보이고 마지막 위치에 용
비가 선다.

S#86	유치장, 낮	..	
	포승줄에 묶여 구치소로 이송되는 아이들		

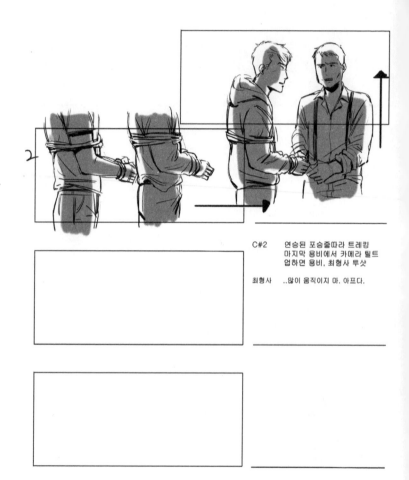

C#2 　연승된 포승줄따라 트레킹
　　　마지막 용비에서 카메라 틸트
　　　업하면 용비, 최형사 투샷

최형사 　..많이 움직이지 마. 아프다.

아나운서와 증거 그리고 오 팀장

여자는 울음을 그치지 않았다. 아니, 아나운서는 울음을 그치지 않았다. 처음에 나는 철없는 아이들이 벌인 단순한 사건이라고 생각했었다. 그러나 사건 현장에 있던 여자가 포항에서 가장 유명한 아나운서라는 사실을 알았을 때는 놀라지 않을 수 없었다. 그리고 여자의 표정을 보는 순간 불안한 예감이 스쳤다. 사소한 일이었으면 직접 여기까지 왔을까. 분명 아이들이 말하는 것과는 다른 무언가가 있을 거라는 직감이 들었다.

팔짱을 끼고 여자를 천천히 뜯어보았다. 윤기 나는 피부에 고급스러운 코트와 반짝거리는 구두가 어우러졌다. 한눈에 보아도 부티가 줄줄 흐르는 모습이었다.

"저기 울지 마시고요. 대답하기 곤란하세요?"

난감한 얼굴로 여자에게 물었다. 무슨 일이 있는지 말을 해야 사건을 끝낼 것이 아닌가. 울기만 한다고 해결되는 일은 없으니까 말이다. 여자가 팔을 들어 눈물을 닦으며 말했다.

"애들이 남편을 죽였어요."

여자의 말을 듣는 순간 뒷골에 싸한 기운이 스쳤다. 살인이라니. 폭탄 같은 말에 형사과 안은 충격으로 휩싸였다. 뜨악한 표정을 짓던 아이들은 흥분해서 소리를 지르며 난리를 쳤다. 여자는 다시 고개를 숙이고 울기 시작했다. 살인이라면 피해자가 있고 또 범인이 있다는 소리였다. 나는 파도처럼 밀려드는 긴장감을 느끼며 형사들에게 아이들을 취조실로 옮기라고 지시했다. 사건이 심상치 않은 방향으로 흐르기 시작했다.

어느 쪽이 진실을 말하고 있는 걸까. 여자는 애들이 남편을 죽였다는 말을 하고 다시 울기만 했다. 마른 어깨를 들썩이며 서럽게 우는 모습을 보고 있자니 여러 가지 의문이 쏟아졌다.

벌컥 문이 열리고 형사과로 백 형사와 최 형사가 들어왔다. 빨리 사건을 조사해야겠다는 생각에 입을 열었다.

"최 형사는 애들 보호자한테 연락하고! 병원 가서 상황 좀 파악해봐라! 백 형사는 현장 가서 확인할 수 있는 거 다 확인하고!"

백 형사와 최 형사는 말이 끝나기 무섭게 대답을 하고 밖으로 나갔다. 다시 침묵이 돌았다. 옆에 놓인 티슈를 몇 장 뽑아서 여자에게 건네며 물었다.

"지끼, 사고 때문에 성신이 없겠지만 몇 가지만 물어보겠습니다. 혹시 곤란하거나 힘드시면 좀 쉬셨다 하고요."

여자는 그제야 고개를 들어 건네받은 티슈로 눈가를 찍으며 대답했다.

"괜찮습니다."

나는 컴퓨터 화면에 열려 있는 포커 창을 닫고 피해자조서를 열었다.

"여기선 모르는 사람이 없겠지만 그래도 조사 절차가 있어서요. 성함이 어떻게 되시죠?"

"박은혜요."

"주민번호는요?"

"760516 2171212입니다."

"직업은요?"

"포항방송에서 아나운서로 일하고 있습니다."

여자는 내가 묻는 말에 천천히 대답을 했다. 아나운서라는 직업에 걸맞게 지적인 목소리였다. 시선을 마주치자 한결 차분해진 얼굴이 눈에 들어왔다. 포항에서 유명한 아나운서이니 사망 사건이 언론에 알려지는 순간 여러 매체에서 추측성 기사가 쏟아질 거라는 생각이 들었다.

"아까 아들하고는 무슨 관계십니까? 아는 사이입니까?"

나는 아이들에게 들은 사건을 머릿속에 순서대로 떠올리며 여자에게 질문을 던졌다.

"아니요. 모르는 사이입니다. 오늘 처음 봤어요."

여자가 눈을 깜빡거리며 숨을 들이마셨다.

"어떤 상황이었는지 자세히 설명해주겠습니까?"

"제가 꼭 대답을 해야 하나요?"

나는 타자를 치면서도 힐끔거리며 여자의 표정을 살폈다. 대답 전에 조금 뜸을 들이는 순간이 있었다. 진술하기에 무언가 껄끄러운 것이 있다는 뜻이었다. 나는 단조로운 목소리로 설명했다.

"피해자조서라고, 꼭 작성을 해야 하거든요."

여자는 이번엔 좀 더 길게 뜸을 들였다. 그리고 마주잡은 두 손을 만지작거리며 불안해했다. 여자가 불편해하는 기억이 무엇인지 알아내야 한다는 생각이 들었다. 나는 신경을 바짝 곤두세우고 여자에게 집중했다.

"남편이랑 바람을 쐬고 있었습니다."

여자가 나지막한 목소리로 대답했다.

"어디서요?"

"북부해수욕장이요."

아까 온갖 난리를 치며 떠들던 녀석의 말이 떠올랐다.

'당신이 누구랑 붙어먹었잖아. 그래서 맞고 있었잖아.'

그 녀석의 얼굴을 보니 거짓말을 하는 것 같지는 않았다. 여자가 숨기려는 것이 그것일까. 유능 아나운서의 가정불화 이야기가 세상에 퍼지면 직업이 위태로울 정도로 타격이 클 테니까 어느 정도 일리가 있기는 했다. 게다가 아나운서라면 도덕적 잣대가 엄격하게 적용되는 직업이 아닌가.

"아들 말로는 그, 남편 분한테 폭행을 당하고 있었다던데요?"

조심스럽게 운을 띄우며 물었다.

"아닙니다. 같이 산책 중이었습니다."

"도와달라고 말한 적은 없습니까?"

"네, 없습니다."

여자는 이전과 달리 망설임 없이 단호하게 대답했다. 이런 경우는 두 가지였다. 정말로 꼭 말하고 싶은 진실이거나, 무언가 필사적으로 숨기려고 하는 경우. 나는 여자의 얼굴을 마주보며 무언의 압박을 했다. 여자는 가늘고 마른 얼굴선과 달리 깊고 어두운 눈빛을 가지고 있었다. 표정만으로는 도통 속을 짐작할 수가 없었다.

"살려달라고 한 적도 없고요?"

여자의 얼굴에 난 상처를 눈여겨보며 다시 입을 열었다.

"네."

"그럼 얼굴에 난 상처는 애들이 그런 겁니까?"

"네."

잠시 여자의 시선이 흔들렸다. 그 찰나 의문 하나가 머릿속을 스쳤다. 여자의 말대로라면 애들이 지나가다 무작정 폭행을 했다는 건가? 보통 남자 녀석들은 무리들끼리 시비가 붙는 경우는 있어도 지나가는 연인을 폭행하는 경우는 드물었다. 그것도 먼 곳에서 포항까지 여행을 온 녀석들이 말이다.

게다가 빨간 잠바를 입은 녀석은 일관된 주장을 했다. 여자를 구해주려 했었다고. 만약 이 사실을 여자가 인정하면 사망 사건과 결부되어 가정불화설이 언론에 나올 터였다. 보나마나 여자는 아나운서로서의 인생이 제대로 꼬일 것이 분명했다. 그렇다면 여자가 거짓말을 하고 있는 것일까.

한편으로는 아나운서인 여자가 경찰서까지 와서 거짓말을 할 이유가 없다는 생각도 든다. 어쨌든 여자가 남편을 죽인 것이 아니고, 여자는 피해자였다는 것이 녀석들의 일관된 진술이었으니까. 범죄를 저지른 것도 아닌데 여기서 거짓말을 하면서까지 체면을 지키려고 할 리 없다는 생각이었다. 그것도 애들을 살인자로 만들면서까지.

나는 습관적으로 책상을 손가락으로 톡톡 내리치며 말했다.

"어떻게 맞았습니까?"

여자의 미간이 가볍게 일그러졌다. 여자는 곧바로 대답을 하지 못하고 마른침을 삼키며 시선을 아래로 떨어뜨렸다.

"상황을 떠올리는 게 힘들어도 구체적으로 말씀을 해주셔야 합니다."

재차 묻자 여자는 괴로운 듯 입술을 깨물었다. 섬섬 늘어나는 의문을 해결하기 위해서라도 더 구체적인 증언을 들어야 했다.

"누가 때렸고, 어떻게 때렸고, 뭐로 때렸고, 그런 것들이요."

친절한 점원처럼 설명을 덧붙였다.

"기억이 잘 안 나서요."

여자는 대답을 회피하며 이내 입을 다물었다. 기억이 안 난다니. 내가 묻는 것은 하루도 채 지나지 않은 일이었다. 게다가 여자에게는 남편이 사망에 이른 사건이었다. 최대한 많은 기억을 떠올리려고 애를 써도 모자랄 상황인데.

"그럼 아이들과 시비는 어떻게 붙은 겁니까?"

나는 자세를 고쳐 앉으며 물었다.

"……."

"돈을 달라고 했다든지, 뭘 빼앗으려고 했다든지, 뭐 그런 거요."

"잘·모르겠습니다."

"이유가 있었습니까? 뭐 빌미가 있었다든가."

여자의 시선이 허공에서 불안하게 흔들렸다.

"그게, 그냥 좀 취해 보였습니다."

"술을 마셨다?"

목소리를 높이며 되묻자 여자가 가만히 고개를 끄덕였다.

녀석들의 얼굴에는 어린 티가 줄줄 흐르고 있었다. 술에 취해 괜한 객기를 부렸던 걸까. 그리고 그 일이 재수 없게 사망 사건에까지 이른 걸까.

"남편분은 어떻게 사고를 당했나요?"

나는 마른기침을 하며 목을 가다듬고 물었다.

"못 봤습니다. 저는 맞다가 중간에 도망을 쳤거든요."

"그럼 죽었을 당시 상황은 못 본 거네요?"

"네."

"혹시 주변에 목격자는 없었습니까?"

"잘 모르겠습니다. 너무 무서워서 한참이나 차에 숨어 있어서요."

여자는 기억이 다시 떠오르는지 괴로운 표정을 지었다. 나는 여자가 하는 모든 말을 컴퓨터에 기록했다. 녀석들과 여자의 말은 여전히 평행선을 달렸다. 누가 어떤 부분에서 접선을 숨기고 있는지 알아내야 했다.

"차에서 얼마나 있었습니까?"

"한참 있었습니다. 아, 병원에서 연락 올 때까지요."

"남편과 사고 후에 무슨 말씀을 나눈 건 없습니까?"

"네, 병원에 갔을 때는 이미 사망한 후였습니다."

여자는 대답을 하고 울컥하는 표정이었다. 눈시울이 붉어지며 눈물이 고였다. 여자는 대부분의 대답을 빠르고 정확하게 했다. 거짓을 지어내기 위해 머리를 굴리는 것 같지는 않았다. 아니면 사전에 모든 상황에 대해 치밀하게 답변을 만들어두었거나. 서글픈 얼굴로 울음을 참는 이 여자가 정말 그런 짓을 했을까. 나는 남은 질문을 꺼냈다.

"평소처럼 지병을 앓고 있었거나 불편한 곳은 없었고요?"

"네, 건강했습니다."

여자는 말을 마치고 얼굴을 감쌌다. 손가락 사이로 신음 소리가 흘러나왔다.

"지금까지 진술한 내용이 모두 사실입니까?"

화면에 기록된 내용들을 빠르게 훑으며 마지막 질문을 했다.

"네, 사실입니다."

여자가 천천히 고개를 끄덕이며 대답했다.

"알겠습니다. 마지막으로 하고 싶은 말 있으십니까?"

"저……."

여자는 잠시 머뭇거리다 나를 향해 고개를 들었다. 나는 한결 부드러운 목소리로 말했다.

"뭐든지 괜찮습니다."

"사건을 최대한 빨리 마무리 지으면 좋겠는데요."

남편의 사망 사건을 빨리 정리해 달라는 말에 나는 의문스러운 표정을 지었다. 그러자 여자가 변명을 하듯 재차 입을 열었다.

"아무래도 제가 알려진 사람이라 소문나는 것도 좀 그렇고
요."

"아, 알겠습니다. 방송도 하셔야 할 텐데. 최대한 빨리 끝내겠
습니다."

고개를 끄덕이며 대답했다. 그리고 프린트 버튼을 눌러 작성
한 진술조서를 출력했다.

"이만 가도 될까요?"

여자가 지친 기색으로 가늘게 숨을 내쉬었다. 그 모습을 보
자 측은한 마음이 들었다.

"남편분 일은 안됐습니다."

여자는 내 말에 암울한 표정을 지으며 몸을 일으켰다. 그리
고 나에게 고개를 가볍게 숙이며 인사를 했다. 문을 향해 걸어
가는 여자의 뒷모습은 곧 무너질 것처럼 위태로워 보였다.

**

나를 비롯해 최 형사와 백 형사가 회의실에 다시 모인 것은
새벽이 되어서였다. 책상 위에는 각자 가지고 온 사진 자료들
과 진술서가 펼쳐져 있었다. 시체 안치실을 다녀온 최 형사가
먼저 말을 꺼냈다.

"확실한 건 부검을 해봐야겠지만 뇌진탕이 가장 큰 원인이랍니다. 머리에 충격을 받은 흔적은 확실합니다."

머리에 가해진 충격으로 피해자가 사망에 이르렀다는 것이 의사가 전해온 사실이었다. 여자의 말에 무게가 기울었다. 설사 아이들 말이 진실이라고 해도 여자를 도와주려고 몸싸움을 하다 사망에 이르게 했을 가능성이 높았다. 혹시나 하는 생각에 최 형사에게 물었다.

"시신은 어땠노? 여자한테 당할 만큼 마르고 약해 보이드나?"

"아닙니다. 아주 건장한 사내였습니다."

나는 인상을 쓰며 고개를 끄덕였다. 옆에 있던 백 형사가 인쇄한 사진을 가리키며 말을 이었다.

"현장에서 발견된 파이프하고 혈흔 사진입니다."

눈앞에 보이는 사진에는 해변에 떨어진 파이프와 모래에 스며든 혈흔 자국이 그대로 찍혀 있었다. 그리고 배의 모서리에는 핏자국이 얼룩처럼 번져 있었다.

재수가 없으려면 뒤로 자빠져도 코가 깨진다더니. 증거를 보니 정황으로 보이는 사실이 하나 있었다. 왜 몸싸움을 하게 되었는지 이유는 알 수 없었지만, 아이들과 벌어진 몸싸움이 사내를 죽음에 이르게 할 정도로 치명적인 부상을 입혔다는 것이었다. 그렇다면 아이들과 여자 중에 거짓말할 가능성이 높은 쪽은 아이들이었다. 의도하지 않았다고 하더라도 살인을 저지르게 된 사람이 사실을 부인하는 경우가 많았기 때문이다. 여자가 진실에 가깝다는 쪽으로 생각이 기울었다.

"지문 따고, 혈흔은 동일인인지 체크해라. CCTV는?"

나는 사진 속의 쇠파이프를 가리키며 말했다.

"해무 때문에 식별이 안 됩니다. 블랙박스 확보도 어렵고요."

"해무라……."

신음처럼 말을 뱉었다. 바다라면 해무는 흔한 일이었다. 오히려 먼 곳까지 풍경이 선명하게 보이는 맑은 날이 드물 정도니까. 해무가 가득한 밤바다를 떠올리며 물었다.

"그럼 목격자는?"

"새벽이라 문도 다 닫고 해서요. 오전에 다시 나가보겠습니다."

가볍게 고개를 흔들며 손으로 사진이 놓인 책상을 두들겼다.

"됐다. 피해자, 시체, 증인, 뭐가 더 필요하노? 사실 관계는 확인됐으니까 애들한테 자백만 받자고. 누가 죽였는지."

백 형사가 내 말에 고개를 끄덕이며 대답했다.

"알겠습니다."

그러자 최 형사가 조심스럽게 눈치를 보며 입을 열었다.

"근데 애들 말이 거짓말 같진 않습니다. 알아보니까 실제로 상우란 놈은 해병대 입대도 앞두고 있었고요."

"근데?"

"조사를 좀 더 해보면 안 될까요? 박은혜가 바람난 게 사실이면……."

이래서 신입은 신입인 거다. 이미 사건의 정황을 증명할 수 있는 자료들을 다 모았는데 쓸데없이 다른 가능성을 제기해서 일을 만든다. 나는 한심스럽다는 표정을 지으며 혀를 찼다.

여자는 포항에서 손에 꼽히는 아나운서다. 살인을 할 이유도 없고 그러고 싶지도 않을 게 분명했다. 오히려 여자가 말한 대로 술에 취한 아이들이 시비를 걸고 폭행을 했다는 게 더 납득이 가는 말이었다. 증거가 가리키는 사실만 입증하면 금방 해결될 일인데 괜한 가능성을 제기해서 사건을 질질 끄는 것은 신입이나 하는 짓이었다.

"최 형사, 두 사람 모르나? 이 지역에 소문난 잉꼬부부야. 흥신소도 아니고 딱 보면 견적 나오는데 뭘 더 조사해? 그냥 구속영장 신청해라."

최 형사를 향해 타박하듯 목소리를 높였다.

"알겠습니다."

상황을 살피던 백 형사가 눈치 빠르게 대답했다.

"보호자들은 언제 온다대?"

"점심 전에는 다들 오실 겁니다."

"오케이. 정리됐네. 그전에 자백 받고 퇴근하자. 피곤하다."

나는 자리에서 일어서며 어깨를 매만졌다. 제대로 잠을 자지 못한 탓에 눈가가 뻐근하게 저려오면서 어깨까지 불편한 기운이 뻗쳤다. 파일을 들고 회의실을 나가는데 구석에 놓인 보쌈과 족발이 눈에 들어왔다. 배고프다고 시켜두고서는 정신이 없는 탓에 깜빡했다. 음식은 이미 차갑게 식어 있었고, 입안에는 텁텁한 기운이 돌면서 식욕이 일지 않았다. 시시각각 일은 벌어지는데 인력 충원은 계속 미뤄지고 있었다. 먹고 자는 것도 시원찮은데 왜 이 짓을 해야 하나. 나는 손도 대지 않은 음식을 보다가 문득 짜증이 일어 외면하듯 고개를 돌려버렸다.

아침이 올 때까지 아이들을 취조했다. 막상 증거를 들이밀자 아무 말도 못한 채 벌벌 떠는 표정이 가관이었다. 두 명은 상황이 돌아가는 것을 직감하고 어떻게든 살길을 찾아보려는 듯 보였다. 그러나 용비라는 놈은 처음부터 끝까지 진실이라는 이야기만 반복했다.

조사한 증거들이 모두 살인을 가리키는데 도와주려고 그랬는지 싸우느라 그랬는지가 뭐가 중요한가. 나는 사건 해결을 위한 정리가 남은 것이지, 진실을 구하는 과정이 남은 게 아니라는 것을 이해시키려고 노력했다. 그러나 아이들은 역시나 아이들이었다. 말이 통하지 않아 답답할 뿐이었다.

취조를 끝내고 나는 의자에 드러눕다시피 한 자세로 새벽까지의 일들을 떠올렸다. 칫솔로 이를 닦으며 텔레비전을 가리키자 최 형사가 전원을 켰다. 화면에는 방영 중인 뉴스가 흘러나왔다.

"국토교통부는 포항 지역 대설경보를 발령한 것과 관련, 내일부터 비상근무 3단계 '심각'으로 격상한다고 밝혔습니다."

아나운서가 전하는 뉴스를 듣자마자 짜증이 일었다. 지금도 바빠 죽겠는데 비상근무라니. 입을 우물거리며 말했다.

"또 피곤해지게 생겼네."

"눈 보기 힘든 도시에 뭔 일이래요. 대학 때 보고 못 본 거 같은데."

백 형사가 옆에서 맞장구를 쳤다. 그러자 최 형사가 말했다.

"오랜만에 눈 오면 좋겠네요."

"아이고, 팔자 늘어지는 소리 하네. 몇 살 더 무봐라. 그게 좋나."

컵에 치약 거품을 뱉으며 말했다.

"그나저나 아침에 TV에서 박은혜 안 비니까 서운하네. 갸가 진행은 기가 맥히는데. 목소리도 섹시하고."

내가 입가에 웃음을 흘리며 말을 이었다.

"실물도 예쁘던데요. 고친 데도 없는 것 같고. 완전 나이스 던데."

"보이는 것만 보고 어떻게 아노? 만져봐야 알지."

나는 백 형사를 향해 손으로 만지는 시늉을 했다. 백 형사가 큭큭 웃음을 터뜨리며 요란하게 웃었다. 그때였다. 형사과 문이 열리고 낯선 사람이 들어섰다. 키가 크고 건장한 중년 남자는 붉게 상기된 얼굴이었다.

"여기 막 들어오면 안 되는데요. 어떻게 오셨습니까?"

최 형사가 중년 남자에게 다가가며 말했다.

"연락받고 왔는데요. 두만이 어디 있습니까?"

중년 남자가 다급한 표정으로 물었다.

"아, 두만이 보호자 되십니까? 두만이 어젯밤에 폭행치사 용의자로 긴급 체포됐습니다. 현재 조사 중이고요."

"이런 썩을 새끼가."

중년 남자는 최 형사가 정황을 말하자마자 거칠게 말을 내뱉었다. 직접 경찰서까지 오니 실감이 나는 모양이었다. 속에서 열이 끓어오르는지 표정이 금세 일그러졌다.

"자세한 건 다른 보호자 오시면 말씀드리겠습니다. 잠깐 앉아 계세요."

최 형사가 한쪽에 놓인 의자를 가리키며 말했다. 중년 남자는 움직이지 않은 채 그대로 서서 말했다.

"먼저 말해주세요. 어떻게 된 겁니까?"

"아버님 흥분하지 마시고요. 다른 분들도 금방 오실 겁니다."

"흥분 안 하게 됐습니까? 이 새끼 어디 있습니까? 개새끼를 진짜."

"어어, 욕하지 마세요. 여기서 소란 피우면 안 됩니다."

언성이 높아지자 형사과 안이 소란스러워졌다. 중년 남자는 수그러들지 않고 더 크게 따져 물었다.

"그게 아니고 사람을 불렀으면 무슨 말을 해줘야 할 거 아닙니까? 네? 이 새끼 어디 있습니까?"

나는 안절부절못하고 무작정 화를 내는 중년 남자를 보며 혀를 찼다.

"성질을 주체 못하는 아버지라……. 아들이 아주 잘 보고 배웠겠네."

혼잣말을 중얼거리며 자리에 등을 기대고 앉아 경기를 관전하듯 상황을 지켜보았다. 형사들이 흥분한 보호자를 말리는 동안 또다시 문이 열렸다. 이번에 들어오는 사람은 우아한 자태를 풍기는 중년 여자였다. 형사과 안으로 들어오는 움직임이나 행색을 보아서는 부잣집 사모님 같았다. 중년 여자는 경찰서에 오게 된 것이 영 어색한지 쭈뼛거리며 주변을 둘러보았다.

"어떻게 오셨죠?"

"아, 지공이가 여기 있다고 해서요."

최 형사가 묻자 교양 있는 말투로 대답했다.

"지공이가 있는 곳이 여기 맞나요?"

아들이 경찰서에 갇혀 있다는데도 조금도 흐트러지지 않은 표정이었다. 믿는 구석이라도 있는 건가? 나는 흥미로운 듯 보호자들을 지켜보았다.

"도대체 자식을 어떻게 가르치는 겁니까?"

형사들에게 열을 내던 두만 아버지가 지공이라는 이름을 듣더니 다짜고짜 중년 여자를 향해 소리쳤다.

"네? 누구세요?"

지공 어머니가 당황스럽다는 표정으로 되물었다.

"왜 훈련 열심히 하는 애를 빼돌려다가 나쁜 짓을 하냐고요! 용비랑 지공이가 오늘 무슨 짓을 했는지 아십니까?"

"경우 없게 왜 이러세요? 지공이도 용비가 데리고 나갔는데……."

"어린놈들이 까져가지고 신음 소리나 내고 있고. 도대체가! 신성한 학교에서 뭔 짓이냐고요. 대학교가 사창가예요?"

지공 어머니는 사창가라는 말을 듣는 순간 팍 인상을 썼다. 모멸감을 느끼는 표정이었다.

"뭐라는 거예요? 말조심하세요."

나는 이를 마저 닦고 모두 들으라는 듯 형사들을 향해 소리쳤다.

"누가 보호자를 이리 들이라캤노? 여가 시장터가?"

"죄송합니다."

"두 분도 여기서 이러면 애들한테 좋을 거 하나도 없습니다!"

경고를 하듯 큰소리로 호통을 쳤다. 보호자들은 이내 주눅이

든 얼굴로 입을 닫았다. 애나 어른이나 상황이 어떻게 돌아가는지도 모르고 소리나 지르는 건 똑같은 것 같았다. 나는 고개를 절레절레 흔들며 책상 앞에 앉았다. 이번 일 말고도 진행 중인 사건들 서류가 눈앞에 산더미처럼 쌓여 있었다. 나는 진저리를 치며 눈을 감고 잠을 청했다. 밤새 한숨도 못 잔 탓에 순식간에 잠에 빠져들었다.

**

삐익. 팩스 도착을 알리는 기계음이 귓가에 파고들었다. 이어 종이 위에 글자가 인쇄되는 소리가 들렸다. 웅성거리는 주변 소리가 선명해지면서 서서히 잠에서 깨어났다. 그러나 불규칙적인 수면 탓에 몸은 천근만근이었다.

"오늘 이송 명단입니다."

인쇄가 끝나자 최 형사 목소리가 들렸다.

"이 사기꾼 새끼 이거, 드디어 가네."

얼굴에 쏟아지는 햇볕을 느끼며 최 형사와 백 형사의 목소리에 귀를 기울였다. 최 형사가 조심스러운 목소리로 말했다.

"그 애들 편을 드는 건 아닌데요. 아무래도 애들 말이 완전히 거짓말 같진 않은데 말입니다."

"용비 보호자는 아직도 안 왔나?"

백 형사가 말을 돌리며 물었다.

"선배님, 팀장님께 다시 말씀해보세요."

최 형사는 아직도 진실에 대한 미련을 못 버린 것 같았다. 쯧쯧. 그게 전부가 아니라니까. 나는 속으로 혼잣말을 하며 정신이 선명해지는 것을 느꼈다.

"최 형사, 예전에는 나도 그렇게 생각했는데 그게 전부가 아니라니까."

타박하는 목소리가 들렸다. 백 형사는 나와 똑같은 생각을 말하고 있었다. 역시 옆에 두고 가르친 보람이 있다니까. 저 신입은 얼마나 키워야 나무를 안 보고 숲을 볼까.

"그래도 억울한 사람 만들면 안 되잖아요. 그게 우리 일이잖아요."

최 형사는 교과서 같은 말을 하고 있었다.

"이 바닥에 딱 3년만 더 있어봐라. 그런 태평한 소리가 나오나."

나는 일부러 요란한 소리를 내며 기지개를 켰다.

"할 일 없나? 우리가 진행 중인 사건이 17개다 17개. 거기서나 억울한 사람 생기지 않게 잘 챙기라고."

백 형사가 짜증스러운 표정으로 최 형사를 향해 말했다.

"선배님……."

"아! 그거 참! 할 일 없으면 족발이랑 보쌈이나 치워라!"

내가 완전히 몸을 일으키자 나를 본 최 형사는 눈치를 살피며 입을 다물었다. 순간 형사과 문이 열리고 표정이 딱딱하게 굳어 있는 청년이 안으로 들어섰다. 자동차 정비를 하는지 기름때가 묻어 있는 작업복을 그대로 입고 있었다. 옷을 갈아입을 여유도 없이 여기까지 온 모양이었다. 가슴 부근에 박혀 있는 '수리수리 카 수리'라는 글씨가 눈에 들어왔다. 주변을 두리번거리던 청년은 나와 눈이 마주치자 꾸벅 몸을 숙여 인사를 했다. 그리고 책상 앞으로 걸어와 말했다.

"저 실례합니다. 용비 때문에 왔는데요."

가까이서 얼굴을 보니 고집스러운 눈매나 또렷한 콧날이 그 녀석과 무척 닮았다. 옆에 있던 최 형사가 자리에서 일어나며 청년에게 말했다.

"이리로 따라오세요."

용비의 보호자로 온 사람은 나이 차이가 얼마 나지 않는 형 같았다. 청년이 형사과를 나가자 백 형사가 나를 향해 돌아보았다.

"부모가 못 온 걸까요?"

"뭐 이따 오겠지. 애들하고 보호자들 회의실에 준비시키라."

백 형사가 몸을 일으키며 대답했다.

"알겠습니다."

나는 하품을 하며 새벽에 여자에게서 들은 이야기들을 떠올렸다. 자리에서 일어나자 뼈마디에서 우둑거리는 소리가 났다.

"깔끔하고 빠른 해결……."

허공을 향해 중얼거리며 회의실 방향으로 천천히 걸음을 옮겼다.

회의실에 들어서자 암울한 분위기가 감돌았다. 보호자를 만난 아이들은 고개를 푹 숙인 채 어깨를 움츠리고 있었다. 유치장에서 보낸 시간이 썩 유쾌하지 않았던 모양이다. 나는 보호자들을 살펴보며 바로 본론을 꺼냈다.

"일단 구속영장 떨어지면 구치소로 이송됩니다. 검찰에서 추가 조사하고 재판하는데 이런 경우는 보통 2년에서 3년 정도 받습니다."

말이 끝나자마자 두만 아버지가 다급하게 말했다.

"합의 보면 안 됩니까? 돈은 얼마든지 내겠습니다."

"사망 사건이라 힘듭니다. 누군가는 반드시 책임을 져야 해요."

"하, 너 새끼! 그러게 뭐한다고 나서길 나서가지고! 아오!"

비관적인 대답을 듣자 두만 아버지는 불같이 화를 내며 두만을 향해 소리쳤다. 끓는 냄비처럼 또다시 순식간에 얼굴이 달아올랐다. 두만은 책상에 닿을 정도로 고개를 처박은 채 아무 말도 하지 못했다.

"같이 찾아갑시다! 가서 그 여자한테 어떻게든 사정합시다!"

"그런 건 잘못한 사람이 하는 거죠. 누가 죽었는지 아직 모른다면서요? 우리 지공이 그럴 애가 아닙니다."

이번에 입을 연 사람은 지공 어머니였다. 자식 때문에 경찰서에 불려온 수많은 부모가 그랬듯이 내 자식은 그럴 리 없다는 말을 했다. 민감한 말을 던지자 모두 지공 어머니를 쳐다보았다.

"그러네! 우리 두만이도 아닙니다. 가기 싫다는 놈을 용비랑 지공이가 억지로 데려갔는데 그럴 리가 없죠. 네."

두만 아버지가 눈치 빠르게 맞장구를 쳤다.

"지공이도 용비가 끌고 나갔다니까요."

보호자들은 용비에게 잘못을 떠넘기고 있었다. 대화를 듣고 있던 용비 형은 순식간에 표정이 일그러졌다. 울컥 화가 오르는 모양이었다. 지공 어머니가 바닥만 보고 있는 용비를 향해 다그쳤다.

"용비 너 말해봐. 내가 지공이 공부하게 도와달라고 부탁까지 했었지. 응? 기억나지?"

용비는 입을 굳게 다문 채 아무 말도 하지 않았다. 대신 옆에 앉은 형이 언성을 높여 대꾸했다.

"누가 끌고 갔다 그래요? 친구 훈련소 바래다준다고 다 같이 간 건데."

"저는 보내준 적이 없거든요."

지공 어머니가 탐탁지 않은 얼굴로 용비의 둥근 머리통을 쏘아보며 말했다. 그러자 두만 아버지도 말을 보탰다.

"두만이도 학교에서 착실하게 훈련 중이었습니다. 증인들도 많아요."

"그럼 용비 혼자 그랬다는 겁니까?"

용비 형이 두 손으로 책상을 탁 내리쳤다.

"애초에 용비랑 안 만났으면 이럴 일도 없었잖아요."

회의실은 점점 아수라장이 되었다. 보호자들만 부르면 늘 벌어지는 일이었다. 자기 자식은 잘못이 없다며 서로에게 잘못을 떠넘기고 소리치는 일. 목소리 크다고 죄가 없어지는 것도 아닌데 대체 왜 이러는 걸까. 나는 고개를 절레절레 흔들었다. 아이들은 보호자들이 들썩거리자 힐끔거리며 불안에 떨었다.

"다들 그만하시고! 이제 돌아가세요. 조사 끝나면 알게 될 겁니다."

내가 소리치자 두만 아버지가 말했다.

"팀장님, 생각해보니까 운전도 용비가 했습니다. 제가 봤습니다."

그러자 용비 형이 두만 아버지를 노려보며 따져 물었다.

"지금 뭐하자는 겁니까? 진짜. 면허증 있는 애가 운전한 게 어때서요? 뭐 문제 있습니까?"

"아이고, 깜짝이야. 젊은 친구가 눈을 똑바로 뜨고. 무서워서 뭔 말을 하겠나? 도대체 부모는 뭐하는데 이런 상황에 형이와?"

"교도소에 있어서 못 왔습니다. 왜요?"

교도소라는 말에 정적이 흘렀다. 모두 뜨악한 얼굴이었다. 지공 어머니는 가볍게 혀를 차며 그럼 그렇지 하는 표정을 지었다. 용비의 아버지가 교도소에 있다는 것은 사전에 알지 못했던 사항이었다. 용비 녀석이 유난히 날뛰는 이유와 관련이 있는 것은 아닌지 궁금증이 일었다.

용비를 비롯한 아이들 얼굴을 살폈다. 용비는 고개를 숙이고 미동이 없었고, 다른 녀석들은 눈을 동그랗게 뜨고 용비를 쳐다보고 있었다. 이 사실을 처음 알았다는 얼굴이었다.

"장난하는 거야? 뭐야? 이거."

두만 아버지가 몸을 움찔하며 말을 뱉었다.

더 이상 사건에 도움이 될 만한 이야기는 나오지 않을 것 같았다. 나는 상황을 정리하겠다는 의미로 재차 책상을 두들기며 말했다.

"이봐요. 형사과에서 뭐하세요? 다들 그만 나가세요!"

내가 자리에서 일어나는 순간 가만히 있던 용비가 소리쳤다.

"왜 우리 말은 아무도 안 들어주세요?"

또 시작이었다. 용비의 얼굴에는 억울함이 가득했다.

"어떻게 된 건지, 왜 이렇게 된 건지, 진짜 무슨 일이 있었는지, 왜 한 번도 안 물어보세요? 진짜 죄송한데요. 정말 이렇게 돼서 죄송하고 미안한데요. 우리 말도 좀 들어주세요. 적어도 한 번은 들어줄 수도 있잖아요."

순간 이제껏 한 대화들이 머릿속을 스쳤다. 말을 들어달라니. 아이들 말은 충분히 들어주었다. 지금 진실 따위가 중요한 상황이 아니었다. 만약 사건이 서로 좋은 방향으로 정리되면 용비 녀석도 아무 소리 안 할 게 분명했다.

"언제 우리가 안 들어줬노? 니 지금 무슨 말을 하는 거고?"

나는 짜증스러운 얼굴로 대답했다.

"팀장님, 저기 잠깐 지공이랑 얘기 좀 할 수 있을까요? 애가 겁먹어서 말을 못 하는 것 같아서요."

분위기가 험악해지자 지공 어머니가 내 팔을 잡으며 말을 돌렸다.

"두만이 새끼도 부탁드립니다."

나는 손을 휘휘 내저었다.

"지금은 좀 곤란하고요. 구치소로 이송되면 그때 면회 신청하세요."

"저기 그러지 마시고 잠깐만……."

두만 아버지가 재빨리 지갑을 꺼내며 말끝을 흐렸다. 나는 고개를 돌려 주변을 살폈다. 보호자들의 눈이 지갑에서 나오는 현금에 쏠려 있었다. 일부러 큰 목소리로 말했다.

"어어? 아버님. 이런 거 못 받습니다. 여서 이라면 안 됩니다."

내가 두만 아버지의 손을 밀어내자, 두만 아버지는 더 끈질기게 내 팔을 붙잡았다.

"그게 아이고 저도 고향이 이쪽입니다. 선수 생활도 여서 했다 아입니까. 동향 사람이면 다 식구고 남도 아인데 밥이라도 사드시라고. 두만이도 밥 좀 먹여주시고요."

두만 아버지가 갑자기 경상도 사투리를 쓰며 친한 척을 했다. 경찰서에 제일 자주 나오는 말들이 같은 학교인데, 같은 고향인데, 우리가 남이냐는 소리였다. 내 손에는 만 원짜리 몇 장을 억지로 쥐어주고 있었다.

"아니, 그래도 이라면 안 되는데……."

못 이기는 척 돈을 받아 들었다. 한 번 거절했으니까 별 탈은 없겠지. 내가 나가려는데 지공 어머니도 따라나서며 명함을 내밀었다.

"이건 남편 명함인데요. 지공이도 잘 좀 부탁드리겠습니다."

네모난 종이에는 서울시의원이라는 직함이 찍혀 있었다. 나는 고개를 들어 지공 어머니의 얼굴을 살폈다. 역시 이런 일에도 눈 하나 깜빡하지 않고 자식을 감싸고도는 이유가 있었다. 믿는 구석이 있을 거라고 짐작했는데 남편을 믿고 있는 모양이었다. 두만 아버지도 힐끗 명함을 보고 짐짓 놀라는 표정이었다.

똑똑. 문을 두드리는 소리가 들렸다. 얼른 돈과 명함을 주머니에 찔러 넣었다. 백 형사가 문을 열고 들어오며 나를 불렀다.

"팀장님?"

나는 화들짝 놀라 신경질적으로 대꾸했다.

"왜? 지금 일하는 거 안 보이나?"

"2층에서 잠깐 올라오랍니다."

경찰서장실이었다. 나는 얼른 회의실을 빠져나와 옷깃을 단정하게 정리했다.

"무슨 일인데? 2층에서 와?"

"모르겠습니다. 그냥 바로 올라오라고 하던데요."

"무슨 사건 난 거 있나?"

"특별한 건 없습니다."

"이상하네……."

고개를 갸우뚱거리며 현재 진행하고 있는 사건들을 떠올렸다. 경찰서장이 무슨 일로 나를 부르는 걸까.

"그 애들이랑 보호자들이랑 면회 좀 하자. 딱 10분만."

나는 거울 앞에 서서 머리를 단정하게 매만지며 백 형사에게 말했다.

"알겠습니다."

의자에 기대서 자다가 일어난 덕에 머리는 까치집이 지어져 있었다. 나는 손바닥에 탁 침을 뱉고 곤두선 머리카락을 눌렀다. 그림자가 늘어진 것처럼 눈가에 가득한 주름이 보였다. 그 새 더 늙은 것 같은 모습이었다. 나는 한숨을 내쉬며 2층으로 연결된 계단을 향해 터벅터벅 걸음을 옮겼다.

경찰서장실 문을 열고 들어섰다. 그곳은 형사과와는 완전히 다른 공간이었다. 윤기가 흐르는 가구들이 정갈하게 놓여 있었고, 코끝에는 향긋한 냄새가 스쳤다. 창가에 줄지어 놓여 있는 난들이 마른 햇볕을 받고 있었다. 화분을 두른 리본에는 누구나 알 만한 사람들의 이름이 적혀 있었다.

"아, 오 팀장. 왔나?"

차를 마시고 있던 경찰서장이 신문을 내려놓았다. 나는 두 손을 가지런히 모으고 서서 고개를 숙여 인사했다.

"그 있잖아. 박은혜 아나운서랑 관련된 아들. 구치소 버스에 태워 보내뿌라."

"네? 그게 무슨……."

경찰서장은 눈을 치켜뜨며 말했다. 왜 두 번 말하게 하냐는 얼굴이었다.

"애들 구치소 버스에 태워 보내라고."

"아직 영장이 안 떨어졌는데요. 48시간 되려면 하루 더 남았습니다."

"몇 시간 내로 떨어질 거다."

예상치 못한 말에 어안이 벙벙했다. 아무리 살인이라지만 아직 머리에 피도 마르지 않은 애들이었다. 흉악범도 아닌데 이렇게 빨리 구치소로 보낼 필요까지야. 게다가 영장이 떨어지는 시간도 평소와 달랐다. 어디서 압박이 온 거지? 속으로 여러 의문을 떠올린 순간 경찰서장이 내 마음이라도 들여다본 것처럼 대답했다.

"방송국 본부장이 윗선에 줄 댔나 보더라. 간판 아나운선데 소문나기 전에 빨리 끝내고 싶겠지. 구치소로 보내고 조사할 때만 따로 불러라."

박은혜 아나운서 쪽이었다. 내심 놀라웠다. 언론에서 연락이 왔다고 이렇게까지 신경 써줄 줄은 몰랐다. 경찰서장 눈에 잘 보이려면 이 사건을 박은혜가 원하는 쪽으로 빨리 정리해야할 것 같다는 직감이 들었다.

"알겠습니다."

"이런 일 예민한 거 알제? 결과 나올 때까지 어데 입도 뻥끗 말고."

"네."

"언론사 본부장이 대단하긴 한갑네. 이런 일로 위에다 전화까지 넣고."

경찰서장도 위에서 전달받은 내용이 의외였던 모양이다. 나는 눈치 빠르게 머리를 굴렸다. 서장이 직접적으로 나에게 이야기를 하는 이유에 대해 확신이 들었다. 위에서 원하는 대로 빠르고 조용하게 사건을 해결하라는 뜻이었다.

니는 이만 가보겠다는 인사를 하고 경찰서장실을 빠져나왔다. 더 이상 증거를 살펴보고 취조한 사실들을 조사할 필요가 없었다. 사건은 이미 정해진 길로 흐르고 있었다.

"뭐라고 합니까?"

형사과로 내려오자 백 형사가 무슨 일인지 물었다. 나는 복잡한 마음에 인상을 쓰며 대답했다.

"애들 구치소로 보내라."

최 형사와 백 형사가 놀란 눈으로 나를 바라보았다.

"아니, 팀장님. 영장 나오려면……."

잠시 멍한 표정을 짓던 최 형사가 다급하게 말을 꺼냈다.

"서장님이 명령이다. 하라면 좀 하라는 대로 해라!"

나는 자리로 걸어가 책상 서랍을 열며 짜증스럽게 소리쳤다. 최 형사가 굽히지 않고 다시 대꾸를 하려고 하는 순간 백 형사가 제지하며 대답했다.

"알겠습니다. 바로 연락하겠습니다."

최 형사가 백 형사에게 왜 평소대로 사건이 진행되지 않는지 묻는 소리가 들렸다. 백 형사는 한숨을 내쉬며 타박하듯 잔소리를 늘어놓았다. 나는 서랍에서 담배 한 개비를 꺼내 들고 입구 밖으로 나갔다.

경찰서 건물 옆에는 음료 자판기 몇 대와 함께 사람들이 담배를 태우는 공간이 있었다. 외투를 입고 나오지 않아 제법 쌀쌀한 공기가 느껴졌다. 나는 자판기 뒤쪽으로 이어진 구석으로 들어가 차가운 바람을 피해 자리를 잡았다. 주머니에서 꺼낸 담배를 입에 물고 불을 붙이는 순간, 멀리서 용비 형과 두만 아버지가 걸어오는 것이 보였다. 나는 뒷걸음질을 치며 더 깊숙이 구석으로 몸을 밀어 넣었다. 여기서 보호자들을 마주치면 또 경상도 사투리를 쓰며 이런저런 부탁을 늘어놓을 것이 뻔했다.

자판기 앞에 선 용비 형은 담배를 꺼내 태우기 시작했다. 뒤따라온 두만 아버지가 용비 형에게 손을 내밀며 말했다.

"한 대만."

용비 형은 고개를 들어 두만 아버지의 얼굴을 가만히 쳐다보다가 주머니를 뒤적거리며 담배 한 개비를 더 꺼냈다. 그리고 라이터를 꺼내 불까지 붙여주었다.

"콜록 콜록."

두만 아버지는 한 모금을 들이마시고 연신 기침을 해댔다. 그리고 손으로 연기를 휘저으며 그렁그렁 눈물이 맺힌 얼굴로 중얼거렸다.

"오랜만에 피웠더니 기침이 나네."

용비 형은 별다른 대꾸 없이 허공을 바라보며 숨을 깊게 들이마셨다.

　그때 멀리서 경찰서 입구에서 나오는 지공 어머니가 보였다. 두만 아버지는 지공 어머니를 발견하자마자 한걸음에 뛰어가 붙들었다. 그리고 다시 자판기 앞으로 끌고 오면서 넉살 좋은 얼굴로 말을 붙였다.

　"지공이 어머님, 잠깐만요. 여기로."

　지공 어머니는 미간을 찡그리며 노골적으로 싫다는 표정을 지었다. 두만 아버지의 손에 붙들린 팔을 빼내며 대꾸했다.

　"왜요? 저는 담배 냄새 싫어하는데."

　두만 아버지가 얼른 입에서 담배를 꺼내어 바닥에 던졌다. 그리고 보란 듯이 발로 밟아 끄고 말을 이었다.

　"애들 벌써 구치소로 보낸다는데, 아무리 생각해도 우리가 이렇게만 있으면 안 될 것 같아서요."

　지공 어머니는 무언가를 골똘히 생각하는 표정이었다. 다혈질에 성질이 급해 보이던 두만 아버지도 자식이 관련된 일이라 그런지 눈치 빠르게 상황을 파악하고 있었다. 나는 조용히 담배 연기를 들이마시며 상황을 지켜보았다. 보호자들이 어떻게 사건을 정리하려 들지 궁금했다.

　용비 형이 끝까지 태운 담배를 끄고 꽁초를 쓰레기통에 넣는 사이 두만 아버지가 다시 입을 열었다.

　"아까 보니까 남편분이 힘 좀 쓰실 것 같던데, 잘 좀 부탁드립니다. 하나 있는 아들놈인데 이번에 대학 간다고 열심히 운동했거든요. 애들이 나쁜 마음먹고 그런 것도 아니잖아요."

두만 아버지는 아까 명함을 보고 작전을 변경한 듯했다. 지공 어머니와 함께 힘을 보태면 애들 앞길 망치는 일은 피할 수 있을 거라고 생각한 모양이었다. 그러나 두만 아버지의 의도와는 달리 지공 어머니가 팔짱을 끼며 선을 긋듯이 대답했다.

"제가 무슨 힘이 있나요? 죄가 없는 애들은 풀려나겠죠."

두 사람의 대화를 지켜보고 있는 용비 형의 얼굴은 암울해 보였다.

"혹시 돈이 필요하다면 어떻게든 마련해보겠습니다."

"왜 이러세요? 아까랑 태도가 너무 달라서 당황스럽네요."

두만 아버지가 고개를 숙이면서 자세를 완전히 낮추자, 지공 어머니가 언성을 높여 대답했다. 그러나 전혀 싫지만은 않은 표정이었다.

"좋은 게 좋은 거 아니겠습니까. 다 친구고."

"내가 해결할 수 있는 일이 아니잖아요. 결과를 지켜보자고요."

두 사람의 대화를 듣고 있던 용비 형이 지공 어머니의 말에서 이상한 낌새를 눈치챘는지 다급한 목소리로 끼어들었다.

"지공이만 빠지는 건 아니겠죠?"

지공 어머니는 정곡을 찔린 얼굴로 시선을 피했다. 용비 형은 눈에 힘을 주고 단호하게 말했다.

"만약 그렇게 되면 가만히 안 있을 겁니다."

"뭐예요? 아니 죄가 없는 사람이 풀려나는 게 뭐가 문제죠? 진짜 별꼴을 다 당하네."

지공 어머니가 불같이 화를 내며 소리쳤다.

"맞습니다. 죄가 없는 애들은 풀려나는 게 맞죠."

두만 아버지가 지공 어머니를 달래듯이 부드러운 목소리로 말했다. 그리고 용비 형을 돌아보며 눈짓을 했다.

"지금 그런 말을 할 때가 아니잖아요. 마음을 좀 합쳐봅시다. 네?"

지공 어머니가 코트를 여미며 다시 입구로 걸어갔다. 그러자 남은 두 사람도 걸음을 옮기며 시선을 주고받았다. 두만 아버지가 용비 형에게 뭐라고 말하며 등을 두드렸지만 거리가 멀어지면서 잘 들리지 않았다.

나는 아까 회의실에서 보호자들에게 분명히 말했다. 살인사건이 났고 명백한 피해자가 있으므로 죄를 지은 사람도 있어야 한다고. 그런데 3명의 보호자가 모여 살길을 찾는다면 남은 방향은 하나밖에 없었다. 자연스럽게 응급 수술을 받았다는 나머지 녀석이 떠올랐다. 경과가 좋지 않다면 분명 죄는 그 녀석의 몫이 될 터였다. 위에서도 빠른 해결을 원한다고 했을 뿐 특별히 누군가를 지목하거나 사건 방향에 대한 언급은 없었다.

"결국 이렇게 사건이 정리되는 건가."

병상 위에 누워 있을 녀석을 떠올리며 혼잣말을 중얼거렸다. 그 녀석에게는 포항에서의 여행이 기약 없이 길어질 모양이었다.

바닥에 발길질을 하며 신발에 엉겨 붙은 재를 털어냈다. 담배꽁초에 끈질기게 남아 있던 빨간 불이 연기를 내며 사그라지는 것이 보였다. 나는 입안에 도는 씁쓸한 기운을 털어내려고 바닥에 침을 탁 뱉었다. 건물을 향해 돌아서자 얼굴에 차가운 바람이 쏟아졌다.

**

사건이 종결되고 며칠이 흘렀다. 형사과는 이전과 다름없는 모습이었다.

백 형사가 팔 근육을 늘리며 끙 하는 소리를 냈다. 그리고 옆에 있던 리모컨을 집어 들어 텔레비전을 틀었다. 화면에는 부드럽고 정확한 목소리로 뉴스를 전하고 있는 박은혜 아나운서의 모습이 잡혔다. 박은혜 아나운서의 말끔해진 얼굴에 저절로 시선이 고정되었다. 며칠 전만 하더라도 퉁퉁 부은 얼굴에 작은 상처들이 있었는데. 어떻게 한 건지 하얀 피부가 유리처럼 반질반질했다.

"빨리도 복귀하셨네."

백 형사가 텔레비전에 가까이 다가서며 말했다. 나는 최 형사를 향해 목소리를 높였다.

"거봐라. 누이 좋고 매부 좋고. 얼마나 깔끔하고도 아름다운 해결이고?"

최 형사는 입을 삐죽거리며 대답이 없었다. 아직도 사건 경위가 무엇인지 정확히 밝히지 않은 채 사건을 종결한 게 탐탁지 않은 모양이었다. 그러나 진실이 다 무슨 소용인가. 우연히 뺑소니 사고를 당한 녀석에게는 안타까운 일이었지만, 이 사건에서 진실을 밝혀봤자 여러 사람만 피곤해질 뿐이다. 한 녀석이 죄를 짊어진 덕에 박은혜는 하루빨리 복귀하고, 다른 녀석들은 벌금으로 끝났다. 게다가 내 입장에서는 윗선에서 원하는 바도 들어준 셈이다. 이보다 더 깔끔한 해결이 있을까.

한 가지 걸리는 게 있다면 녀석의 보호자였다. 그 녀석은 평생 할머니와 둘이 살아온 모양이었다. 가해자를 확인하고 사건을 정리하기 위해 들른 병원에서 만난 할머니는 곧 쓰러질 것처럼 위태로운 몸으로 병원을 맴돌고 있었다. 끝내 뺑소니 차량을 잡지 못해 할머니가 모든 병원비를 떠안게 된 일도 마음이 편치 않았다. 내가 상황을 전하자 할머니는 온 세상이 무너진 듯 그대로 바닥에 주저앉아 울음을 터뜨렸다.

깊은 숨을 토해냈다. 그리고 고개를 흔들어 엉겨드는 생각을 털어냈다. 다 끝난 사건이다. 세상에는 매일 새로운 사건이 일어나고, 안타깝고 불쌍한 사람들이 생겨난다. 나는 다시 텔레비전을 향해 시선을 옮기며 눈앞에 어른거리던 할머니의 얼굴을 지워냈다.

푹신한 의자에 몸을 깊숙이 기대며 몸에 힘을 풀었다. 귓가에는 포항 지역의 국회의원이 뇌물을 받아서 구속되었다는 소식을 전하는 박은혜 아나운서의 목소리가 들려왔다. 언제나 듣기 좋은 목소리다.

S#47	형사과, 새벽	..
	아이들이 남편을 죽였다고 진술하는 여자. 끌려나가는 아이들.	

C#1　경찰서 창밖에서 경찰서 F.S
　　　여자 받아있고 아이들 앉는다.

C#2　고개숙인 여자 단독

오팀장　이 여자 분이 맞아?

C#3　고개숙인 여자 단독

C#4　오팀장, 여자 투샷. 여자 쪽으로
　　　달리인 (카메라 위치 아이들쪽)

C#5　반대편 아이들 3명 서서히 달리
　　　인 (카메라 오팀장과 여자 사이
　　　위치)

S#47	형사과, 새벽	
	아이들이 남편을 죽였다고 진술하는 여자. 끌려나가는 아이들.	

C#6 배달원이 들어오고, 마가 깨진다.

배달원 족발이요!

C#7 족발 내려놓는 배달원

배달원 하와이에서 보냈습니다.
백형사 이리 가져와. 이리. (엄청난 양의 보쌈과 족발)
오팀장 (다시 여자를 바라보고) 사실이에요?

여자에게 인사하고 프레임아웃

배달원 (족발을 놓고 나가려는데 여자를 보고) 어? 안녕하세요.
백형사 배달 끝났으면 가! 인마! 인사를 왜해? 새끼가.
배달원 (쫓겨나며) 아니, 완전 팬이라서.. 안녕히 계세요.

C#8 눈물이 뚝 떨어지는 여자 (앙각)

C#9 여자 위치에서 아이들 쓰리샷

S#47	형사과, 새벽
	아이들이 남편을 죽였다고 진술하는 여자. 끌려가는 아이들.

C#10 휴지 건내는 오팀장

오팀장 (난감한 표정) 저기 울지 마시고요.
괜찮으세요?

C#11 여자의 말을 기다리는 사람들

여자 죽었어요.
오팀장 네?

C#12 여자 얼굴

여자 애들이..남편을 죽였다고요.

C#13 여자 눈에서 카메라 내려서 입술
(이 부분부터 쭉 핸드헬드)

여자 애들이..남편을 죽였다고요.

아버지와 진실 그리고 용비

분명 친구들만 부르면 된다고 했는데. 있었던 일만 말하면 병원에 보내준다고 했는데. 경찰들은 거짓말을 했다. 그들이 원하는 대로 다 했는데 나는 지금 보호실 안에 갇혀 있는 신세니까. 지공과 두만은 여기까지 와서도 유치한 말다툼을 했다. 아마 상우가 사고를 당한 모습을 직접 목격했더라면 아무 말도 못한 채 넋을 놓고 있었을 것이다.

나는 벽에 기대어 앉다가 묵직한 느낌을 받았다. 주머니 속에 있던 휴대폰이었다. 불현듯 어제 일이 떠올랐다. 상우가 자주 안부를 물어달라고 부탁하며 상우 할머니의 휴대폰 번호를 입력해주었었다. 나는 바로 휴대폰을 꺼내어 전화를 걸었다.

"여보세요?"

"할머니, 저 용빈데요. 상우 친구 용비요."

"어, 그래 용비구나."

할머니의 목소리는 가늘고 힘이 없었다.

"상우 괜찮은가 해서요. 병원에 계시죠?"

"그래."

한동안 침묵이 이어졌다. 휴대폰 너머에서 부산스러운 소음만 들렸다. 나는 섣불리 입을 열 수가 없었다. 상우가 어떤 상태인지 정확히 알고 싶었지만, 다른 한편으로는 상태가 안 좋을까 봐 두려웠다. 잠시 생각에 빠져 있는 사이 할머니의 목소리가 다시 이어졌다.

"수술이 왜 이렇게 안 끝나나 모르겠네. 들어간 지 한참 됐는데……."

"뭐라고 해요? 병원에서요."

"상우 같이 착한 놈한테 무슨 일이야 있겠니. 별일 없겠지."

할머니는 상우의 정확한 상태를 알지 못하는 것 같았다.

"죄송해요, 할머니. 금방 병원으로 갈게요."

"무슨 소리니. 다 내가 잘못 살아서 그렇지. 내가 죄가 커서."

자신을 탓하며 중얼거리는 할머니의 목소리를 듣고 있자니 죄책감이 밀려왔다. 할머니 탓이 아니라 다 내 탓이었다. 그렇게 도망치지만 않았더라면 상우에게 사고가 나지 않았을 텐데.

몇 번을 반복해서 후회해도 현실은 그대로였다.

"가서 다 말씀드릴게요. 죄송해요."

나는 고해성사를 하는 죄인처럼 몸을 움츠리며 말했다.

"응? 뭐 아는 게 있어? 어떻게 된 거니? 상우가 왜 이렇게 된 거야?"

영문도 모른 채 병원에서 막연히 상우를 기다리던 할머니가 질문을 쏟아냈다. 나는 길게 말을 하고 싶었지만 무슨 말부터 꺼내야 할지 몰랐다. 그저 죄송하다는 말만 쏟아져 나왔다.

"어이, 거기! 통화하지 마라."

보호실 밖에서 형사의 목소리가 날아들었다. 고개를 드니 형사가 손가락으로 나를 가리키며 인상을 쓰고 있었다. 나는 목을 가다듬으며 서둘러 말했다.

"죄송해요, 할머니. 지금은 통화를 못하거든요. 곧 갈 테니까요, 조금만 기다려주세요. 금방 갈게요. 죄송해요. 할머니 죄송해요. 가서 다 말씀드릴게요."

"그래라……."

할머니의 대답을 마지막으로 전화를 끊었다. 주위에서 가만히 지켜보고 있던 친구들의 얼굴에 그림자가 드리웠다. 비통한 기분이었다. 우리는 누구 하나 말을 꺼내지 못했다. 이곳에 올 때는 4명이었는데 지금 함께 있는 사람은 3명이었다. 어디서부터 잘못된 걸까. 우리가 그렇게 큰 잘못을 저지른 걸까. 나는 휴대폰을 주머니에 집어넣으며 한숨을 내쉬었다.

그때였다. 갑자기 어디선가 신발 한 짝이 날아왔다. 화들짝 놀라 고개를 들어보니 날아온 신발이 두 만의 볼에 맞고 바닥으로 떨어져 있었다. 주위를 살펴보니 반대편 구석에 있던 아저씨가 우리를 바라보고 있었다. 친구들도 무슨 일인가 하는 얼굴로 고개를 돌려 쳐다보았다. 그러자 아저씨가 이번에는 다른 쪽 신발을 벗어 집어 던졌다. 날아온 신발이 내 가슴에 맞고 바닥으로 떨어졌다. 눈을 마주치고 아저씨의 얼굴을 살펴보았다. 취기가 올라 눈이 풀려 있었고 시선은 불안정했다. 왜 다들 가만히 있지 못해 안달인 거지? 대체 왜 술을 처먹고 다른 사람들에 폐를 끼치는 거지?

눈을 치켜뜨고 아저씨를 노려보았다. 술을 먹고 엉망이 된 얼굴을 보는 것은 정말 지긋지긋했다. 오늘 밤 일도 저런 놈 때문에 일어난 일 아니었나. 나는 입술을 질끈 깨물며 오래전 일을 떠올렸다.

나는 누군가를 죽일 듯이 노려보고 있었다. 그러나 지금과 달리 그때는 혼자서는 아무것도 할 수 없는 어린아이였다.

형제 실내 포차 안에서는 몸을 얼어붙게 하는 고함 소리가 끊임없이 새어나오고 있었다. 물건이 바닥에 부딪쳐 깨지는 불쾌한 소리와 함께였다. 나는 겁에 질려 안으로 들어가지 못한 채 발을 동동 구르며 불투명한 창문으로 어른거리는 커다란 그림자를 바라보고 있었다.

가게 주변으로 동네 어른들이 하나둘 지나갔다. 나는 애원하듯 도와달라는 눈길을 보냈지만 그들은 아무것도 들리지 않고 아무것도 보지 못하는 것처럼 외면하고 지나갔다. 한 동네에서 어머니와 오랫동안 인사를 나누며 지내던 이웃들도 예외는 아니었다. 오히려 지겹다는 얼굴을 하고 발길을 재촉하며 빠르게 스쳐 지나갔다. 가게 안에서 들려오는 비명 소리에 몸이 얼어붙었다.

"우리 엄마 구해줘야 하는데, 엄마 다치면 안 되는데……."

혼자 중얼거리며 울고 있을 때 창문이 깨지며 그릇이 날아왔다. 와장창! 날카로운 소리를 내며 창문이 제멋대로 박살이 났다. 유리 조각들이 파편이 되어 주변으로 흩어졌다. 그리고 그 사이로 가게 안이 들여다보였다.

어머니는 구석에 몸을 웅크리고 겁에 질린 눈으로 아버지를 보고 있었다. 이미 얼굴은 상처로 가득했고 입술이 터져 피가 흐르고 있었다. 비틀비틀 걸음을 옮기며 어머니를 향해 다가가는 사내는 아버지였다. 아버지는 가게 밖으로까지 퍼져 나오는 술 냄새와 악취의 주인이기도 했다. 아버지는 초점 없는 눈으로 어머니를 노려보고 있었다. 아무것도 비치지 않는 탁한 눈동자. 매일 술에 절어 들어오는 아버지의 또 다른 눈동자였다.

거리가 점점 좁혀지는 것을 바라보는 순간 눈에 들어온 것은 아버지의 손에 들려 있는 날카로운 칼이었다. 온몸에 털이 쭈뼛 곤두서면서 심장이 세차게 뛰었다.

"우리 엄마 어떡하지. 엄마 죽으면 어떡하지."

나는 창문을 넘어 순식간에 아버지를 향해 달려들었다. 그러나 그때 나는 그저 작은 아이에 불과했고, 아버지를 제압하기는커녕 그대로 밀려나 구석으로 나가떨어졌다. 나는 악을 쓰며 울었다. 마치 끔찍한 괴물이 어머니를 삼키려드는 것 같았다.

어머니는 내 울음소리를 듣더니 긴박한 눈빛으로 상황을 살폈다. 아버지가 나를 돌아보며 서늘한 웃음을 지었다. 순간 어머니가 아버지를 향해 마지막 몸부림을 치는 것처럼 달려들었다. 두 사람이 뒤엉켜 몸싸움이 벌어졌고 중심을 잃고 함께 바닥으로 나뒹구는 찰나 비명 소리가 번졌다. 고통으로 가득한 소리가 귓가에 날아들었다. 그것이 내가 들은 어머니의 마지막 목소리였다.

바닥에는 서서히 붉은 피가 번졌다. 나는 넋을 놓고 있다가 이내 절규했다. 온몸이 산산조각 나는 것 같았다. 아버지는 그 순간에도 자신이 저지른 일이 무엇인지 잘 알지 못하는 얼굴이었다. 아버지의 시선은 초점을 잃고 허공에 흔들리고 있었다.

그날 시장통에 있는 작은 실내 포차로 신고를 받은 경찰들이 몰려들었다. 손목에 수갑을 찬 아버지가 경찰들에게 이끌려 나왔다. 나는 경찰들의 다리를 붙잡고 울부짖었다.

"경찰 아저씨들, 왜 이제 온 거예요? 우리 엄마 정말 죽었어요?"

뒤늦게 소식을 듣고 달려온 형이 아버지를 향해 달려들었다. 멱살을 잡고 흔들며 욕지거리를 했다. 아버지는 힘없이 흔들리면서도 아무 말이 없었다. 괴물이 빠져나가고 남긴 빈껍데기 같았다. 형은 아버지를 향해 주먹을 날렸지만 금세 경찰들에 의해 저지당했다. 양쪽에서 몸을 붙드는 경찰들을 뿌리치며 형은 고통스럽게 소리를 질러댔다.

아버지는 경찰차에 실려 그곳을 떠났다. 그게 마지막이었다. 형은 교복을 입은 채로 바닥에 주저앉아 목 놓아 울었다. 엉망이 된 가게 안은 양동이를 엎지른 것처럼 흥건한 피로 가득했다. 나는 형 옆에 앉아 한순간에 산산조각 난 가족을 보았다. 일어난 일들이 믿기지 않았다. 아침이 되면 어머니가 다시 이불을 걷으며 나를 깨울 것 같았다. 형과 함께 나갔다 집에 들어오면 어머니가 따뜻한 미소로 반겨줄 것 같았다.

경찰들은 폴리스 라인을 치고 사고 현장을 정리하기에 바빴다. 그곳에서 형과 나는 마치 투명인간과 같았다. 나를 모른 척 지나가던 동네 어른들은 어느새 밖으로 몰려나와 구경을 하고 있었다. 다 똑같아. 어른들은 다 똑같다고. 나는 분노로 몸이 떨려왔다. 아무도 도와주지 않았다는 사실이, 뭐가 그리 바쁘다고 어머니를 잃은 형과 나를 경찰들이 귀찮아했다는 사실이, 어머니를 잃은 슬픔만큼이나 아프고 서러웠다.

"니들은 뭐야? 왜 남의 집에 들어오고 난리야?"

내가 오랜 기억을 떠올리며 몸서리치고 있을 때 따져 묻는 소리가 날아들었다. 번뜩 정신이 일어 고개를 들었더니 신발을 모두 벗어 던져서 이제 맨발이 된 아저씨가 우리를 쳐다보고 있었다. 술에 취한 아저씨는 몸을 제대로 가누지도 못하면서 자리를 박차고 일어났다. 그리고 하나둘씩 옷을 벗어 우리를 향해 집어 던지기 시작했다. 예전에 아버지가 술만 마시면 하던 짓이었다. 저런 인간들은 어째 하나도 다르지 않은 걸까.

"왜요? 뭐요?"

나는 고개를 쳐들며 언성을 높였다.

"뭐야? 너는? 산타클로스야? 크리스마스 지난 지가 언젠데 새끼가. 나가! 아니, 경찰을 불러야지. 경찰을."

아저씨는 몸을 휘청거리면서 주머니에서 휴대폰을 꺼냈다. 그러더니 어디론가 전화를 걸고 통화를 하기 시작했다.

"여보세요. 112죠? 여기 산타클로스 복장을 한 놈이 왔는데……. 네? 우리 집이요. 네? 집이 어디냐고요? 여기가……."

말을 흐리며 주변을 돌아보던 아저씨는 눈을 번쩍 뜨더니 놀라는 표정이었다. 아마 자신의 집과는 많이 다른 곳이라 그럴

테지. 우리는 황당하다는 표정으로 아저씨를 지켜보았다. 하는 짓이 코미디가 따로 없었다.

"씨발. 여기가 어디야? 일단 출동 좀 해주세요. 네? 산타클로스요. 장난이 아니라니깐 이 사람아! 내가 누군지 알고 그래? 엉? 끊지 마! 나 박지완이야, 박지완! 나 몰라? 뭐? 에이 씨발. 경찰이 좆도 전화를 이렇게 끊어버리면 안 되지! 여보세요? 여보세요?"

아저씨가 허공에 삿대질을 하며 소리치자 보호실 안이 쩌렁쩌렁 울렸다. 우리는 서로 얼굴로 마주 보며 눈길을 주고받았다. 친구들도 어이가 없는 모양이었다.

혼자 난리를 피우던 아저씨는 상의를 벗어 던진 것으로 모자라 이번에는 바지를 벗기 시작했다. 지퍼를 내리고 무릎까지 바지를 내린 다음, 팬티까지 내리고 우리를 향해 고추를 들었다. 우리는 뒤로 슬금슬금 물러났다. 설마 하는 순간 아저씨는 오줌을 누기 시작했다. 나는 재빨리 일어나 구석으로 대피했다. 아저씨는 그 와중에도 시원하다는 표정을 지었다. 술에 취한 사람인지, 정신이 나간 사람인지 알 수가 없었다. 윽. 코를 찌르는 지린내가 훅 끼쳤다. 내가 인상을 찡그리며 팔로 코를 막는 순간 형사들의 목소리가 들렸다.

"저거 또 싼다, 또 싸. 최 형사, 저 새끼 좀 어떻게 해봐라. 고추도 작은 기 뭐 자랑할 거 있다고 까대고 난리고."

팀장이 혀를 끌끌 차며 말했다.

"어제 청소했는데……."

최 형사가 의자에서 일어나며 방이 꺼져라 한숨을 내쉬었다. 얼굴에는 짜증이 가득했다.

"어? 저 여잔 우리 집에 왜 왔어?"

순간 아저씨가 형사과 입구를 보며 물었다. 문을 열고 들어온 사람은 다름 아닌 해변에서 구해준 여자였다. 이제 상우한테 갈 수 있겠다는 생각이 스쳤다. 그러나 내 기대와 달리 여자는 절망적인 표정으로 다짜고짜 사내가 죽었다는 이야기를 했다. 믿기지 않는 말이었다. 나는 한순간에 세상이 뒤집어지는 것 같은 충격을 받았다. 발악을 하며 여자에게 소리쳤다.

"사실대로 말하라고!"

그러나 여자는 우리를 마치 투명인간처럼 대했다. 상황은 완전히 달라져 있었다. 결국 형사들에게 격리를 당한 우리는 취조실에 갇히는 신세가 되었다.

취조실 벽에 등을 기대고 미끄러지듯 주저앉았다. 이곳에 갇힌 나는 어릴 적 나와 다를 바 없었다. 아무것도 할 수 없다는 절망감이 온몸을 휘감았다. 무릎 사이로 얼굴을 묻고 눈을 감았다. 끝이 보이지 않는 어둠이 가득했다.

**

화들짝 문이 열리는 소리가 들렸다. 나는 경기를 일으키는 사람처럼 놀라 고개를 들었다. 귀가 먹먹하면서 관자놀이부터 지끈거리는 두통이 일었다. 잠깐 잠이 든 모양이었다. 불편한 자세로 있었더니 어깨 근육이 뻐근하게 저려왔다. 나는 갑자기 달려드는 빛에 눈을 찡그리며 취조실 안으로 들어온 형사를 바라보았다.

팀장은 나를 아래로 내려다보며 잠시 말이 없었다. 마치 얼굴을 꿰뚫을 것처럼 날이 선 눈빛이었다. 그 사이에 눈동자가 붉게 충혈 되어 있었다.

팀장은 취조실 가운데 놓인 책상으로 걸어가더니 의자를 빼고 앉았다. 그리고 나를 향해 손을 까딱거렸다. 나는 눈치를 보며 일어났다. 다리 근육이 아우성을 치는 것처럼 통증이 일었다. 내가 맞은편에 앉자 팀장이 손에 들고 온 파일을 세워 탁탁 내리쳤다. 무슨 생각을 하고 있는지 알고 싶었지만 얼굴에는 아무런 표정도 없었다. 그저 파일이 부딪치는 소리만 신경을 긁어댔다.

"느그는 이제 폭행치사로 조사 받을 거다."

팀장이 나를 향해 표정과 비슷한 목소리로 말했다. 얼핏 듣기에는 단조로웠지만 신경을 자극하는 목소리였다. 나는 울컥 화가 일었다. 잠시 의식 아래 잠겨 있던 감정들이 다시 솟구쳐 오르기 시작했다.

"왜 폭행치사예요? 그 여자가 살려달라고 했다니까요! 근데 그냥 가면 안 되잖아요. 모르는 척하는 게 더 나쁜 거잖아요! 안 도와줬으면 그 여자 죽었어요!"

나는 몸을 들썩거리며 온몸으로 호소했다. 당신이 못 봐서 그래. 그 여자가 나를 붙들고 살려달라고 애원했었다고. 억울함이 밀려들었다. 선의를 베푼 결과가 이런 거라니. 그럴 수도 있다고 하기에는 너무 끔찍한 결과였다.

"야, 새끼야. 넌 도와줬다고 생각할지 몰라도 법은 느그가 도와줬다고 생각 안 한다! 아무리 그 말이 사실이고 진실이어도! 그게 그렇게 안 된다고. 아직도 그거 모르겠나?"

팀장이 고압적인 목소리로 말했다. 팀장은 형사과에서 컴퓨터 게임을 하던 사람과 완전히 다른 사람이었다. 눈만 마주치고 있어도 등에 식은땀이 흘렀다.

"그 남자가 먼저 때렸어요. 제 얼굴 좀 보세요. 정당방위잖아요. 법에도 그런 거 있잖아요."

"법 같은 소리 하고 있네. 새끼가. 정신 차리라! 법은 니 같은 놈들 잡아넣으라고 있는 기라."

차갑게 가라앉은 팀장의 목소리가 가시처럼 날아들었다. 나는 온몸이 찢기는 기분이었다. 어떻게든 진실을 말해야 했다. 누군가 우리 말을 믿어줄 때까지 말이다.

"제 말 좀 믿어주세요. 경찰은 진실이 뭔지 밝히는 사람들이잖아요!"

"이 새끼야! 지금은 어떻게 진실을 밝혀낼까가 중요한 게 아니다! 어떻게 이 상황을 수습할까가 중요하지."

"진실이 왜 안 중요해요? 그 여자 말이 무조건 맞는 건 아니잖아요."

"그 여자 말이 무조건 맞다! 진실을 말하는 걸로 묵고 사는 여자라고!"

팀장과 나는 핑퐁을 치듯 말을 주고받았다. 나는 진실만을 말하고 있는데 팀장은 듣지도 않고 무조건 튕겨내기만 했다. 팀장은 내 말 따위는 신경도 쓰지 않았다. 그저 여자가 말한 대로 내가 이야기 할 때까지 몰아붙이기만 했다.

끝까지 진실만을 말해야 한다고 마음을 다잡았다. 자칫 잘못하다가는 살인 누명을 쓸지도 모르니까. 살인자가 된다는 생각만으로도 두려움이 파도처럼 밀려왔다. 나는 팀장이 어떤 말을 해도 오직 진실만을 이야기했다. 결국 팀장이 체념하듯 말했다.

"안 되겠다. 니는 진짜로 교도소에 좀 가야겠다."

"도와준 걸 도와줬다고 하고 안 한 걸 안 했다고 한 건데. 그럼 우리가 뭐라고 해요? 우리도 거짓말해요? 경찰 아저씨들이 왜 이래요?"

팀장은 내가 따져 묻는 소리에 대답하지 않았다. 입을 굳게 다물더니 파일을 추스르고 자리에서 일어났다. 그리고 몸을 돌려 밖으로 나가려다 말고 나를 향해 말했다.

"니는 끝까지 거짓말을 하고 있다. 내가 그걸 입증해줄게."

팀장은 나를 무섭게 노려보더니 취조실을 빠져나갔다.

잠시 후 다른 형사가 들어와 나를 다른 곳으로 데려갔다. 안내판을 보니 유치장으로 가는 방향이었다. 그곳에는 먼저 도착한 지공과 두만이 있었다.

우리를 인수받은 당직자가 일렬로 서라고 명령했다. 그리고 손에 들고 있던 곤봉으로 앞에 놓아둔 빈 상자를 툭툭 치며 말했다.

"주머니에 있는 거 다 꺼내서 여기 넣어라. 시계, 허리띠, 운동화 끈도 다 풀고. 실시."

당직자의 말이 끝나자마자 지공과 두만은 재빠른 동작으로 움직이기 시작했다. 지공이 주머니 속을 뒤져 들어 있는 물건을 꺼냈다. 그러자 휴대용 향수와 작은 빗, 거울과 지갑이 손에 들려 나왔다. 마지막으로 지공은 손목에서 새로 산 지 얼마 되지 않은 최신형 시계를 풀어 박스 안에 넣었다.

두만은 자기 옷 안에 뭐가 있는지도 모르는 얼굴이었다. 그도 그럴 것이 두만이 입고 있는 옷은 감독의 것이었다. 두만은 야구 감독의 소지품을 한 개 꺼내더니 잠시 머뭇거렸다. 더 이상 아무것도 없나? 생각하는 사이 마지막으로 꺼낸 것은 비닐에 싸인 닭다리였다. 예상치 못한 물건에 지공이 눈을 크게 뜨고 두만을 쳐다보았다. 두만은 어깨를 으쓱해 보이며 민망한 표정을 지었다.

나는 둘을 지켜보며 가만히 서 있었다. 이런 취급을 용납할 수가 없었다. 폭력과 살인으로 유치장에 갇히다니. 말도 안 되는 일이 우리에게 벌어지고 있었다. 왜 내 말은 아무도 들어주지 않을까. 사실이 아니라고 목 터지게 소리쳐도 왜 아무도 믿어주지 않을까.

"니는 왜 가만히 있노? 반항하나?"

당직자가 나를 향해 다가오며 물었다. 나는 주먹을 쥔 채로 애꿎은 바닥만 노려보았다. 나쁜 놈들이나 유치장에 갇히는 것이다. 나는 위기에 처한 사람을 도와주었을 뿐……

픽! 갑작스럽게 배에 묵직한 통증이 날아들었다. 당직자가 사정없이 나를 향해 곤봉을 휘둘렀기 때문이었다. 숨이 컥 하고 막히면서 침이 튀었다. 나는 배를 잡고 그대로 주저앉았다. 턱이 덜덜 떨렸다. 몸이 뒤틀릴 것 같은 끔찍한 고통이었다. 당직자가 같잖다는 표정으로 웃으며 나를 바라보았다. 그리고 발을 들어 내 등을 툭툭 치며 약을 올렸다.

"이런 데 처음이제? 여기는 니랑 나랑 둘뿐이다. 내 말이 곧 법이라고. 좋은 말로 할 때 알아듣자. 어려운 거 아니잖아."

나는 숨을 몰아쉬며 가까스로 주먹을 그러쥐었다. 얼굴이 닿

은 바닥은 얼음장처럼 차가웠다. 온몸에 오소소 소름이 돋았다. 친구들은 절망스러운 표정으로 나를 보고 있었다. 나는 마음속에 가지고 있던 작은 희망이 점점 사그라지다가 마침내 완전히 꺼져버리는 것을 느꼈다.

유치장에 들어서자 퀴퀴한 냄새가 코를 찔렀다. 나는 구석에 자리를 잡고 앉았다. 그리고 손을 들어 말라붙은 피를 문질렀다. 나도 모르게 눈물이 뚝뚝 떨어졌다.

어두운 해변가에서 여자의 머리채를 잡고 있던 사내의 얼굴이 선명하게 떠올랐다. 그 사내가 주먹을 쥐고 나를 향해 달려들던 모습도 이어졌다. 그러나 내가 숨이 차도록 사내를 향해 발길질을 한 순간도 떠올랐다. 그때 나는 화가 머리끝까지 치밀어 올라 온몸에 흥분이 가득한 상태였다.

결정적인 순간 우리는 다 함께 그 사내를 밀어 넘어뜨렸다. 아무리 사내가 건장해도 남자 4명이 달려드는 것을 막을 순 없었다. 힘에 떠밀려 그대로 넘어진 사내는 배에 머리를 부딪쳤다. 분명 둔탁한 소리가 들렸었다. 바닥에 쓰러진 사내는 부르르 몸을 떨고 있었다. 사내에게서 빼앗은 쇠파이프를 들고 뜨악한 얼굴로 서 있던 두만과 의기양양한 표정으로 손을 털던 지공의 모습도 머릿속에 스쳐 지나갔다. 그리고 상우. 상우는 그림자가 드리운 얼굴로 사내를 내려다보고 있었다.

멀리서 들려오던 호각 소리가 다시 귓가에 들리는 듯했다. 날카로운 소리에 모든 기억은 와장창 부서져 내렸다. 사내의 얼굴에서 흐르던 피와 어두운 바다처럼 깜깜한 얼굴. 그게 우리에게 남은 진실일지도 몰랐다. 나는 괴로운 얼굴로 고개를 털었다.

"여기 처음이야?"

갑자기 누군가 내 어깨에 손을 올리며 나에게 물었다. 나는 화들짝 놀라 고개를 들었다. 눈앞에 낯선 남자가 나를 쳐다보고 있었다. 얼굴에 커다란 상처가 있는 남자였다. 남자는 한 손으로 멀리 놓인 관식을 끌어와 나에게 밀며 말했다.

"먹어. 이래 보여도 먹을 만해. 뭐 때문에 왔어?"

남자는 친근한 말투로 물었다. 나는 가볍게 고개를 저었다. 배도 고프지 않았고 말도 하기 싫었다. 남자는 나를 천천히 훑더니 피가 묻어 있는 옷에 시선을 고정한 채 말했다.

"폭력? 도와줄 수 있으면 내가 도와줄게. 나는 여기 몇 번 와봐서 잘 알거든. 응? 말해봐."

남자는 나를 향해 얼굴을 들이밀며 말했다. 그러나 나는 여전히 한마디도 하고 싶지 않았다. 아무리 소리치고 호소해도 모두 내 말을 듣지 않았으니까. 나는 구석으로 등을 깊숙이 밀어 넣으며 몸을 움츠렸다. 남자는 탐탁지 않은 표정을 짓더니 자신의 관식이 있는 곳으로 돌아갔다.

주변을 둘러보니 작은 공간에 들어찬 수감자들이 보였다. 멀리서 험악한 인상으로 나를 흘끔거리는 사람도 있었고, 머리에 머리카락이 하나도 없는 사람도 있었다. 그리고 이곳에 있는 시간이 무료한지 벽을 보고 명상을 하거나 물구나무를 서고 있는 사람도 있었다. 나는 한숨을 내쉬며 무릎을 세우고 얼굴을 묻었다.

시간이 얼마나 지났을까. 창가에는 환한 빛이 쏟아져 들어오고 있었다. 작은 창문 모양으로 잘린 빛을 보니 갇혔다는 사실이 실감 났다.

형사가 유치장에 들어와 내 이름을 불렀다. 엉거주춤 일어나 방을 빠져나오자 나를 데리고 형사과 쪽으로 향했다. 복도 끝에는 초조한 얼굴로 서성거리는 사람이 있었다. 생김새가 자세히 보이지 않을 만큼 먼 거리였지만 형태만 봐도 누군지 한눈에 알 수 있었다. 바로 형이었다.

형을 보자 눈시울이 뜨거워졌다. 고개를 들어 눈을 깜빡거리며 눈물을 삼켰다. 형은 나를 발견하고 빠른 걸음으로 다가와 형사에게 인사를 했다. 그리고 나와 눈이 마주치는 순간 입 주변이 움찔했다. 쏟아내고 싶은 말이 가득하지만 어쩐지 막상 얼굴을 마주치자 아무 말도 못하는 것 같았다. 형은 실타래처럼 엉킨 생각들로 복잡한 표정을 짓고 있었다.

회의실 안으로 들어가자 자리에 앉아 있는 보호자들이 보였다. 지공 어머니와 두만 아버지가 동시에 나를 쳐다보았다. 지공 어머니는 원망이 가득 담긴 눈빛으로 나를 쏘아보았다. 집에서 제 발로 도망쳐 나온 사람은 지공인데. 집이 감옥 같다고 답답해 죽겠다고 노래를 부른 건 지공인데. 나는 고개를 돌려 시선을 외면했다.

형과 나는 두만 아버지 옆에 앉았다. 두만 아버지는 근엄하고 묵직한 태도로 경기를 이끌던 감독의 모습과는 거리가 멀어 보였다. 아들 일만 관련이 되면 시도 때도 없이 열이 오르락내리락했다. 지금도 평소와 다름없이 시시각각 얼굴에 기분을 그대로 표출하고 있었다. 두만은 죽을상을 지은 채 애꿎은 손톱만 뜯고 있었다.

회의실에서 나온 이야기들은 기대보다 더 최악이었다. 보호자들은 다들 자기 아들을 감싸기에 바빴고 진짜 있었던 일에는 관심이 없었다. 그저 누가 잘못을 했는지 몰라도 자기 아들은 아니라는 말뿐이었다. 그리고 그들이 가리키는 화살은 전부 나를 향하고 있었다. 형은 기분이 상했는지 그들을 향해 언성을 높였다.

결국 각자의 입장만 주장하다 시간이 흘렀다. 팀장이 나간 후 최 형사가 잠깐의 시간을 주었다. 형은 나를 데리고 경찰서 건물 앞에 있는 벤치로 걸어갔다.

어깨가 축 처진 형의 등을 보니 미안한 마음이 밀려들었다. 우리 둘이서 겨우 버티며 살았는데. 만약 일이 잘못돼서 내가 감옥에 가게 되면 어쩌지? 형은 가족이 둘이나 교도소에 가는 건데. 나는 밀려드는 후회에 머리를 쥐어박고 싶었다. 그냥 모르는 척할걸. 누가 울고 있던 맞아 죽어가든 모르는 척할걸.

앞서가던 형이 갑자기 몸을 돌리더니 내 무릎을 발로 찼다. 화가 솟구쳤는지 순식간이었다. 나는 손을 올려 막지도 못하고 그대로 바닥에 나뒹굴었다. 형, 나도 죽겠단 말이야. 정말 미칠 거 같다고. 나는 고통스럽게 몸부림치며 신음을 흘렸다.

"니가 깡패냐? 양아치야?"

형이 씩씩거리며 말했다.

"뭐한다고 사람을 때리고 다녀? 어? 일어나!"

내가 바닥을 짚고 겨우 일어나자 형은 화가 풀리지 않는지 다시 발길질을 했다. 이번에는 다리에 힘을 주고 버텼다. 맞은 부위가 저리면서 찌릿한 감각이 퍼졌다.

"그냥 지나치면 되지! 왜 남의 일에 참견을 하냐고?"

형은 나를 향해 악을 썼다. 목소리는 날카로웠지만 얼굴은 그 반대였다. 나는 태어난 이후 지금까지 부모도 아닌 형과 함께였다. 그래서 눈만 봐도 어떤 심정인지 알 수 있었다. 형은 가슴이 터질 만큼 슬퍼하고 있었다. 형은 알고 있었다. 내가 왜 남의 일을 모른 척하지 못했는지. 형도 분명 어머니를 떠올리고

있었다. 나는 울음이 가득한 얼굴로 형을 바라보았다.

"도와주면 뭐? 세상이 아름다울 것 같디? 세상이 너한테 고마워할 것 같았어? 도대체 너 왜 그래?"

형의 말을 들으니 가슴이 미어졌다.

"그래! 세상이 나한테 고마워할 줄 알았다!"

형은 소리치는 나를 보더니 한숨을 쉬었다. 그러더니 짜증스럽게 머리를 털며 인상을 썼다.

"적어도 엄마 같은 사람은 만들지 말아야지 했어. 우리 같은 사람도 만들지 말아야지 했다고. 씨발 근데 왜? 그게 뭐? 내가 뭘 잘못했다고 다들 나한테 그래? 왜!"

형에게 소리쳤다. 형은 내 마음을 알아줄 거라는 생각 때문이었다. 한 번 입을 열자 속에 담아두었던 말들이 쏟아져 나왔다.

"하아, 이 지지리 복도 없는 새끼야."

형이 말끝을 흐리며 말했다. 나는 힘이 빠지면서 피가 쏟아져 나가는 느낌이었다. 형의 팔을 붙들며 말했다. 울음을 참으려고 힘을 준 탓에 목소리가 가늘게 떨렸다.

"형, 나는 그냥 지켜만 볼 순 없잖아. 또 그런 일이 생기면 안 되잖아. 형, 그렇잖아……. 말려야 되는 거잖아."

"아오! 이 바보 같은 새끼! 왜 나서가지고. 왜 이런 일이 또 생겨서……."

형의 목소리가 거칠게 갈라졌다. 나는 결국 무너지듯 고개를 숙이고 흐느껴 울었다. 지금 이 상황이 너무 끔찍했다. 해프닝이 될 거라고 생각한 일이 어느새 돌이킬 수 없는 지경에 이르러 있었다. 서럽게 복받쳐 오르는 감정에 눈물이 하염없이 쏟아졌다.

잠시 정적이 흘렀다. 내가 흐느끼는 소리만 허공을 맴돌았다. 갑자기 형이 나를 정면으로 바라보았다. 그리고 두 손으로 내 얼굴을 붙들고 고개를 들어 올렸다. 형은 단호하고 진지한 눈빛으로 말했다.

"고개 들어 새끼야. 고개 숙이지 말고 들라고! 마음 단단히 먹어. 알았어? 니가 어떤 선택을 하든 형은 니 편이니까. 무슨 일 생기면 형 카센터에서 기술 배우면 되니까……. 고개 들어. 고개 숙이지 말고."

내 편. 무조건 나를 믿어주는 내 편. 나는 형의 말을 듣고 얼어붙었던 마음이 조금 녹아내리는 것을 느꼈다. 이제 겨우 학교를 졸업하고 형에게 도움이 될 수 있을 거라고 생각했는데. 형에게 미안해서 더 크게 울었다.

추운 날씨 때문에 경찰서 건물 밖으로 나오는 사람은 없었다. 내 등을 두드리는 형의 손이 느껴졌다. 주위가 너무 고요해서 세상에 오직 형과 나만 남은 것 같았다.

면회를 끝내고 나는 형사과로 들어왔다. 형사들이 가리킨 자리로 가자 최 형사가 휴대폰으로 전화를 하고 있었다. 나는 병원이라는 말을 듣자마자 신경을 곤두세웠다.

"네. 아직까지 의식이 없다고요? 네, 알겠습니다. 혹시 변동 사항 생기면 연락 주십시오. 네 알겠습니다."

최 형사가 인상을 찡그리며 말했다.

"팀장님. 상우는 수술은 끝났는데 아직도 의식이 없답니다. 조사는 좀 힘들 것 같은데요."

최 형사는 무거운 표정으로 전화를 끊고 팀장을 향해 말했다.

"계속 상태 체크하고. 일단 애들만 보내라."

팀장이 우리를 보내라고 손짓하자 최 형사가 가볍게 고개를 숙였다.

"알겠습니다."

최 형사가 통화하며 한 말이 머릿속에서 지워지지 않았다. 아직도 의식이 없다니. 상우는 얼마나 다친 걸까. 다시 상우를 볼 수 있는 걸까.

답답한 기분에 가슴을 치며 숨을 뱉었다. 그러자 지공과 두만이 암울한 표정으로 나를 바라보았다. 우리는 아무 말도 하지 않았다. 아니, 할 수 없었다. 우리의 얼굴은 어두운 나락으로 떨어지는 것 같은 절망스러운 침묵만이 가득했다.

형사들의 손에 이끌려 경찰서를 나오자 건물 앞에는 보호자들이 기다리고 있었다. 우리가 구치소행 버스에 올라타기 위해 이동하자 형이 재빠르게 다가와 귓속말을 했다.

"금방 끝날 거야."

형은 나를 붙들고 말했다. 금방 끝나지 않을 거라는 것을 알면서도 나는 세차게 고개를 끄덕였다. 형이 버스에 올라타는 내 모습을 계속 바라보았다.

엔진 소리와 함께 시동이 걸리자 버스가 서서히 방향을 돌리기 시작했다. 경찰서 입구를 빠져나가는 동안 형은 한시도 내게서 눈을 떼지 않았다. 나는 점점 멀어지는 형의 얼굴을 보고 있으니 더 괴로워지는 기분이었다. 보호자들과 떨어져 철장 안에 갇힌 신세가 된 지공과 두만도 비슷해 보였다.

냉랭한 공기가 얼굴을 스쳤다. 차는 덜컹거리면서 속도를 높였고 형사들과 우리 사이에 가로막힌 철문이 보였다. 나는 마치 강제로 도살장에 끌려가는 짐승이 된 기분이었다. 도로를 한참 달리자 피곤이 몰려들었다. 밤새 먹지도 않고 잠을 제대로 자지도 못했다. 몸은 한없이 가라앉는 것 같았고, 마음은 너덜너덜 찢겨 만신창이가 된 기분이었다.

창밖에는 어느새 눈이 내리고 있었다. 솜털 같은 눈들이 고요하고 아름다운 풍경을 만들고 있었다. 나는 쇠창살 사이로 그 모습을 보고 있자니 눈물이 날 것 같았다. 모든 것을 되돌리고 싶었다. 눈이 점점 더 많이 내리기 시작할 즈음 두만이 입을 열었다.

"진짜 죽었나 봐, 진짜로……."

넋이 나간 사람처럼 중얼거리는 두만의 말에 나는 가슴이 덜컥 내려앉았다.

"우리가 진짜 사람을 죽였나 봐. 하아, 어떻게 하냐."

지공은 괴로운 표정으로 얼굴을 감싸 쥐었다. 손가락 사이로 신음 소리가 새어나왔다. 지공이 얼굴에서 손을 완전히 내리지 않은 채 나를 불렀다.

"용비야."

"어."

"상우는 별일 없겠지?"

"없어야지……."

나는 무거운 목소리로 대답했다. 한동안 침묵이 돌았다. 모두 상우의 얼굴을 떠올리고 있을 터였다. 지공이 다시 입을 열었다.

"엄마가 그러는데 우리 구치소 가면 처음부터 다시 조사받는대."

가만히 대화를 듣고 있던 두만이 갑자기 언성을 높였다.

"그러니까 내가 가지 말자고 했잖아. 씨발. 왜 상황을 이렇게 만들어? 나는 잘못도 없는데……."

두만이 노골적으로 우리 탓을 하고 있었다. 순간적으로 배신감이 들었다. 지난 일은 우리 모두가 함께했다. 그리고 상우는 언제 죽을지도 모를 만큼 다친 상황이다. 서로를 탓하면서 우리끼리 비난하는 건 견디기 어려웠다. 지공이 차가운 목소리로 두만에게 말했다.

"왜 잘못이 없어. 너 토한다고 거기 간 건데."

그러자 두만이 지공을 향해 쏘아보며 다그쳤다.

"없는 말 좀 지어내지 마. 너는 왜 항상 그런 식이냐?"

지공이 몸을 들썩이며 흥분했다.

"뭘 지어내? 사실이지. 그러니까 누가 그렇게 처마시래?"

둘이 또 시작이었다. 구치소로 향하는 차에서까지 말다툼을 하다니. 나는 진절머리가 나서 고개를 흔들었다.

"그거랑 무슨 상관이야? 먼저 때린 네 잘못이지!"

두만은 지지 않겠다는 듯이 눈에 불을 켜고 소리쳤다.

"뭐 내가 먼저 때려? 제일 먼저 가자고 한 사람은 용비인데!"

나는 창밖으로 고개를 돌렸다. 둘이 실컷 싸워봐라. 그런다고 이 지옥 같은 상황에서 벗어날 수 없으니까. 모든 일이 그저 한 송이 눈처럼 녹아내렸으면 좋겠다. 모든 일이 안 된다면 상우의 사고만이라도 돌이킬 수 있었으면. 그러나 내 바람과는 달리 우리가 선택한 일들은 눈덩이처럼 순식간에 몸을 불려 우리를 덮쳐오고 있었다.

둘의 목소리가 차 안을 가득 메우자 철장 앞에서 졸고 있던 팀장이 신경질적으로 소리를 질렀다.

"피곤하게 하지 말고 조용히 해라!"

지공이 눈치를 보며 속삭이듯 말했다.

"난 잘못 없어."

두만도 단호한 표정으로 응수했다.

"나도 잘못 없어."

내가 고개를 돌려 둘을 쳐다보았다. 둘은 서로를 탓하다가 내 잘못이라고 결론을 내린 모양이었다. 너희들이 어떻게 이럴 수 있냐. 울컥 화가 일었다.

"그럼 어쩌자고? 나보고 책임지라고?"

내가 눈을 똑바로 보고 되묻자 둘은 아무 대답도 하지 못했다. 그저 곁눈질로 눈치를 보며 상황을 가늠하는 얼굴이었다.

한동안 침묵이 돌았다. 버스는 도심을 빠져나와 외곽으로 빠져나가고 있었다. 끝없이 보이던 빌딩과 건물들이 어느덧 사라지고 나무와 언덕들이 보였다. 초조한 얼굴로 무언가를 생각하던 지공이 슬며시 입을 열었다.

"우리, 상우한테 일단 밀자."

상우한테 이 일을 덮어씌우자고? 지금 의식도 없이 누워 있는 상우한테? 나는 지공의 말을 믿을 수가 없었다. 나는 지공을 향해 소리쳤다.

"너 미쳤냐?"

"아까 들었지? 의식이 없대. 상우도 그걸 바랄 거야. 뭔 말인

지 알지?"

　지공의 눈빛에는 흔들림이 없었다. 상우도 그걸 바란다니. 그걸 네가 어떻게 알아? 지공은 살기 위해 친구를 팔아먹자고 말했다. 그것도 상우를 말이다. 피가 거꾸로 솟는 기분이었다.

　"머리 굴리지 마, 새끼야! 아니면, 너희 엄마가 그렇게 시키디?"

　"갑자기 엄마 얘길 왜 해?"

　지공이 발끈해서 말했다.

　"엄마 때문에 미치겠다더니 너도 똑같아지냐고?"

　"야! 우리 지금 빼도 박도 못해! 아무리 생각해도 방법이 없다고! 한 명만 희생시키자."

　순간 나는 내 귀를 의심했다. 상우를 희생시키자니. 이미 상우는 큰 희생을 치르고 있다. 울컥 토해내던 붉은 피가 아직도 눈에 선명한데. 나는 불끈 주먹을 쥐며 말했다.

　"개새끼야. 절대로 그렇게는 못 해!"

　"그렇게 하자!"

　말없이 대화를 듣고 있던 두만이 끼어들며 말했다.

　"야! 너까지 왜 그래?"

　"아니면 니가 책임을 지든가! 너 때문에 다 벌어진 일이잖아! 상우 사고도 도망 안 갔으면 안 난 거잖아."

　두만이 노골적으로 나를 탓했다. 결국 우리는 이거밖에 안 되는 거였다. 친구는 무슨. 불안하고 두려운 건 다 마찬가지인데 서로에게 잘못을 떠넘기고 있는 상황에 짜증이 일었다.

"이 새끼야! 니들이 도망가자고 했잖아. 집에 연락하면 안 된다며?"

두만의 눈빛이 불안하게 흔들렸다. 두만은 내 시선을 피하며 말했다.

"내가 언제? 니가 다 그랬지."

나는 두만의 멱살을 잡으며 소리쳤다.

"그렇게 나한테 뒤집어씌우고 싶냐? 어?"

"나는 안 죽였어. 절대 안 죽였다고. 그러니까 그런 눈으로 보지 마."

"회피하지 마! 그냥 끝까지 솔직하게 말하면 되잖아! 그럼 되잖아!"

속에서 열이 끓어올랐다. 몰래 과자를 훔쳐 먹은 어린아이도 아니고. 두만은 그저 부정하기만 하면 모든 잘못이 사라질 것처럼 굴었다. 이렇게 서로 다른 말을 하다가는 모두 다 나락으로 떨어질 터였다. 여자를 도와주려다가 그랬다고, 사내가 크게 다친 상태가 아니었다고. 누군가 들어줄 때까지 진실을 계속 말해야 했다.

"나는 그렇게는 못하겠다. 좀 솔직해져봐! 너도 상우한테 밀고 싶잖아! 왜 폼을 잡고 난리야?"

지공이 나를 쏘아보며 말했다.

"뭐? 이 새끼야!"

나는 소리치며 다른 손으로 지공의 멱살도 그러쥐었다. 그러자 지공과 두만도 내 멱살을 잡으며 거친 숨을 쉬었다. 목덜미가 조이면서 숨이 답답했다.

"너 교도소 가면 아빠처럼 돼. 그렇게 싫어하는 아빠랑 똑같아진다고!"

지공이 나에게 아버지 이야기를 꺼냈다. 나는 속이 뒤집힐 것 같았다.

"너 진짜 뒈지고 싶냐?"

"죽여봐! 사람 한 번 죽이는 게 어렵지, 두 번 죽이는 건 쉽다더라."

"이 씨발 새끼가 진짜!"

눈에 불이 일면서 두만을 잡고 있던 손으로 지공의 목덜미를 더 세게 조였다. 지공은 나를 완전히 살인자 취급했다. 아까 아버지가 교도소에 있다는 말을 들은 이후로 나를 대하는 눈빛이 바뀐 것 같았다. 감정이 격앙되자 손이 덜덜 떨렸다. 지공을 힘껏 밀어붙이자 지공이 바닥으로 넘어지며 처박혔다. 시끄러운 소리에 잠에서 깬 형사들이 우리를 돌아보았다. 팀장이 창살을 두들기며 소리쳤다.

"이 새끼들이 미쳤나? 지금 뭐하는 기고? 가만히 있어라!"

바닥에 몸을 부딪친 지공은 입술을 질끈 깨물더니 나를 향해 달려들었다. 우리가 움직이자 버스가 덜컹거리며 요란스럽게 흔들렸다. 나는 지공의 몸을 막으며 주먹을 날렸다. 눈치를 보던 두만이 지공과 나를 말리기 위해 끼어들면서 우리는 한데 엉켜 싸우기 시작했다. 마치 하나로 나뒹구는 실타래처럼 단단히 꼬인 상태가 되었다.

"잠깐 차 좀 멈춰보소!"

보다 못한 팀장이 운전석을 향해 말했다.

고속으로 달리던 버스가 속도를 늦추며 도로를 벗어났다. 그리고 차가 완전히 멈춰 서자 최 형사가 철문을 열고 안으로 들어왔다.

"야! 그만해라! 그만하라고!"

최 형사가 우리들을 떼어놓으며 소리를 질렀다. 그러나 지공은 이미 흥분으로 가득한 상태였다. 나를 향해 마구 발길질을 하며 울분을 토하듯 말했다.

"상우만 친구야? 우리도 친구야 새끼야! 왜 우리 생각은 안 해? 나는 뭐 그러고 싶어서 그러자고 하는 거냐고! 씨발놈아!"

형사들은 우리를 말리기 위해 안간힘을 썼다. 그러나 한 번 불이 붙은 싸움은 쉽게 수그러들지 않았다. 우리는 억눌린 감정을 폭발하듯 서로를 향해 주먹질을 하고 비난했다. 철창 안에서 뒤엉켜 싸우는 우리는 누구도 이길 수 없는 싸움을 하고 있었다. 처절하게 악을 쓰는 지공의 얼굴은 두려움에 사로잡힌 사람처럼 보였고, 두만은 몸부림을 치며 이 상황에서 도망치려는 사람처럼 보였다. 싸움이 끝날 기세가 보이지 않자 형사들은 거칠게 몸을 낚아챘다. 나는 팀장의 손에 목덜미가 잡힌 채악을 썼다.

"이거 좀 놔요! 우리는 진짜 도와주기만 했다고요! 근데 우리한테 그러면 안 되잖아요. 이러면 안 되는 거잖아요!"

두만은 형사에게 소리치는 나를 향해 소리를 질렀다.

"그만하자고 새끼야! 제발!"

"이 새끼들이! 어디서 소리를 지르고 있노! 니는 죽었어!"

팀장이 날카로운 소리치며 나를 잡고 버스 밖으로 끌었다. 나는 끌려가지 않으려고 옆에 있던 두만을 붙잡고 늘어졌다. 그러자 두만이 지공을 잡았고, 우리는 줄줄이 서로를 잡은 채로 형사들에게 이끌려 버스 밖으로 내동댕이쳐졌다.

하늘에서 하염없이 눈이 내리고 있었다. 주위에 온통 하얀 눈으로 뒤덮인 고요한 풍경이 보였다. 그러나 싸늘한 공기에 정신이 아찔해졌다. 멀리 푸른 바다가 보였고 저물고 있는 해가 보였다. 하늘은 내 옷에 물들었던 상우의 피처럼 붉은 빛으로 번져갔다.

"이 새끼들아!"

팀장이 우리를 향해 곤봉을 휘둘렀다. 바람을 가르며 곤봉이 날아드는 소리가 들렸다. 머리끝까지 열이 오른 팀장이 험악한 얼굴로 말했다.

"계속 말해라! 할 말 있음 해보라고! 새끼야!"

나는 등과 다리에 전해지는 고통에도 굴하지 않고 목청을 높였다. 오로지 누군가 믿어줄 때까지 진실을 말해야 한다는 생각뿐이었다.

"우리는 진짜 잘못이 없어요! 진짜! 잘못이 없다고요!"

팀장은 매질을 멈추지 않았다. 내가 외친 말들이 도리어 화를 돋웠다. 팀장은 더 크게 팔을 휘두르며 소리를 질렀다.

"계속 씨부리봐! 언제까지 하나 보자. 어? 언제까지!"

팀장의 거친 목소리가 귓가에 날아들었다. 팀장은 지공과 두만을 두고 오로지 나를 향해 곤봉을 휘두르기 시작했다. 나는 바닥을 뒹굴며 몸부림쳤다. 추운 공기에 근육이 움츠러든 탓에 고통이 배가 되어 전해졌다.

"거짓말도 아니고! 사람을 죽이려고 한 적도 없고! 그냥 여자를 구하려고 했을 뿐이라고요! 왜! 왜! 우리 말은 안 믿어줘요! 왜요!"

내가 말할 때마다 팀장은 곤봉을 내리쳤다. 팀장의 눈에는 분노가 서려 있었다. 나를 매섭게 노려보는 얼굴은 확신을 가지고 범죄자를 몰아붙이는 형사의 얼굴이었다.

"계속 말해봐라! 계속! 언제 포기하나 보자. 언제!"

팀장의 매질이 계속되자 최 형사가 나서서 팀장을 말렸다. 그렇게 매질이 멈추고 나서야 나는 숨이 터졌다. 온몸에 고통이 퍼졌다. 저절로 신음 소리가 새어나왔고 입에서는 침이 흘렀다. 땅바닥에서 느껴지는 거칠고 차가운 기운에 몸서리쳤지만 몸은 마음대로 움직이지 않았다. 하얗게 눈이 쌓인 주변으로 피가 번지는 게 보였다.

친구들은 바닥에 무릎을 꿇고 주저앉아 있었다. 엉망으로 꼬이는 상황에 다들 할 말을 잃고 멍해진 얼굴이었다. 나는 고통으로 질끈 감은 눈을 다시 떴다. 얼굴 위로 눈이 쏟아지고 있었다. 살이 찢긴 아픔 때문인지 하얀 눈이 산산조각으로 부서져 추락하는 유리 조각처럼 느껴졌다.

**

며칠 후 법원에서 재판이 열렸다. 재판은 오래 걸리지 않았다. 이미 모든 것이 사전에 합의된 후였기 때문이다.

"사건 번호 제 253호. 포항 북부해수욕장에서 일어난 폭행치사 사건을 판결하겠습니다."

관람석에는 보호자들이 앉아 심각한 얼굴로 지켜보고 있었다. 처음 보는 지공의 아버지가 굳은 얼굴로 판사를 바라보았고, 조금 떨어진 곳에 두만의 부모님이 초조한 기색으로 손을 잡고 있었다. 내가 뒤를 힐끔거릴 때마다 나를 향해 눈을 찡긋거리는 사람은 앞쪽에 앉아 있는 형이었다. 사람이 거의 없는 새편정에 홀로 앉아 있는 청은 소늘띠기 더 쓸쓸케 보였다.

판사가 판결을 내릴 때가 되자 우리는 자리에서 일어섰다. 두 손을 모으고 고개를 푹 숙였다. 누가 조금이라도 건들면 바로 눈물이 쏟아질 것만 같았다.

판사가 낮고 명확한 목소리로 말했다.

"피고인 김용비, 윤지공, 박두만은 2014년 4월 19일 21시 경, 포항에 있는 한 방파제에서 술에 취해 배회하다 친구 정상우와 함께 피해자와 시비가 붙었다."

정상우. 이름만 들어도 가슴이 저려 눈물이 핑 돌았다. 울음을 참으려고 입술을 질끈 깨물었다. 따가운 느낌과 함께 피가 흐르는 게 느껴졌다. 나는 괴로운 마음에 더 세게 입을 악다물었다.

"그 과정에서 정상우는 주먹으로 피해자를 구타하였고 넘어트려 발길질로 때렸다. 피고인들은 그 모습을 보고 말렸지만 정상우가 친구들에게 '말리지 마'라고 하자, 더 이상 말리지 않고 방관했다."

판사는 무덤덤한 얼굴로 종이를 읽어 내려갔다. 판사가 말하는 정상우는 바로 나였다. 내가 몸싸움을 했고 우리가 넘어트렸다. 끝까지 말린 건 상우였다. 모든 이야기는 뒤죽박죽 뒤바뀌어 있었다. 그 이유는 우리가 이 구렁텅이에서 빠져나가기 위해 상우를 깊숙이 떠밀었기 때문이다. 죄책감이 온몸을 휘감았다. 그게 아니라고요! 금방이라도 나는 소리치고 싶었다. 내가 괴로운 표정으로 형을 흘끔거리자 형이 단호한 얼굴로 고개를 가로저었다. 이렇게 하기로 다 이야기했잖아. 잠깐만 참으면 돼. 다 끝난다고. 형의 표정이 그렇게 말하고 있었다.

"그로 인해 피해자는 2014년 4월 19일 새벽 12시부터 2시 사이에 외상성 뇌경막하 출혈로 사망하였다. 그후 정상우는 출동한 경찰을 피해 도주하다 사고로 혼수상태에 이르렀다."

판사가 판결을 거듭할수록 상우는 살인자이자 도망자가 되어가고 있었다. 나는 판결을 들으며 상우가 아직 일어나지 못했다는 사실과 그사이 상우에게 모든 것을 떠넘기고 재판을 받고 있다는 사실이 다 거짓말 같았다. 혼자 살겠다고 친구를 팔아넘긴 끔찍한 인간, 그게 나였다. 나는 아버지에게 향하던 증오가 오롯이 나를 향해 움직이는 것을 느꼈다.

제발 누군가 모든 것이 꿈이라고 말해주었으면. 그러나 상우가 할머니를 부탁하며 나에게 미소 짓던 순간부터 울컥 피를 토하던 순간까지 모든 것이 현실이었다.

"현재 주범 정상우는 기소 중지 상태이므로 판결은 정상우가 혼수상태에서 깨어나는 대로 속기하기로 한다. 하지만 주범 정상우를 도주시키고, 지구대 공공기물을 파손한 피고 김용비에

게는 벌금 300만 원과 집행유예 1년. 호송버스에서 소란을 일으킨 피고 윤지공과 박두만에게는 벌금 150만 원과 집행유예 1년을 구형한다."

탕탕.

판사가 봉을 치며 판결을 내렸다. 모든 것이 끝이었다.

뒤에서 박수소리가 날아들었다. 뒤를 돌아보니 보호자들이 마음이 놓인다는 얼굴로 환하게 웃고 있었다. 지공의 부모님과 두만의 부모님이 악수를 하며 인사를 주고받았다. 그리고 각자 자신의 아이를 향해 손을 흔들었다. 형은 딱딱한 얼굴로 애매한 표정을 지어 보였다. 옆에 있던 지공과 두만의 얼굴에는 아무런 표정이 없었다. 텅 빈 상자처럼 모든 것을 쏟아내 버린 듯했다. 우리는 서서히 멀어졌다. 각자의 부모들 품에 안겨 재판장을 떠났다.

한동안 나는 망부석처럼 서서 재판장 바닥을 뚫어지게 바라보았다. 이렇게 끝나면 안 되는 건데. 무거운 얼굴로 고개를 들었다. 형이 나에게 오라는 손짓을 했다. 발걸음이 차마 떨어지지 않았다. 우리는 결국 상우를 팔았다. 나는 상우의 얼굴이 떠오를 때마다 무릎이라도 꿇고 빌고 싶은 마음이었다. 그러나 상우는 아직도 깨어나지 않은 상태였다. 만약 상우가 다시 눈을 뜬다면 우리를 향해 뭐라고 할까. 자신이 생사를 넘나드는 사이에 모든 것을 떠넘기고 도망갔다는 사실을 알면 상우는 어떤 기분일까.

내가 망연자실한 얼굴로 서 있자 형이 다가왔다. 형은 내 어깨를 끌어안으며 두닥였다. 그러나 형의 위로두 두움이 되지 않았다. 우리가 상우를 팔았다는 사실은 앞으로도 변하지 않을 테니까. 나는 형에게 이끌려 법원을 나섰다. 이제 진실을 말할 수 있는 마지막 기회마저 사라진 셈이었다.

**

흐릿한 시야 사이로 하늘 높이 자란 갈대들이 보인다. 바람에 흔들거리며 움직이는 갈대들은 금방이라도 가루처럼 변해 스르륵 사라질 것만 같다. 나는 온몸이 무겁게 잠기는 것을 느끼며 숨을 몰아쉬었다. 몸 위에 무거운 납덩이를 올려놓은 듯 아프고 고통스럽다.

나는 흙 위에 누운 채 팔다리로 전해지는 고통에 인상을 찡그린다. 이곳의 공기는 끔찍했던 그날의 공기다. 대체 나는 왜 여기에 누워 있는 걸까. 왜 이렇게 온몸이 아픈 걸까. 갑자기 누군가 갈대를 헤치고 다급한 얼굴로 뛰어온다. 바로 상우다.

"용비야! 너 왜 이래? 정신 차려봐! 장난치지 말고 일어나 보라고!"

상우가 어느새 내 옆에 꿇어앉아 나를 흔들며 소리친다. 병

S#100,	법원, 낮
S#102	판사가 판결문을 읽는다. 용비,지공,두만은 벌금형에, 상우는 징역형이 선고된다.

S#99

1

C#1 판결을 경청하는 부모들. 카메라 한 쪽으로 이동

2

C#2 판사 F.S. 달리인

판사 그 과정에서 정상우는 주먹으로 피해자를 구타하였고 넘어트려 발길질로 때렸다. 피고인들은 그 모습을 보고 말렸지만 정상우가 친구들에게 '말리지마'라고 하자, 더 이상 말리지 않고 방관했다.

3

C#3
빈 BACK에서
카메라 이동하면
아이들 측면

4

판사 그로 인해 피해자는 2014년 4월 19일 새벽 12시부터 2시 사이에 외상성 뇌경막하 출혈로 사망하였다. 그 후 정상우는 출동한 경찰을 피해 도주하다 사고로 혼수상태에 이르렀다.

C#4 판사봉 insert

5

C#5 용비 얼굴 CU (다른 아이들 최대한 안 걸리도록)

S#100,	법원, 낮	..	
S#102	판사가 판결문을 읽는다. 용비,지공,두만은 벌금형에, 상우는 징역형이 선고된다.		

O#0   빈데가에서 지공, 두만

C#7   아이들 중심 레벨에서 카메라 위로 올라가 뒤로 넘어가면 방청석의 부모들 (고속촬영 (48 프레임))

원에서 창문 너머로 보았던 얼굴과는 완전히 다른 모습이다. 혈색이 도는 피부와 붉은 입술이 눈에 들어온다. 상우는 금방이라도 눈물을 쏟을 것 같은 얼굴로 나를 걱정스럽게 내려다보고 있다. 나는 상우에게 말을 하고 싶지만 목소리가 잘 나오지 않는다. 숨을 쉴 때마다 폐가 찢기는 듯하다.

"사상……우……야……하……."

나는 가까스로 숨결마다 한 글자씩 내뱉으며 상우를 향해 말한다. 그러자 상우가 자신의 가슴을 두드리며 소리친다.

"그래! 나 상우야, 상우!"

상우의 얼굴을 보고 있으니 뒤로 환하게 쏟아지는 빛이 보인다. 노을은 온 하늘을 붉게 물들이며 어느 경계 너머를 향해 기울어지고 있다. 의식 없이 누워 있던 상우가 아닌, 평소처럼 다정하고 활기찬 상우가 눈앞에 있다. 나는 울컥 감정이 복받쳐 오른다.

"상우야, 어디 갔었어, 너 어디 갔었어 새끼야……."

"너 금방 온다며! 왜 안 와? 금방 따라서 온다고 했잖아."

나는 상우의 말에 결국 울음이 터진다.

"미안, 미안해. 못 가서 미안해. 상우야, 미안해……."

눈물로 가득한 시야가 흐려진다. 붉은 빛은 사라지며 어둠이 번지고 있다. 상우의 모습은 그림자처럼 일그러지고 있다. 나는 당장이라도 일어나 상우를 붙잡고 두 손을 모아 빌고 또 빌고 싶다. 그러나 몸은 조각난 부품처럼 힘이 들어가지 않는다. 차가운 바람이 불어오고 있다. 해가 완전히 경계를 넘어가고 밤이 찾아온다.

"용비야, 일어나 봐. 용비야."

눈을 뜨자 창가로 쏟아지는 빛이 느껴졌다. 형이 나를 흔들어 깨우고 있었다. 역시 꿈을 꾼 걸까. 내가 어두운 얼굴로 머리를 감싸 쥐었을 때 형이 나를 바라보았다. 심상치 않은 표정이었다.

"형, 왜 그래?"

"있잖아, 방금 전화 왔는데."

나는 마른침을 삼키며 형의 얼굴을 쳐다보았다. 짐작 가는 일이 있었지만 입으로 꺼내면 정말 현실이 되어버릴까 봐 차마 말을 할 수가 없었다.

"상우…… 죽었대."

가슴이 덜컥 내려앉았다. 귓가에서 삐 하는 소리가 들렸고 아무런 생각이 나지 않았다. 정말로 상우가 죽었다니. 나는 꿈속에서 본 상우의 모습을 떠올렸다. 두려워하던 일이 모두 현실이 되어가고 있었다. 하룻밤의 실수라고 하기에는 너무 가혹한 일들이었다. 나는 잠에서 깨어나 정신이 돌아올수록 괴로운 마음에 가슴이 찢기는 듯했다.

"우리 겨우 스물이잖아. 새끼야, 너 겨우 스물인데 죽으면 어떡해."

나는 이불에 얼굴을 파묻고 소리를 지르며 악을 썼다. 울음이 섞인 절규가 초라한 방 안을 뒤흔들었다.

장례식장 복도는 음울한 분위기로 가득했다. 나는 한 걸음씩 옮길 때마다 마치 늪을 건너는 것처럼 발이 푹푹 빠지는 착각이 일었다. 상우가 있는 장례식장에 가까이 갈수록 걸음을 옮기기가 어려웠다.

장례식장 입구에는 아무도 보이지 않았다. 오직 상우의 영정 사진 앞에 기운 없이 앉아 있는 상우의 할머니만 있었다. 세상에 하나뿐인 손자를 잃고 할머니는 얼마나 절망적이실까. 나는 가까이 다가가기가 두려웠다. 금방이라도 상우가 일어나 내 멱살을 쥐고 흔들 것 같았다. 영정 사진 속에서 웃고 있는 상우의 얼굴을 차마 볼 수가 없었다.

고개를 숙인 채 애꿎은 바닥을 발길질하며 서성거렸다. 많은 생각이 스쳤다. 지금이라도 할머니에게 잘못을 고하고 빌까. 그런다고 상우가 살아 돌아오는 것도 아닌데. 어쩌다 여기까지 오게 된 걸까. 정말 우리가 그렇게 나쁜 짓을 한 걸까.

머릿속에 떠오르는 의문들은 그날 밤 해변을 빠져나온 뒤로도 변하지 않았다. 어른들은 진실을 원하지 않았고 산 사람은 살아야 한다는 말만 거듭했다. 이렇게 앞으로 우리가 살아가면 되는 걸까. 스무 살에 죽은 상우와 홀로 남은 상우의 할머니는 과연 그 말에 동의할까. 내가 깊은 숨을 토해내는 사이 누군가 다가와 말했다.

"안 들어오고 여기서 뭐해? 들어와."

화들짝 놀라 고개를 드니 상우의 할머니가 다가와 나에게 말을 건넸다. 나는 고개를 푹 고꾸라지듯 떨구고 천천히 다가갔다. 할머니의 맨발이 눈에 들어왔다.

할머니는 내 팔을 잡아 이끌고 장례식장으로 들어갔다. 그리고 한쪽에 자리를 펴고 나에게 앉으라고 손짓했다. 나는 넋이 나간 얼굴로 텅 빈 장례식장에 홀로 앉았다. 할머니는 통증이 느껴지시는지 한 손으로 허리를 매만지며 음식을 준비하기 시작했다. 내가 머뭇거리며 상우의 영정 사진을 보고 있는 사이 할머니가 밥과 국을 차려주었다. 탁자 위에 놓인 그릇에서 뜨거운 김이 모락모락 피어올랐다.

"얼른 먹어."

할머니가 내 등을 두드리며 숟가락을 쥐어주었다. 나는 목이 메어 대답 대신 고개를 끄덕이고 숟가락으로 밥을 떴다. 따뜻한 밥이 입으로 들어가는 동안, 상우 생각이 떠나지 않았다. 분명 우리를 원망하고 있겠지. 혼자 남은 할머니를 내려다보며 마음 아파하고 있겠지.

경찰서에 끌려갈 때도, 구치소에 갇혀 있을 때도 나는 내가 죄인이라고 느낀 적이 없었다. 자칫하면 죽을지도 모르는 여자를 구해주려고 한 행동이었으니까. 사내가 파이프로 위협하는 순간 방어를 위해 나온 행동이었으니까. 그러나 이곳에서 나는 완전히 죄인이 된 기분이었다. 액자 속 상우의 얼굴을 제대로 볼 수도 없었고, 할머니에게 사실을 고할 용기도 없었다. 내가 고작 이런 놈이었다니. 나는 상우의 장례식에서 울며 슬퍼할 자격도 없는 놈이었다.

입을 악다물며 목구멍으로 밥을 떠넘겼다. 모래가 넘어가는 것처럼 숨이 답답해서 주먹을 쥐고 가슴을 쳤다. 그러자 할머니가 시원한 물을 떠서 옆에 놓아주었다. 맑고 투명한 물이 눈에 들어온 순간 울컥 울음이 일었다. 물을 벌컥벌컥 들이마시며 뺨에 눈물이 흐르는 것을 느꼈다.

나는 종이컵을 내려놓고 엉엉 울음을 터뜨렸다. 차마 하지 못한 말들이 울음으로 흘러나오는 것 같았다. 눈물이 하염없이 흘렀다. 앞으로도 나는 상우를 떠올릴 때마다, 우리의 스물을 떠올릴 때마다 울고 싶은 심정이겠지. 모든 것이 원망스러웠다. 누구나 실수를 할 수 있다고 배웠는데, 우리의 실수는 너무 많은 대가를 치러야 했다. 선의로 한 행동으로 인생을 망가뜨렸고, 아무 잘못도 없는 상우까지 데려갔다. 세상이 원망스러웠지만 내 말을 들어주는 사람은 아무도 없었다. 나는 내 손을

잡아주는 할머니의 주름진 손이 가슴에 사무쳐서 눈물이 멈추지 않았다. 영정 사진에서 환하게 웃고 있던 상우가 표정을 일그러뜨리고 원망의 눈길로 나를 보는 것 같았다.

"금방 따라서 온다고 했잖아!"

꿈에서 들은 상우의 목소리가 귓가에 맴돌았다. 나는 너무 미안해서 상우의 얼굴이 흐려지고 상우의 목소리가 희미해질 때까지 더 크게 울었다.

**

어수선한 실내 체육관에서는 졸업식이 진행되고 있었다. 교가 제창 순서가 오자 학생들이 모두 자리에서 일어났다. 나는 가장 뒤편에 형과 함께 서서 주변을 둘러보았다. 중간에 있는 두만의 가족들과 가장 앞에 자리를 잡고 있는 지공의 가족이 보였다.

우리는 판결이 난 이후 만나지 않았고 서로 연락하지도 않았다. 마치 지우개로 지워버린 것처럼 그동안의 시간들이 사라진 것 같았다. 수많은 학생과 가족으로 가득 찬 체육관에 상우의 자리는 없었다.

졸업식은 자랑스러운 축사와 인사말로 순조롭게 진행되었다. 다 함께 마지막 교가를 부르는 동안 나는 입을 굳게 다물었다. 앞으로 노래를 부르거나 환하게 웃을 일은 없을 것 같았다. 그날 이후 세상이 뒤바뀐 기분이었다. 교실에 들어가면 상우의 자리가 가장 먼저 보였고 학교 정문에 들어서면 멀리서 달려 오던 상우의 모습이 떠올랐다. 학교 곳곳에서 함께 시간을 보내던 기억들이 선명하게 남아 있었다. 그런데 이렇게 아무 일도 없었던 것처럼 상우가 사라졌다는 사실이 아직도 실감 나지 않았다.

다들 행사가 진행되는 무대를 올려다보고 있었다. 그러나 낯익은 친구들과 시선이 마주칠 때마다 얼굴이 화끈거렸다. 모두 나를 비난하고 있는 것 같았고, 뒤에서 손가락질해 댈 것 같았다. 저 혼자 살겠다고 친구 팔아먹은 새끼. 나는 혼잣말을 하듯 속으로 중얼거렸다. 내 손으로 내 뺨이라도 때리고 싶은 기분이었다.

"다음은 3년의 학교생활 동안 가장 모범이 된 학생에게 수여하는 선행상 수여식이 있겠습니다. 시상은 이사장님께서 하시겠습니다."

사회자가 다음 순서를 소개하자 박수가 터져 나왔다. 지공의 어머니 옆에 앉아 행사를 지켜보던 이사장이 단상 위로 걸어 올라왔다. 설마……. 입가가 파르르 떨렸다. 이사장은 평소처럼 마른기침을 내뱉고 말했다.

"이렇게 좋은 상을 직접 주게 돼 크나큰 영광입니다. 상을 받는 학생이든 상을 받지 않는 학생이든, 졸업을 하고 사회에 나가서도 빛과 소금이 되는 사람이 되길 바랍니다. 자, 그럼 선행상 수상자는 3학년 2반 윤지공 학생입니다!"

윤지공. 이름을 듣자마자 입술을 질끈 깨물었다. 지공의 어머니가 환한 얼굴로 웃으며 힘차게 박수를 치고 있었다. 지공은 얼떨떨한 표정으로 자리에서 일어났다. 주변에 있던 학생들도 모두 지공을 향해 박수를 보냈다. 굳은 표정으로 가만히 서 있는 사람은 오직 두만과 나뿐이었다.

지공은 자리에서 머뭇거리다가 천천히 발걸음을 옮겼다. 지공이 강단에 오르자 이사장이 상장을 들고 목소리를 높여 읽기 시작했다.

"위 학생은 평소 어려운 친구들을 도와주고 봉사 정신이 투철하고 많은 선행을 실천하였으므로 이 상을 수여합니다. 2014년 2월 13일. 이사장 전종환."

상을 받아 드는 지공의 표정은 딱딱하게 굳어 있었다. 평소 어려운 친구들을 도와줬다니. 나는 어이가 없었다. 지공은 험담을 하던 자신의 부모님과 똑같았다.

졸업식이 끝나고 대강당을 빠져나오니 비가 내리고 있었다. 거센 빗소리가 사방에 가득했다. 많은 사람이 하나둘 챙겨온 우산을 펴고 계단을 걸어 나갔다.

뒤편에 서 있다가 먼저 빠져나온 나는 지공과 두만이 입구로 나오길 기다렸다. 꼭 해야 할 말이 있는 것은 아니었지만 왠지 그래야 할 것 같았다. 정말 상우를 이대로 잊어버려도 되는 건지, 살아 있는 사람만 잘 살면 되는 건지, 매 순간 나를 괴롭히는 질문들에 대해 함께 이야기할 사람이 있다면 그건 바로 지공과 두만이었다.

　잠시 후 쏟아져 나오는 사람들 사이로 두만이 보였다. 두만은 쏟아지는 비를 보다가 구석에 서 있는 나를 발견하고 움찔했다. 그러나 이내 빠르게 고개를 돌려버렸다. 그리고 커다란 우산 아래로 부모님과 함께 빗속으로 걸어갔다. 곧바로 지공이 나왔으나 마찬가지였다. 분명 나를 본 것 같았는데 시선을 돌린 채 아는 척하지 않았다. 지공은 자신의 부모님 뒤편으로 가더니 차를 향해 빠르게 걸음을 옮겼다.

　빗속으로 모두 사라지고 아무도 남지 않았다. 나는 텅 빈 대강당처럼 가슴에서 무언가 빠져나갔다는 사실을 깨달았다. 이제 나는 예전의 나로 돌아갈 수 없을 거라는 예감이 들었다. 그날 내 가슴에 박힌 유리 조각은 숨을 쉴 때마다 느껴질 테니까. 내 옆에서 가만히 기다려주던 형이 말했다.

　"그만 가자."

　걸음을 옮기며 힘없이 고개를 숙였다. 걸음을 걸을 때마다 바닥에 고인 빗물이 튀어 올랐다. 곳곳에 고인 웅덩이를 지나칠 때마다 상우의 얼굴이 흐릿하게 비치는 것 같았다. 나는 눈시울이 뜨거워져서 눈을 깜박이며 고개를 들었다. 하늘에서 빗금을 그으며 떨어지는 빗줄기가 보였다. 하염없이 내리는 비를 바라보며 생각했다. 앞으로도 비는 그치지 않을 것이라고. 나는 빗속을 헤매며 살아가야 할 것이다.

여기는 어디일까. 얼굴 위로 눈부신 햇살이 쏟아진다. 인상을 찡그린 채 천천히 눈을 뜬다. 눈앞에는 작은 창가 너머로 익숙한 풍경이 보인다. 작은 틈도 없이 이어진 집들과 어설픈 낙서가 그려진 담장, 낮은 지붕들 위로 펼쳐진 파란 하늘. 나는 입가에 미소를 띠며 고개를 돌린다. 이곳은 할머니와 나의 유일한 보금자리, 나는 어느 봄날의 집으로 돌아와 있다. 숨결마다 새로운 계절의 냄새가 느껴지고, 쏟아져 들어오는 빛들이 허공에서 은빛 가루처럼 반짝거린다.

거실에는 과거의 나와 할머니가 작은 소반을 앞에 두고 앉아 있다. 할머니는 포크에 과일을 찍어 내 앞으로 들이밀고, 나는 입에 한가득 들어 있는 사과를 아삭아삭 씹으며 웃고 있다. 늘

힘들고 외로웠다고 생각했는데……. 나는 미처 깨닫지 못하고 있었을지도 모른다. 내게도 소박하고 행복한 순간들이 있었다는 걸, 나는 내 머리를 부드럽게 쓰다듬는 할머니의 다정한 손길을 보다가 울컥 눈물이 솟는다. 평소에는 기억조차 나지 않았던 순간인데. 나는 왜 과거의 어느 봄날을 다시 떠올리고 있을까. 이제 이런 순간은 다시 오지 않는 걸까. 불안한 예감에 가슴 깊은 곳이 아리면서 슬픔이 밀려든다. 눈시울이 뜨거워지고 눈앞에 보이는 풍경들이 서서히 일그러진다.

"아이고 내 새끼, 상우야……."

내 이름을 부르는 소리가 들린다. 언제나 애정과 사랑으로 가득했던 목소리. 그러나 지금은 가득 들어찬 슬픔이 느껴진다. 나는 온 힘을 다해 목소리를 따라간다. 눈을 뜨자 살 떨리는 추위와 함께 뼈마디가 조각조각 으깨지는 듯한 고통이 밀려든다. 숨조차 제대로 쉴 수 없을 만큼 아프다. 얼굴을 일그러뜨리는 순간에도 끊임없이 목소리가 들려온다. 내 얼굴을 어루만지듯이, 내 손을 부여잡고 온기를 전해주려는 듯이.

"여기 왜 이러고 누워 있니, 상우야, 불쌍한 내 새끼."

가까스로 눈을 떴을 때 희미하게 보이는 것은 하늘에서 쏟아지는 하얀 눈이다. 창밖에는 솜털 같은 하얀 눈송이들이 온 세상을 가득 메우며 조용히 내려앉고 있다. 온몸을 휘감던 고통은 어느 순간 전기가 나간 것처럼 캄캄해진다. 창밖은 내가 누워 있는 병실과는 다른 세상 같다. 고요하고 평화로워 보인다. 아름다운 풍경을 보고 있는 내 마음은 견딜 수 없는 슬픔으로 가득하다. 문득 내 팔을 잡고 흔드는 손길이 느껴진다. 고개를 돌릴 수 없어 시야를 조금 움직이자 할머니의 얼굴이 보인다. 며칠 동안 제대로 먹지 못했는지 수척한 얼굴에는 눈물이 그렁그렁 맺혀 있다.

'할머니, 할머니…….'

입을 움직여보지만 할머니를 부르는 소리는 입안에서만 맴돌 뿐이다. 할머니는 내 얼굴을 보고 놀라 거칠게 나를 흔들며 소리친다.

"의사 선생님! 선생님!"

할머니는 몸을 들썩이면서도 내 손을 꼭 쥐고 웅얼거린다. 내 새끼, 아이고 불쌍한 내 새끼. 나는 거칠게 갈라진 손길을 느끼지만 어떤 말도 할 수가 없다. 할머니와 눈을 마주하고 있는 이 순간에도 졸음이 밀려든다. 그러나 할머니의 얼굴에 보이는 까마득한 절망 때문에 쉽사리 눈을 감을 수가 없다.

'미안해요, 걱정시켜서 정말 미안해요. 울지 마세요.'

나는 할머니의 손을 마주 잡아줄 수도 없고, 두 팔로 안아 위로해줄 수도 없다. 내가 할 수 있는 일이라고는 고작 빈 상자 같은 몸 안에서 이리저리 흔들리는 감정들을 느끼는 것뿐이다. 그것도 잠시, 몸의 감각이 서서히 무뎌진다. 나는 마지막 순간이 다가오고 있다는 것을 직감한다.

어느새 내 곁으로 달려온 의사가 거칠게 숨을 몰아쉬며 나를 내려다본다. 그리고 어두운 얼굴로 내 몸과 연결된 기계를 살피며 수치를 확인한다. 입술을 질끈 깨무는 순간, 눈가가 희미하게 떨린다. 의사는 눈을 재차 깜빡이며 자신이 보고 있는 수치들이 맞는지 다시 한 번 확인한다.

"손자분이 마지막 인사를 하려나 봅니다. 마음의 준비를 하세요."

의사가 무겁게 고개를 떨어뜨리며 침통한 목소리로 말한다. 한 손으로는 위태롭게 서 있는 할머니의 어깨를 어루만지고 있다.

"그게 무슨 말이에요? 선생님. 살라고 눈뜬 거지, 살고 싶어서……."

"이미 수치상으로는 회복이 불가능한 상태입니다. 아주 가끔 이런 경우가 있어요. 할머님, 늦기 전에 어서 인사하세요."

할머니는 의사가 말을 마치기도 전에 오열하며 침대에 몸을 기댄다. 죽어가는 사람은 내가 아니라 할머니 같다. 애절한 얼굴로 의사를 향해 매달리는 할머니는 남은 생기마저 왈칵 쏟아내고 있다. 핏기가 가신 얼굴은 시체처럼 창백하다.

'할머니, 울지 마세요. 미안해요. 정말 미안해요.'

할머니는 울음을 토하면서도 내게서 눈을 떼지 않는다. 그리고 내 얼굴 가까이 몸을 움직여 하염없이 얼굴을 어루만진다. 내 귓가에는 울음 섞인 말들이 흘러 들어온다.

"상우야, 이 할미가 미안하다. 흐흑. 좋은 곳으로 가서 고생하지 말고 편하게 지내라. 불쌍한 내 새끼, 사랑한다. 사랑해……."

나는 할머니의 목소리를 들으며 스르륵 잠이 든다. 응답을 하지 못한 아쉬움이 컸지만 친구들과 포항으로 출발하던 날 아침, 일찍 집을 정리하고 방 가운데 상을 펼치고 앉아 쓴 편지가 떠올랐다.

'할머니는 너무 걱정하지 마. 우리가 매일 연락하고 자주 찾아가서 살펴볼게.'

친구들이 한 말이 생각나자 마음이 한결 편해진다. 언제나 멀리서부터 나를 알아보고 손을 흔드는 지공과 흙투성이가 된 얼굴로 웃는 두만, 그리고 내 어깨를 두드리며 위로하던 용비. 그래, 내가 없더라도 친구들이 할머니를 돌봐주겠지. 용비와 지공, 두만이라면 꼭 그럴 거야. 나는 무거운 발걸음을 옮겨 앞으로 나아간다. 다시는 돌아올 수 없을 만큼 먼 곳으로.

'할머니 울지 마세요.'
'그동안 고마웠어요. 사랑해요.'

마지막 숨결에 마음을 실어 보내자 눈에서 한 줄기 뜨거운 눈물이 흘러내린다.

삐이.

단조로운 기계음이 병실 가득 울리는 순간 이제 나는 모두와 함께했던 일상들로부터 영원히 사라질 것이다. 하지만 나는 소중한 사람들 곁에서 언제까지나 함께할 것이다.

할머니, 저 상우예요.

늦게까지 집에 들어오지 않아서 걱정하셨죠?

저 군대 가요.

대학 간다고 기대 많이 하셨을 텐데, 정말 죄송해요.

저 없다고 굶지 마시고, 식사 꼭 챙겨 드세요.

보일러도 따뜻하게 매일 트세요.

올겨울은 되게 춥대요.

제대하면 공무원 될 거니까 저 때문에 돈도 그만 모으시고요.

나중에 돈 벌어서 제가 꼬박꼬박 돈 갖다 드릴게요.

그러니까 새 옷도 사 입으시고 맛있는 것도 마음껏 사 드세요.

부자는 못 되겠지만, 호강시켜 드릴게요.

더 이상 추운 새벽에 나가서 리어카 끌고 다니지 않도록 말이에요.

군대에 있는 동안 무슨 일 생기면 친구들이 올 거니까 걱정 말고요.

훈련소에서 또 편지할게요.

말 못 하고 가서 죄송해요.

할머니가 너무 속상해하실까 봐 그랬어요.

제대할 때까지 꼭 건강하세요.

할머니를 사랑하는, 하나뿐인 손자 상우 올림

글로리데이

1판 1쇄 인쇄 2016년 3월 18일
1판 1쇄 발행 2016년 3월 24일

원작 최정열
소설 원보람

발행인 김성룡
편집 박소영
교정 김은희
디자인 황선정

펴낸곳 도서출판 가연
주소 서울시 마포구 월드컵북로 4길 77, 3층 (동교동, ANT 빌딩)
구입문의 02-858-2217
팩스 02-858-2219

ISBN 978-89-6897-025-2 03810